夜の写生会

館　淳一

幻冬舎アウトロー文庫

夜の写生会

目次

第一章　牝猫◉ミュウ

「もしもし、イラストレーターの鷲田《わしだ》匠太郎《しょうたろう》先生でいらっしゃいますか。私、『小説F――』編集部の高見沢《たかみざわ》と申します……」

そんな電話がかかってきたのは、匠太郎がまだ仕事にとりかかる気にもなれなくて、淹《い》れたての朝のコーヒーを啜《すす》っていた時だ。

（まさか）

匠太郎は、一瞬、自分の耳を疑った。『小説F――』といえば、大手出版社の中でも一、二を争うF――社の、看板雑誌ではないか。

イラストレーター鷲田匠太郎の名を知る者は多くない。童話の挿絵から出発した彼の、幻想的なエロティシズムが評価されて、あちこちの出版社から注文が舞いこむようになったのは、つい最近、三十の声を聞いてからのことだ。F――社のような大手出版社など、まだ自分とは無縁の存在だと思っていた。

「突然、お電話さしあげましたが、いま、お話ししてもよろしいでしょうか？」

高見沢と名乗った女性は、耳にたいそう快く響く声の持主だった。いかにも女らしい、しっとりした潤いと温かみを感じさせる声である。それでいて話し方はキビキビとしてムダがなく、発音も明瞭でクセがない。

「ええ。かまいませんが……」

「実は、本誌の新しい企画に、ぜひ先生のお力添えを頂きたいと思いまして……。来月から夏頃まで、本誌のために割いていただける時間的な余裕はおありでしょうか」

敬語の使い方も適切で、話しぶりからして、聡明で、教養も豊かな女性と分かる。

「スケジュールの方は問題ありません。でも、どんな仕事ですか？」

もちろん、『小説F——』のような有名雑誌からの注文を断るバカはいない。ギャラもいいし、名を売るチャンスでもある。よほどの大家でもなければ、他の仕事を断ってでも受けるだろう。

（ま、小さいカットか何かだろう……）

自分ごとき者に大した仕事を頼みにくるわけがない、とタカをくくっていた。

「そうですか。では、内容はお目にかかって説明させていただきます。……今日、特別なご予定は？」

「特にありません」

「それでは、これからお伺いしてはお邪魔でしょうか？」

匠太郎は意表をつかれ、少し狼狽《ろうばい》した。

「ちょ、ちょっと待って下さい。ご存知と思いますが、ぼくはO——町に住んでるんです。ずいぶん遠いですよ」

O——町といえば、東京都といっても、最も西の外れになる。訪ねてきた友人が「これでも東京かね。長野県じゃないのか」と冗談を言うほど山深い所だ。小さなカットぐらいの仕事で、大手出版社の編集者にわざわざ来てもらうのは気がヒケる。

「明後日あたり、別の用事で都心に出ますから、その時でよければ、ぼくのほうから参上しますが……」

たいていの編集者は、喜んで匠太郎に来てもらうほうを選ぶ。だが、彼女は違った。

「いえ、こちらからお願いすることなのに、わざわざ足を運んでいただくのは失礼です。遠方だからといって気兼ねなさらないで下さい」

その言い方が心にくいほどキッパリとしている。

「そうですか。では、いらしてください。山の中でお気の毒なのですが……」

匠太郎はO——駅からバス、タクシーどちらを使っても分かるように、道順を教えてやった。見知らぬ女性編集者は丁寧に礼を言い、電話を切った。彼女の魅力的な声は、その後もしばらく耳の中で囁《ささや》き続けているような気がした。

＊

――高見沢という女性編集者が匠太郎の家を訪ねてきたのは、それから三時間後、午後もまだ早い時刻だった。Ｆ――社の社旗をたてた黒塗りのハイヤーを仕立てて、都心から高速道路を使い、まっすぐやってきたのだ。

「初めまして……。今朝、お電話しました高見沢です」

チャイムに応じてドアを開けた匠太郎は、初対面の女性編集者を見て、なぜかハッと胸を衝かれたような気がした。

年の頃は、声から受けた印象どおり二十五、六といったところ。背は高いほうで、運動選手のように伸びやかな肢体の持主だ。黒いトックリのセーター、焦げ茶色したバックスキンのブレザー、モスグリーンのタイトスカートという、地味な感じで装っていた。

頰《ほお》がふっくらと豊かな、どちらかというと日本風な顔だちで、驚くほどの美人というわけではないが、濃い眉《まゆ》の下にキラキラ輝く黒い瞳と、目もとの涼やかさ、鼻すじの通った端正さが印象的である。ほとんど化粧っ気がないのに、女優のように見るものを惹きつけずにはおかない、華やかな魅力を発散させている。

「いらっしゃい。鷲田です。早かったですね……」

彼女の全身から放射されている、ある種の不可視エネルギー光線に圧倒されるのを感じつつ、匠太郎はホールに彼女を招き入れた。肩までの黒髪をヘアバンドであっさりと束ねていた。秀でた額のせいか、知的で聡明な印象がいっそう強い。どことなく悪戯《いたずら》っぽそうな微笑が、天平期の仏像のような官能美を湛《たた》えたふっくらした唇の端に浮かんでいる。

肩からショルダーバッグをかけ、麹町《こうじまち》にある、有名洋菓子店の紙袋を提げていた。そこの菓子類は数が限定されていて、数日前に予約しないと買えないという話だ。

「意外と早かったですね。道に迷いませんでした？」

さりげなく尋ねると、明るく弾むような声で答えが返ってきた。

「いえ、すぐ分かりました。教えられたとおり精神病院——じゃなかった、老人ホームの看板を目印にして来ましたから」

このあたりは、地価が安く周囲に人家が少ないので、老人ホームや精神科病院、さらには霊園などが多い。

「それはよかった……。ま、どうぞ上がって下さい」

「はい、おじゃまします」

彼女は履《は》いていたバックスキンのロングブーツを脱いだ。タイトスカートは膝《ひざ》より上のミニ丈なので、ブーツを脱ぐために脚を上げる拍子に、黒いストッキングに包まれた腿《もも》の上のほうがのぞけて見えた。スリムで形のよい脚と比べてその部分は意外とむっちりして肉づきがよく、匠太郎はちょっとドキッとして視線をそらさなければならなかった。

「散らかってますけど、仕事場でお話を伺いましょう。朝からストーブを点《つ》けてますので、暖かいことは暖かい」

玄関ホールの横に取りつけた渡り廊下を、アトリエへと案内する。

「ここです。どうぞ」

ドアを開けて彼女を先に入れると、すれ違った拍子に、爽やかな香りと同時に、健康で性的に成熟した女だけが発散する、好ましい髪と肌の匂いが匠太郎の鼻腔をくすぐった。彼が一番抵抗できない、獣めいた親密な匂い。奥深いところで官能が刺激され、条件反射的に股間が熱を帯びる。

(声だけでなく、姿かたちも、匂いまでも魅力的な娘だ……)

ぴったりとしたセーターの前を持ちあげているふくらみも豊かだが、背後から見たヒップの量感も決して乏しくはない。

「まあ、素敵な眺め……！」

斜面に鉄骨の支柱を建て、崖の上に張り出す形に建て増したアトリエは、畳にすれば二十畳ほどの広さで、天井を高くとり、床は全面板張りだ。誰もが、北向きの窓からの眺めに驚かされる。この女性編集者も、目をみはり、感嘆の声を洩《も》らしてガラス窓に頰をつけ、我を忘れてひとしきり眺望した。

匠太郎の家は、峡谷といえばオーバーだが、けっこう切り立った崖をもつ谷川を挟んで、対岸の山々を見渡せる崖の上に建っている。

「まだまだ冬枯れですが、新緑と紅葉の季節はなかなかの眺めです」

「そうでしょうね……」

感嘆というより、何か憂《うれ》いめいた物思いに耽《ふけ》るようにしばらく視線をさ迷わせていたが、ふと我に返って、

「いけない。まだ名刺もお渡しせず、失礼しました」

ショルダーバッグから名刺入れを取りだし、名刺を匠太郎に手渡した。

「初めまして。高見沢美雪《みゆき》です。よろしくお願いします」

ふかぶかと頭を下げた。

名刺にはF――社のロゴが左肩に刻印されている。薄手の紙を使っているが、大きさは男性のと変わらない。肩書は〝『小説F――』編集部〟だけ。

（ほう。正社員か……）

出版社で働く女性編集者は、フリーの契約記者か、でなければ外注の編集プロダクションに籍をおく契約編集者が多い。この世界は男性優位主義の風潮が根強く、女性の社員編集者は、大手出版社になればなるほど少ない。社外編集者の名刺は、社章が印刷されていなかったり、一回り小さいサイズが用いられたり、いろいろな部分で差別化がほどこされている。

「これ……。つまらないものですが」

美雪は、高級洋菓子店の、ケーキを詰めあわせた箱を差し出した。

「これはこれは。……まあ、どうぞおかけ下さい。あ、ミュウ……」

灯油ストーブの傍に置いてある、ふだんはモデルを坐《すわ》らせる椅子をすすめようとして、愛猫——今年七歳になる牝の三毛猫が、その上に丸まっているのに気づいた。彼女はストーブの傍のこの椅子を特に気にいっている。

「こら。お客さまだよ、どきなさい」

追い払おうとすると、それより早く、

「あら、ミュウっていうんですか⁉　この猫ちゃん……」

びっくりしたような声をあげ、高見沢美雪は手をさしのべ、猫をスッと抱きあげた。

（危ない！）

匠太郎はギョッとした。ミュウは人見知りする猫で、特に女性の客を好かない。虫の居所が悪い時は相手かまわず引っ掻《か》く。

「………！」

案の定、安眠を妨げられて陰険な表情を浮かべたミュウだったが、

「ミュウちゃん、かわいいねぇ。ホラ、ホラ……」

シェル・ピンクのマニキュアを施した爪の先で首のまわりをコチョコチョと撫《な》でられると、ミュウはとたんにゴロゴロと喉《のど》を鳴らし、うっとりした顔になった。匠太郎はホッとした。この娘は猫の手なずけ方をよく知っている。あるいは猫が親近感を抱くような何かを持っているのかもしれない。

美雪は猫の体温で温まった肘《ひじ》かけ椅子に坐り、膝の上にミュウを置いた。艶《つや》のある毛を撫でながら訊《き》く。

「どうして、ミュウという名なんですか？」

「どうしてって……。まあ、たいした理由はないんですけれども……。猫はそんな風に啼《な》くでしょう。英語ではミャオーだし……」

ミュウは、若い娘の温かく弾力に富んだ膝の上でたちまち居心地よさそうに丸くなる。

匠太郎が淹れたコーヒーを啜りながら、美しい訪問者は、彼の仕事場を見回した。

「すてきな場所でお仕事をしてらっしゃるんですね……。静かだし、眺めはいいし……。でも、お一人で寂しくありません？」

匠太郎が一人暮らしだと知っている。誰かから予備知識を仕入れてきたのだろうか。

「まあ、子供の頃から一人でいるのが好きな性格でしたから、寂しいとかそういうのは苦になりません。この家も、子供の頃から住んでいますしね。昔と違って、今は道も整備されて、市街地まで車で十分もあれば出られますし……」

「そうですね……。ずいぶん変わりましたものね、このあたりも……。霊園が出来たり、老人ホームが出来たり……」

昔を懐かしむ響きが感じられる口調だ。匠太郎は訊いてみた。

「このあたりに詳しいんですか。O——町に住んでいたとか……」

「あ、いえ、違います」

びっくりしたように目をみはって、首を振った。その仕草が童女のようなあどけなさを一瞬感じさせた。

「そうじゃなくて……、私は世田谷の生まれですけど、ずっと前にこのあたりを通ったことがあるんでしょうね……。たぶん、小学校の遠足とか旅行の時じゃないかしら。その記憶が残っているみたいで……」

「そうですか」

会話が途切れたのを潮に、美雪はショルダーバッグからファイロファックスの手帳と『小説F――』の最新号を取りだすと仕事の話に入った。

「実は、これまで『私の日和下駄《ひよりげた》』という、作家やエッセイストのリレー連載があったんです。最近は、お寺だとかお墓ばっかりの話題になって、まったく読まれていないんですね。もっと若い読者向けの、エキサイティングなことをやろう、ということになって、私にお鉢《はち》が回ってきたんです」

「エキサイティングって、どんなふうに？」

「男性の読者が多い雑誌ですから、やはり男性が関心を抱く、盛り場や男の遊び場所みたいなところを誰かに探訪させてみたら――という話が出まして、一応はその線で行こうということになっているんです。でも、他の雑誌でも、同じようなのはいろいろやっていますから、私としては、単なる風俗産業の紹介記事みたいなのはやりたくないんです」

「なるほど」

「そこで、セクシィなエンターテインメントものという線は外さず、従来の風俗営業をなるべく除外したものでゆくことにしました。いろんな人から話を聞いたら、東京には、知る人ぞ知るっていう、エロティックなことをやっているグループや団体が結構あるんですね。そういったのをルポするっていうのはどうか、って企画を出しましたら、企画会議でOKが出ました。仮題ですけど、一応こんなのを考えているんです……」

美雪は紙きれをとりだして匠太郎に手渡した。

新連載企画〝大都会の闇に蠢《うごめ》く——TOKIO・アダルト夢紀行〟

「うん。思わせぶりで、いいタイトルじゃないですか」

匠太郎は頷《うなず》いた。この段階で、自分よりずっと年下の女性編集者に、何か圧倒されるような熱気というか気迫のようなものを感じていた。

それにしても、美雪のように若く、魅力的な女性に、風俗的な記事を任せるというのは、どういう編集部の方針なのだろうか。匠太郎は不思議に思った。あるいは、女の目で性風俗を見させたら、案外、面白いものが出来るのではないか、と考えているのかもしれない。

「一応、四月からむこう一年、この企画でページをとってあります。狙いが狙いですので写真取材がムリということも充分考えられます。逆に、写真があることで記事のほうがいやらしくなる場合もあるので、文章とイラストの組み合わせでゆこう、と思いまして、それで先生にお願いに伺ったわけなのですが」

「なるほど……。でも、具体的にはどういうものを取り上げるんですか？」

「素人の女性を集めたストリップ大会というのがある、ってことを小耳にはさみまして、第一回目はそれでいってみようかな、と思っています」

「素人女性のストリップ？」

　匠太郎はドキッとした。気品さえ感じさせる、美しい女性編集者の口から、そういった言葉が飛び出すとは思っていなかったからだ。美雪自身はてらいも羞《は》じらいも見せず、ケロリとした微笑さえ浮かべている。

「そうです。どこかキャバレーみたいなお店を借りてやるそうですが、応募したまったくズブの素人女性が、皆の前で脱いで裸になるんです」

「それはコンテストなんですか？」

「さあ、私もまだ、よく分からないんです。主催者に電話で問い合わせたところでは、女性の露出願望を満足させるためのイベントだ、って言ってましたけど」

「へぇー、露出願望ね……」

　美雪はバッグの中からケバケバしい表紙の雑誌をとり出した。誌名は〝スワッパーズ・パラダイス〟と読めた。

「先生。こういう雑誌があるのをご存じですか？」

「スワッピング雑誌でしょう？　そういうものが発行されてることは知っていますが、よく見たことはないなぁ」

「これは、本来は男女のカップルが別のカップルにスワッピングを呼びかけるメッセージ雑誌なんですけど、最近は単なるスワッピングを超えて、さまざまな趣味を持つ者が同好の士を求めるために利用するようになってきてるんです。たとえば……」

美雪はページをパラパラとめくっていった。どのページも、ポラロイドで写した猥褻《わいせつ》なポーズの女性、あるいはカップルのヌードや下着姿が、メッセージと共に満載されている。中には性交しているシーンを撮影した写真も多い。

美雪はあるページを開いて指し示した。

「これ、〝露出コーナー〟というんですけど、主として露出願望を満足させたい女性からのメッセージを集めているページです」

「へえ……」

興味を覚え、匠太郎は美雪から雑誌を受け取ると、しげしげと眺めた。

女性が一人で写っている写真が並べられている。年齢はぴちぴちした二十代から、ぜい肉やシワの目立つ四十代後半あたりまでさまざまだ。服を着ているもの、下着姿、全裸とさまざまな恰好《かっこう》をした女たちは、立ったり坐ったり、よつん這《ば》いになったりしている。場所も室内、自動車の中、野外と決まっていないが、ただ一つだけ共通しているのは、彼女たちすべてが、カメラのレンズに向けて秘部――当然のことながら黒いインキで修整されている――を露出させていることだ。

中には、全裸でよつん這いの姿勢をとり、自分の両手で尻朶《たぶ》を割り拡げ、性器どころか肛門までハッキリ見えるようにしているものまである。数ページにわたって、そういったハレンチな写真がズラリと載っているのは、ちょっと超現実的な効果を醸しだして、見るものを圧倒させる迫力がある。

「すごいね、これは……」

職業柄、ヌードモデルを見慣れている匠太郎も、思わず唸《うな》ってしまった。

和室の襖《ふすま》の前で、全裸で立ったまま脚を拡げ、股間にバイブレーターをあてがっている三十前後と思われる人妻の写真には、こんなメッセージが添えられていた。

〝お嫁に来た当初、夫にさえも裸を見られるのが恥ずかしく、ましてや写真を撮られるなんて堪《た》え難《がた》いことだったのですが、いつの頃からか、夜毎《よごと》裸になるよう命令され、淫《みだ》らなことをさせられているうち、だんだん肉体的にも精神的にも慣らされてしまい、今では夫にも「おまえは淫婦《いんぷ》だ」と言われるまでに成長（？）してしまった露出妻です。

この写真は、夫の命令で投稿させられましたが、私自身の心の中にも、夫以外の男の人に、私の恥ずかしい裸を見られたい、という願望が目覚めはじめているのも事実です。ボディも容貌も、写真の出来も、あまりパッとしないと思いますが、こんな私でよかったら見てやりたい、と思う方からのお手紙をお待ちしております……〟

その横には、どこかのビルの非常階段と思われる所で、ハイヒールを履いて立っている女性が、体を前屈させ、スカートをめくりあげてまる出しにした尻を突き出している写真がある。OLらしい。腿のところにゴムの入った黒いセパレートのストッキングを履き、薄いブルーのパンティは膝のところまで引きおろされている。当然ながら秘部は完全に露出されている。その写真に添えられたメッセージは、次のようなものだった。

〝二十五歳、一人暮らしのOLです。皆でお酒を飲みにいった時、酒場のトイレで、鍵をかけ忘れたドアを男の人に開けられて、おしっこをしている所をバッチリ見られました。その時は恥ずかしくて死にそうでしたが、後ですごく昂奮し、その晩は激しくオナニーしました。それ以来、露出の快感にとりつかれました。わざと鍵をかけずにトイレに入ったり、ミニスカートにスケスケのパンティを穿《は》いて急な階段を上がったりしています。最近は欲望がエスカレートして、何人かの男性によってたかって服を剝《は》ぎ取られ、あらゆる部分を視姦《しかん》される自分を想像したりしています。私の欲望を理解して下さる方、お互いの願望を手紙で交換しませんか？　気があったらお会いして、私のボディを見せまくってあげます〟

「なるほど……」

匠太郎は頷いた。

「こういう、自分の裸を見せたがる女性たちに、好きなだけ露出願望を満足して貰おう、というわけですか」

「ええ。参加者にギャラは出ませんが、お金を出してでも出たいという人が順番待ちだそうです」

「プロのストリッパーなら何をしても驚かないけど、ズブの素人なら、ただ裸になるだけでも、新鮮だろうね」

「面白いことに、見たがる女性も結構多いんですって。半分ぐらいはカップルで見に来るそうです」

「ふうん。自分たちも刺激になるからかな。そういったイベントならぜひ見てみたいね」

女編集者は急に真剣な目になって、ヒタと匠太郎を見つめた。

「先生。関心ございます？」

「そりゃ、もちろんあります。こう見えても、ぼくだってスケベなほうですから。……ま、男性は皆そうだけど。取材の時は、ぜひ連れてってもらいたいな」

美雪は嬉しそうな笑顔を見せた。大輪の花がほころぶ時のような、パッと周囲まで明るくなるような、あでやかな笑顔だ。

「もちろんですとも。だって先生に取材をお願いするのですから。文章も含めて」

「えっ⁉」

匠太郎は仰天した。それまで、取材はライターが行ない、自分は写真か何かをもとにイラストをつけるのだと思っていたからだ。

「ぼくが取材も？　文章も書けというの？　だってぼくは……」

美雪は、真剣な表情になって、匠太郎の言葉をさえぎった。

「私、この企画でどういった人に取材して文章を書いてもらおうか、といろいろ考えたんですが、先生が『週刊Q――』でおやりになったイラスト・ルポというのを拝見しまして『あ、これだ』って思ったんです」

『週刊Q――』というのは、若い人向けの、かなり過激な内容の週刊誌だった。マイナーな出版社から出していて、部数もそんなに多くない。美雪がエロ雑誌に近いそんな出版物まで目をとおしているというので、匠太郎はちょっと驚かされた。

彼がその雑誌でやったのは、アダルト・ビデオに出演している女性たちの、現場での仕事ぶりと私生活を、インタビューと似顔絵を組み合わせて紹介する連載ものだった。

もともとはイラストだけのはずが、ルポライターが編集者とケンカして、第一回の取材だけで降りてしまったので、急遽《きゅうきょ》、彼が文章も書かされることになったのだ。

取材といっても、ヌード、あるいはセミヌードになったビデオ・ギャルたちの絵を描きながら、合間に雑談めいた話を交わして、それを文章にまとめただけだ。

「でも先生、私、あれを読んですごく面白かったですよ。似顔絵はよく特徴が出ているし、ヌードなんかも簡単な線で描いてるのにすごくエロティックだし……。文章も、彼女たちを軽蔑するでもなく、へつらうでもなく、それでいて本質的なところをうまく引き出しているな、って感心しました。絵を描く人で文章の達者な人って多いですけれど、先生もその一人だと思うんです」

「そうは言っても、絵のほうでさえ知られていないぼくが文章を書いたって、誰も読む人なんか居ないんじゃないかな……。おたくの上司だってうんと言わないんじゃない？」

美雪は涼しい顔だ。

「どうぞご心配なく。企画を引き受ける時、テーマもライターも私の好きにしていい、って言われてます。デスクにも、もう先生のことは話して了解はとってあります。取材交渉から後始末まで、一切私が引き受けますから、先生は現場に行くだけでいいんです」

「うーん……」

『小説F――』のような一流雑誌からイラストばかりではなく、文章まで書けと言われて、生来、引っ込み思案タイプの匠太郎は二の足を踏んだ。しかし、いかにも有能そうな美人編集者に説得されると、

（オレにだって出来るかもしれない……）

だんだん自信が湧いてきたから不思議なものだ。美雪の説得がそれだけ巧みだったということだろう。

「それじゃ、あまり期待されても困るけど、やってみましょうか……」

とうとう承諾させられた。

「わっ、嬉しい！」

美雪は、飛び上がらんばかりにして喜んだ。それを見ると、何かすごくいいことをしたような気になる。

（「豚もおだてりゃ木に登る」というが、この娘、人をノせるのがうまい。編集者にはぴったりだな）

匠太郎は感心した。

「このストリップ大会は一週間後に開かれます。この時は私も先生とご一緒します。まあ、同伴潜入ルポというわけですね」

「それは心強い」

「じゃ、万事ＯＫと……」

主な用件を終えて、ホッとした表情で、美雪はファイロファックスの手帳を大きめのショルダーバッグにしまいこんだ。

ふいに外から『夕焼け小焼け』のメロディが聞こえてきた。

「何ですの、あれは？」

耳をそばだてた美雪が尋ねた。

「隣の老人ホームが、夕方の五時になると、あの音楽を鳴らすんです。多分、夕食の合図か何かだと思うんですが」

「あれが、目印に教えていただいた老人ホームですね？」

横手の窓の向こう、敷地の境界に植えたヒマラヤ杉の枝の向こうに見える、鉄筋コンクリートの灰色の建物を指さしてみせた。かつてはこの家と同じ庭を共有して、長い渡り廊下で繋《つな》がっていた建物だ。

「そうです。以前は精神病院でしたがずっと閉鎖されていたんです。その後、老人ホームに改造されましてね、今は寝たきり老人や認知症の老人が二百人ぐらい入っているという話です。現代の姥捨《うばす》て山だという人もいますが……」

「そうなんですか……」

「その前の、潰れた精神病院を経営していたのが、実はぼくの父でしてね……」

ついいらぬことまでしゃべってしまった。都心から華やいだ雰囲気をもちこんでくれた若い女性に語るべき話題ではない。

「へえ、そうなんですか。鷲田先生のお父様って、精神病院の院長さんだったのですか？」

意外なことに、美雪は身を乗り出すようにして尋ねた。匠太郎は好奇心をそそられてキラキラ輝くような瞳に魅せられ、打ち切るタイミングを摑《つか》めないまま、身の上話を始めてしまった。

「そうです。ぼくの親爺《おやじ》は精神科の医者でしてね、戦後、このあたりがまだ開けてない時に、ほとんど二足三文の値段で土地を買い、個人の精神病院を開業したんです。まあ、今もそうですが、当時は誰かが精神的におかしくなると『一族の恥だ』として座敷牢に一生閉じこめるなんて風潮も残っていた時代でしたから、こういう施設は人里離れたところにあればあるほど、患者を送りこむ側にとっては都合がよかったんでしょうね。一時はずいぶんと繁盛したらしいですよ。有名人だとか、高貴な生まれの方というのも、ひっそり入院していた、ということもあったようです」

　匠太郎はハッと我に返った。

「これは失礼。初対面のあなたに精神病院の話なんかして……」

「いえ、そんなこと、ありませんわ」

　美雪はニッコリ笑ってみせた。ミュウを膝に載せたままツイと脚を組み換えた。また、ミ二丈のスカートの裾からむっちりとした腿が覗《のぞ》けて見え、匠太郎はドキッとしてしまう。

「じゃ、鷲田先生のお父様は、病院を閉じた後、どちらへ……？」

「いえ、病院が閉鎖されたのは、父が亡くなってからです」

「まあ」

　美雪は、まるで自分の親族の消息を聞いたように吐息をついた。

「いつ頃のことですか……？」

「ぼくがまだ中学生の頃だったから、十六、七年も前になりますか。ぼくはそれ以後、親戚のところに引き取られまして、大学に入るまで都内にいました。ここは債権者のゴタゴタで放置されたままになっていたんですが、ぼくが社会人になった頃、病院を売却して債務を清算した結果、個人財産だったこの家と土地だけ相続することが出来たんです」

「あの、お母さまは……？」

「母は、父よりずっと前に亡くなりました。ぼくがもの心つくよりも前にね。ですから写真でしか顔を知らないのです」

「まあ……」

　美雪はまた吐息をついた。

「こんなことをお聞きするのは何ですが、先生のお父さまは、奥様を亡くされた後、再婚なさらなかったのですか？」

「ええ。というのも、病院を経営してますと、看護師やら事務員やら、女性は大勢いるわけです。中には入院していた女性患者が、退院した後も出てゆかず、賄係や雑役係みたいにして住みこんでいたりして、身の回りの世話や、ぼくの面倒をみさせるような女手には事欠かなかったんですね。だから、再婚の必要を余り感じなかったのでしょう」

「でも、子供には母親が必要ですわ」

　その言葉が、感想を述べるというようにしては強い調子だったので、匠太郎はオヤと思った。美雪は弁解するように言葉を継ぎたした。

「実は、私も母をずいぶん前に亡くしたものですから……。私の場合、新しい母が実の母親と同じぐらい愛情を持って育ててくれましたけど」

「ほう」

高見沢美雪は、母親の死に辛《つら》い思い出があるのかも知れない、と匠太郎は思った。

「あら、失礼なことまでお聞きして……。ずいぶん長居をしてしまいましたわ。そろそろ帰らなくちゃ」

彼女の膝の上で、すっかり気を許して寝そべっていたミュウを、美雪はひょいと抱きあげて、

「さっ、ミュウちゃん。今度、また会いましょうね」

ふわぁっと大口を開けて欠伸《あくび》をする牝猫をそうっと床に下ろした。

ミャアオ。

ミュウは馴れ親しんだ人間に対してよくやるように、甘えるように背筋と首筋を、美雪の脛《すね》にこすりつけるようにした。匠太郎は苦笑いした。

「ミュウのやつ、あなたに気を許したようですね。誰にでも愛想いいってわけじゃないんだが……」

「私って、どういうものか、猫には好かれるんです」

「いま、飼ってるの？」

「それが、マンションに一人住まいなもので、飼えないんですよね。管理人は猫ぐらいなら

うるさいことは言わないんですけど、編集者って不規則な生活で、出張の時など部屋に閉じ込めておくのも可哀相で、飼う気にはなれないんです」

匠太郎は訪問者を玄関ホールまで見送った。彼女が出てくると、前庭で待っていたハイヤーが玄関前にぴたりと横づけになった。

「それでは、取材の前に、またお電話いたします」

そう言って一礼した後、大型乗用車の後部座席に、まるで女主人のような優雅な身のこなしでスッと滑りこんだ。

（えっ⁉）

一瞬、白いものが閃《ひらめ》き、匠太郎の網膜を突き刺した。美雪の穿いていたミニ丈のスカートがシートの上で身を捩《よじ》るとき、太腿の上までたくし上げられ、黒いナイロンに包まれた腿が、つけ根まで露わになったからだ。

美雪は慌てることもなく、何気ない様子でサッと裾を直してしまったので、一秒の何分の一という短い時間だったが、匠太郎は黒いストッキングが途中で切れ、目に滲《し》みるように真っ白な柔肌をハッキリと見た。

（この子、パンストじゃないのか……⁉）

運転手が恭《うやうや》しくドアを閉め、運転席に戻った。電動スイッチを入れて後部座席の窓を下げ

ると、

「じゃ、失礼いたします」

今見えたものが幻か現実なのか、とっさに判断がつかずにボウッとしている年上の男に向かって、美雪は独特の謎めいた笑みを向けてもう一度丁寧にお辞儀した。

（今どき、セパレートのストッキングを履いている女が、まだ居るなんて……）

アトリエに戻って、机に向かってもまた絵筆を握る気もなく、匠太郎は頬杖をついてボンヤリ、もの思いに耽った。

（そう言えば、さっき見たスワッピング雑誌に掲載されていた、読者からの投稿写真でも、ガーターベルトで吊ったストッキングを履いている女性が多かったな……）

匠太郎が小学校の頃まで――昭和三十年代の終わりから四十年代の初め――パンティストッキングというのは普及していなくて、女性たちは昔ながらの、太腿までのセパレートのストッキングを、靴下留めで留めたり、ガーターベルトで吊ったりしていたものだ。それが中学生になったとたん、たちまちのうちにパンストに切り替わり、昨今では誰もふつうのストッキングを履かなくなってしまった。

逆に、滅多に見られなくなったからこそ新鮮なエロティシズムが感じられ、スワッピング愛好者たちもガーターベルトにストッキングという装いを好むようになったのかもしれない。

いわゆるレトロ趣味というやつだ。

(そういえば、患者の中にも居たっけ。たしか、夏目《なつめ》京子《きようこ》といった……)

──ふいに、少年時代に体験した光景が、ストッキングとの連想で、匠太郎の脳裏にまざまざと甦《よみがえ》った。

第二章　入院患者◉京子

――二十年以上も前、匠太郎が小学校五年ぐらいの頃のことだ。

当時、父親の経営する鷲田病院には、常時、二百人以上もの患者が入院していた。看護師も三十人ほどいて、その他にも常勤の医師、事務職員、薬剤師、介護士、運転手、調理や雑役関係などを含めると、全体では五十人ぐらいの人間が働いていた。

母親を早くに失い、どういうものか父親にはあまり顧みられることのなかった匠太郎だが、彼は職員も患者も含めた一種の大家族制度の中で暮らしていたようなもので、あまり寂しさを感じないで育った。

その頃、院長私邸と病院の本館は庭を横断する長い渡り廊下でつながっていた。特別な患者の面会や診察のために私邸にも診察室があったし、離れの日本間は会議や会食に使われた。そのように、病院と私邸は明確に仕切られていなかったから、同時に、病院は病院で匠太郎の遊び場でもあった。

匠太郎の父、医学博士・鷺田維之《これゆき》は、一見文学者のような白皙《はくせき》瘦身の体軀、容貌――それは息子の匠太郎によく受けつがれた――とは裏腹に、私生活ではかなり放恣《ほうし》なところがあり、看護師をはじめ、周囲にいる女の中からこれはというのに目をつけるとたちまち愛人にしてしまう癖があった。

患者でも、妙齢の美人だと平気で性的な関係を結び、周囲をハラハラさせることも珍しくなかった。

「医者が患者に惚《ほ》れられなくて、どうする。これも治療のうちだ」

誰かが注意すると、こううそぶいて反省する色も見せなかったという。個人病院とはいえ、五十人以上もの職員からなる大所帯の秩序がよく保てたものだと思う。特に深刻な問題にならなかったのは、何かあった時は金で解決していたのかも知れないが、維之の人柄もあったのだろう。

そういった世界の中で育った匠太郎に、痛烈に〝女〟という生き物を意識させてくれた最初の女性が、夏目京子という若い入院患者だった――。

＊

京子はその時二十歳そこそこ。一流女子大の学生だったはずだ。抜けるように肌の色が白く、細おもての清楚な印象の娘だった。

恩師である大学助教授と道ならぬ熱烈な恋に落ちたが、男のほうが先に飽きて別れ話を持ち出してきた。それが契機で錯乱状態を呈し、何度も自殺を図った。妄想と幻覚がひどいところから分裂病――今でいう統合失調症――の初期と診断され、家族が都心から遠い鷲田病院を選んで、むりやりに入院させたものらしい。

――もっとも、匠太郎がそういう事情を知ったのは、もう少し成長した後のことで、その頃はまだ精通も体験していなかった小学生は、ただ「こんな綺麗《きれい》な人が、どうして気がヘンになるのだろう？」といった、単純素朴な疑問を抱いて、そうっと遠くから眺めていただけだ。

彼女は一カ月ほどで精神状態も落ちつき、自殺衝動も消滅した。やがて、監視つきの病棟から開放病棟に移され、他の軽症患者と共に農園で作業にいそしむ姿が見られるようになった。その表情は四六時中投与されている薬のせいでか、いつも能面のように無表情だったが――。

やがて彼女は、事務長の依頼を受けて会計事務の手伝いをするようになった。鷲田病院では、軽症患者に雑用をさせるのは珍しいことではなかった。夏目京子が事務室で算盤《そろばん》を弾《はじ》く姿は、やがて誰の目にも見なれたものになった。

母親のいない匠太郎は、その頃、学校から帰るとすぐ病院へ行くのが日課だった。調理場へ行くと賄係が何か食べさせてくれたし、事務室に行くと事務員が、看護師控え室に行くと、暇な正看や准看たちが遊び相手になってくれるのだ。

父親も含めて大人たちは、痩せて手と脚がヒョロリと長く、いつも夢を見ているような瞳を持った院長の息子が、放射線室や隔離病室に近づかない限り、院内を徘徊《はいかい》するのを咎《とが》めなかった。看護師たちは彼に包帯を巻いたり、ガーゼの類を畳む仕事を手伝わせ、彼も好んで応じたものだ。

そんなある日——病院の中が常になく森閑《しんかん》としていたから、たぶん土曜の午後だったと思うのだが——匠太郎は本館の廊下を歩きながら、ひょいと事務室の中を覗いてみた。事務長と四十ぐらいの女性事務員の姿はなく、夏目京子だけが一人でいた。

少年は、ドキッとして立ちすくんだ。

二十歳ばかりの若い娘は、事務用の椅子から立ち上がって、伝線でもしたのか、今まで履いていたストッキングを脱ぎ、新しいストッキングに履き替えようとしているところだった。白いワンピースを着た京子は、誰もいないので安心したのか、椅子の上に裸足の足を乗せ、スカートをたくしあげて白い腿をつけ根近くまで露わにしていた。

セロハンの包み紙を破いて取りだした肌色の薄いナイロンを、まず裏返しにするようにクルクルと丸め、爪先をヒョイとその中に入れる。後はスルスルとストッキングを腿の上まで伸ばす。白い脛、ふくらはぎ、膝……とたちまち肌色の透明なナイロンに包まれてゆくのを、匠太郎はまるで魔法でも見るように、ポカンと口を開けて眺めていた。

太腿に沿って前の方と横の方に紐《ひも》のようなものが垂れ下がっていた。彼がガーターベルトというものを見たのはそれが初めてだったような気がする。看護師たちが控え室で着替えしているのを垣間見ることは珍しくなかったが、彼女たちはたいてい白いストッキングを色とりどりのガーター——幅広の輪ゴムのような靴下留め——で留めていたものだ。

京子が、吊り紐の端の金具でストッキングの一番上の部分を留めると、肌色のナイロンはピンと伸び、すんなりした白い腿にぴったりと密着した。

（へえ……）

匠太郎が感心して眺めていると、

「あら」

前屈していた上半身を起こした京子が、開け放したドアの向こうから凝視している院長の息子を認め、白い歯を見せて笑った。

「匠《しょう》クン、そこで何を見てるの？　女の人が靴下を履くのがそんなに面白い？」

ふだんは無表情で口数が少なく、匠太郎などに声をかけたことのない女性が、まるで別人のようにイキイキとして見えたのは何故だろうか。たくしあげているスカートを下ろそうともせず、白い太腿を露わにしたままで京子は、匠太郎を招き寄せた。

「そんなに見たいのなら、もっと近くに来て見たら？　そうだ、お姉さん、匠クンに履かせてもらおうかな」

二十歳ばかりの、まだ入院患者でもある娘は、十歳の少年の手を摑んで引きよせた。匠太郎の指は、内腿の奥の温かい湿った肌に触れた。酸っぱいような甘いような、やるせない香りがスカートの下から発散し、匠太郎の鼻を刺激した。腿のつけ根に白い布が三角形に覗いて見えた。パンティだ。

「さあ、これで留めて」

京子がガーターベルトの吊り紐を指さした。

「どうするの……、これ？」

初めて触る少年は、当惑した。

「こうするのよ」

腿の一本の吊り紐の留め具で、ナイロンの薄布を挟んでみせた。

「あっ、そうか」

腿の前のほうにぶら下がっている留め具をつまみ、京子がやったとおりに留めてやった。

「そうそう。上手だわ」

クスッと笑って、紐の中ほどに着いている金具をキュッキュッと操作して、吊り紐の長さを調節した。その時に股を開く形になったので、屈みこんでいた匠太郎の目に、若い娘の股に食いこんでいる下着の底の部分が見えた。縦にくっきり走る長い皺《しわ》。それは白い木綿が覆っている肌に、亀裂が走っていることを示している。

ひょい、と京子はスカートの裾をおろした。白い腿、パンティ――亀裂に食いこんだ布が一瞬にして遮られた。

「ありがとう、匠クン」

事務用の上っぱりを羽織ると、娘は何ごともなかったように机に向かい、算盤を弾きだした。

（ちぇ、つまんないの……）

豪奢《ごうしゃ》な馳走の皿を、手もつけないまま下げられたような気持。悩ましいようなやるせないような、波打つ感情を胸に、匠太郎は事務室を出て、遊び相手になってくれる看護師を探しに看護師詰所の方へと、ワックスを塗りこめたリノリウム敷きの廊下を走っていった。胸のドキドキがいつまでも収まらなかった――。

夏目京子とは、もう一度、もっと濃密に接触する機会があった。

＊

学校はもう夏休みに入っていたのかも知れない。小学校五年生の男の子は、その日も退屈して、何か面白い、刺激になるものを求めて病院の中をフラフラ歩き回っていた。

精神科病院というと、外部の人間は、何か禍々《まがまが》しい兇暴な空気が充満しているように想像するかもしれないが、匠太郎の記憶では、父親の病院はいつも修道院にも似た静謐《せいひつ》さに支配されていたような気がする。

時に、発作を起こした患者の悲鳴や絶叫が静寂を破ることもあるが、そういう患者は鎮静剤あるいは向精神薬を投与されてたちまち意識の薄明地帯へと導かれるのだ。

夏の日ざかり、患者たちは病室で微睡《まどろ》み、廊下はシンと静まり返っていた。

（あれ？）

少年は立ちどまった。

本館の二階へ上がる階段の下はけっこう広い空間があり、薬品倉庫として使われていた。

いつも数字錠がかかっている倉庫の扉が開いていて、中から明かりが洩れていた。

劇薬や麻薬の類もあるから、薬品倉庫は厳重に管理されていた。匠太郎はまだ中に入ったことがなかった。

（どんなふうになってるんだろう？）

持ち前の好奇心を刺激され、そうっと近寄って半分開いているドアから覗きこむと、夏目京子の姿が見えた。

階段の下なので天井が斜めに切られた空間は、窓もない密室だった。頭上に点《とも》された裸電球の薄汚れたような黄色い光を浴びて、京子は書類を挟んだチェック・ボードを手に、壁の両側に設けられた棚にぎっしり積まれた薬品の箱を調べていた。在庫を調べるように命じられたものらしい。

彼女が着ているのは、看護師の制服に似てなくもない白いワンピースだった。病院が不要になった白衣をリフォームして補助職員に支給していたのかもしれない。

床には三段ほどの踏台がついた脚立《きゃたつ》が置かれていて、若い娘は時々その上にあがり、棚の一番上に置かれた薬を、背伸びするようにして調べていた。そうするとワンピースの裾が上方に引っ張られて、ほっそりした脚が膝の上まで見えた。

（ストッキングを履いているかな？）

匠太郎は、この前、彼女に見せつけられた光景を脳裏に思い浮かべた。そうっと倉庫の中に入り、脚立の上に上っている若い娘の裾の内側を見上げた。

（なんだ。履いてないや……）

匠太郎は少し落胆した。とりわけ暑い日だったせいか、京子はソックスも履いてない素足だったのだ。

それでも、若い娘の伸びやかな肢体を下から眺め上げると、太腿の輪郭がエンタシスの柱めいて誇張されるせいか、筋肉も逞《たくま》しいように浮きだして見えて、目をそらすことが出来なくなってしまった。

「あらあら、匠クン……」

知らないうちに入ってきた院長の息子が、やたら真剣なまなざしでジーッと自分を見上げているのに気がついた京子は、いかにもおかしそうにクスクス笑ってみせた。

「何を見てるのよ、イヤねぇ」

そう言われてハッと我に返った匠太郎は、急にいたたまれないような恥ずかしさを覚え、

「何でもないよ。誰がいるのかな、と思っただけ……！」

言い訳してクルリと背を向け、部屋を出ようとした。

「コラ、待て！　おませ坊や」

脚立を飛びおりた京子は、匠太郎が驚くほど素早い身のこなしで出口を塞《ふさ》いだ。仄暗《ほのぐら》い裸電球の光の下で、厳密に言えばまだ入院患者である若い娘の瞳は猫のそれのようにキラキラ

輝いていた。少年の体は、その眼光で金縛りにされた。

京子はチロ、と唇の端を桃色の舌で舐《な》めたように見えた。頬に、この前、事務室で見せた謎めいた微笑のようなものがフッと浮かんだ。

「キミ、女の体に興味あるみたいね。ジーッと私のこと見つめて……。そんなに見たかったら、お姉さんの体、見せてあげようか？」

彼女は後ろ手に倉庫の扉を閉めて、手を伸ばして匠太郎の肩口を摑んだ。

「おいで……」

匠太郎は、一瞬恐怖さえ覚えたほど強い力で引きずられ、棚と棚の間の狭い空間に押しこめられた。その場所だと逃げるに逃げられない。彼の顔に怯《おび》えの色が浮かんだのを認めたのだろう、

「恐がらなくていいのよ。キミの見たいものを見せてあげるんだから……」

宥《なだ》めるように、低く囁いた。

「………………」

まん丸に瞠《みひら》かれた少年の目の前で、京子の細いしなやかな指がワンピースのウエストについている布ベルトを解いた。それから正面に縦一列についているボタンを上から一つ一つ外していった。

ワンピースの前がすっかりはだけられると、白いレースで胸元と裾回りが縁取られた、白いスリップが現われた。京子は裾を摑むといきなり胸元までまくりあげた。

暑い盛りだったからか、それとも習慣なのか、ブラジャーはつけていなくて、碗形に突出した乳房がむき出しにされた。

桃色の、かなり大きめの乳暈《にゅううん》の中心に、唐紅色の乳首が尖《とが》っていた。腰はキュッとくびれ、腹部は平たく、臍《へそ》が隠れるほどの深めのパンティ――今から見ればひどく野暮ったく見えるに違いない――が、細い脚には不釣り合いな感じのするヒップのふくらみを包んでいた。

「…………！」

空気の澱《よど》んだ密室の中に、汗ばんだ娘の肌から立ちのぼる甘いような酸っぱいような匂いがたちこめた。匠太郎は息苦しさを覚えた。心臓が割れるのではないかと思うほど激しく鼓動している。

「じゃ、おませクンにお姉さんのここを見せてあげるネ」

ワンピースの前をはだけ、スリップも胸乳《むなち》までたくしあげた恰好の若い娘は、脚立におろした腰を浮かせるようにして、白い、何の飾り気もないパンティの腰ゴムに手をかけてヒョイと脱ぎおろした。

「あ」

一番最初に匠太郎の網膜に飛びこんできたのは、真っ白い下腹にこんもり盛りあがったような丘を覆っている黒い逆三角形の繁みだった。

黒く、艶やかな、やや縮れた恥毛が渦巻くように密生していた。それは、股のつけ根から噴出する黒い噴水にも似て、上端で左右に分かれている。

「ほら、見て。これが女の人の一番大事なところ……」

パンティは片方の腿の半ばあたりにひっかけるようにして、拡げた両腿の間に十歳の少年を跪《ひざまず》かせた京子は、指を用いて肉に刻まれた亀裂を割り拡げた。

黒光りするような恥叢《ちそう》の奥に、生殖溝全体が露呈された。

男たちはよく、初めて眺めた女性器の眺めを「グロテスク」とか「醜悪」と表現したがる。この時をはじめとして、匠太郎は女たちの秘部を何度となく眺めてきたが、かつてグロテスクとか醜悪という嫌悪の念を抱いたことがない。

しかし、常に「美しい」とか「可憐」という印象を受けた——と言ったら嘘になるだろう。うまく説明できないが、女性の性器は、男にとって美醜の観念を超えているのではないだろうか。信仰者にとって神仏の像がそうであるように。

その時、京子に秘部を見せつけられた少年の感想は、強いて言えば、精密な機械のカバーをとって内部のメカニズムを見せつけられた、未開人の驚きに近かった。

「…………」

匠太郎は口をポカンと開けて、肉体の割れ目の部分を見つめていた。

最初に頭に浮かんだのは、

(口みたいだ)

そんな印象だった。

女の肉体の、秘められた部位にあるもう一つの口——それは、唾液で濡れ光っているような内部粘膜を垣間見せながら、ややしどけない形で微笑するというか、何かを囁きかけるといった様子に見えた。

「分かる？　どうなっているのか」

少年の反応を面白がっている口調で尋ねながら、二十歳ばかりの美しい娘は、さらに腰を突き出すように、猥褻な露呈のポーズを強調しながら、匠太郎が髀肉《ひだにく》の奥まで見えるように開陳してみせるのだった。

彼に唇だと思わせた蘇枋《すおう》色——にぶい紫みを帯びた赤——に沈着した小陰唇は、ほぼ左右対称に整い、大陰唇から突出した部分の表情もチンマリしたものであった。その内側は何か粉を溶いたような薄白い液でまぶされていたが、目に滲みるような鮮やかなピンク色の粘膜が、複雑に折り畳まれている。猫の耳の穴の奥を懐中電灯で照らして覗きこんだ時のような不可解さで、匠太郎は、女陰というものが単なる肉体の亀裂ではないことを思い知らされた。

「どう？　面白い……？」

京子は囁くような声で少年に尋ねる。

「うん……」

少年は、そう答えるのもやっとだった。生まれて初めて蛇と遭遇した幼児のように、すっかり気を呑まれている。不思議に思ったのは粘膜が濡れている理由だった。女というのはいつもこうやって尿のようなものを分泌して亀裂の部分を潤わせているのだろうか。

その浸出液が尿だとしても、尿特有の匂いはしなくて、直射日光を受けて海草をこびりつかせたまま干上がってゆく海辺の潮だまりに似た、あの特有の磯臭さが鼻を衝いた。

「……はい、終わり」

どれだけ時間がたったろうか、年上の娘は立ちあがり、ツイとパンティに脚をとおして引き上げた。黒い恥叢、蘇枋色の唇、その奥の複雑なピンク色に彩られた粘膜が木綿の下着で覆い隠された。スリップが特殊な演劇の終わりを告げるようにハラリと落ちて乳房も隠れた。

「今のこと、誰にも言っちゃダメよ」

ポンッと少年の頭を小突いて言うと、まるで何事もなかったかのように、京子はチェック・ボードを取り上げた。

「扉、開けておいてネ。息が詰まりそうだから……」

少年は廊下へと出た。ふり返ると、まるでそこだけ異次元空間であることを示すような薄汚れた黄色い電灯の光の下で、夏目京子はしきりに箱に入った薬瓶を数えていた。まるで、乳房を見せ、秘部を指でさらけ出したのは少年の見た白昼夢だと思わせるかのように——。

自分の家、自分の部屋へと続く長い廊下をバタバタ走り抜けながら、匠太郎は何か泣きたいような叫びだしたいような、不思議な感慨に襲われていた。

自分はあの時、何か、ひどく重大な出来事、人生の意味を顕現させる秘跡のようなものと遭遇したのではないか——という考えは、その後も長く、匠太郎の心の底に、驚異的な眺めと共にこびりついていた。

京子は、夏の終わり頃、匠太郎が知らないうちに退院していった。その後の消息を彼は知らない。

(女はすべて、夏目京子のように、自分の裸体、のみならず性器の奥までを誰かに晒《さら》したいという欲望を秘めているのだろうか)

高見沢美雪の履いていたストッキングから、連想は一挙に童貞だった少年時代まで飛び、匠太郎は再び現実に戻った。

(京子は入院患者だったが、あの時、おれに自分の秘部を見せたのは、病んだ精神のせいばかりではなかったはずだ……）

露出願望の強い女性を募って出演させるという〝素人ストリップ・ショー〟というのは、奇異なように見えて、そうではないのかもしれない。

（ポルノグラフィは結局、女たちの一つの自己表現願望ともいうべき露出願望の上に成立しているのではないだろうか？）

そうだとしたら、人類がどんなに高潔な社会を完成させたとしても、ポルノグラフィは消滅しないことになる。ポルノグラフィは男たちの必要に応じて提供されているように見えるが、実は、女たちの露出願望というドロドロしたエネルギーによってこの世にもたらされているのだから。人間の道徳的退嬰《たいえい》、腐敗とは無関係に。

（高見沢美雪が持ちこんできた仕事は、あるいは女たち自身の肉体の闇に蠢くものを探ることになるのかもしれん……）

そんなことも空想してみる匠太郎だった——。

＊

翌日、匠太郎は何度か挿絵の注文を貰ったことがある、衣笠《きぬがさ》という編集者に電話してみた。

衣笠が働いているのは、F——社を戦艦とすれば、駆逐艦ぐらいの規模の小出版社だ。しかし、彼が担当している小説出版部門では、大手出版社に伍してよくベストセラーを放ち、健闘している。

「衣笠さん。つかぬことをお伺いしますが、『小説F――』の高見沢美雪という編集者を知ってますか」

「ほう。どこでお嬢のことを……？」

衣笠の口調は意外そうだった。同業の間では美雪は〝お嬢〟と呼ばれているらしい。

「ちょっとした仕事を頼まれたんですけど、どんな女性かと思いましてね」

この段階で他社の編集者に依頼された仕事の内容を詳しく喋《しゃべ》るというのは、やはり仁義を欠くことになるだろう。匠太郎は詳しいことは喋らずにおいた。

「それはそれは……。F――社から仕事が来るというのは、いよいよきみも売れてきたということだな。ふむ、そうだね……、お嬢は、編集者としては優秀だよ」

「衣笠さんに褒められるなんて、相当有能なんですね」

匠太郎はちょっと皮肉をこめて言った。衣笠は、若い、特にF――社のような大手出版社の編集者に対して批判的なのを知っていたからだ。衣笠は苦笑したようだった。

「まぁ、おれも最初、彼女が『小説F――』に配属された頃は、『あんなチャラチャラした女に何が出来る』なんて思ってたよ。しかし、仕事ぶりを見て、見直したのさ。何しろ売れっ子作家を何人も手なずけているからね。他社の原稿依頼は断っても、彼女が頼みに行くとたちまちOKというのが――」

衣笠は、売れっ子といわれる流行作家の名前を何人も挙げた。

「へえ」

匠太郎は驚いた。

「まあ、作家なんてスケベが多いから、むさくるしい男より綺麗な姐《ねえ》ちゃんに担当されたがるのは当然だ。お嬢は人当たりがいいし、気配りも行き届いているからね。でも、それだけじゃないんだなぁ。たとえば、スランプでずっと筆を折ってた河合邦男。ホラ、推理小説の……。彼を説得して自分の雑誌に時代劇を書かせたら、たちまちN――賞の候補になってしまった。それと、大学時代にK――社の新人賞をとったけどあとは鳴かず飛ばずだった川端信吾も、彼女に勧められて冒険小説を書いたら、なんとそれが百万部のベストセラーになった。この秋のK――賞は固いと言われてるよ。そんな具合に、あの高見沢って子は、若いに似合わず眠っていた才能を見つけ出す能力があるんだ。若い編集者を叱ってばかりのオレも、彼女にはすっかり脱帽だよ」

衣笠は匠太郎よりずっと年上で、美雪の父親と同じ年代になる。その衣笠が賞賛するのだ。

「だって、まだ若いでしょう？　どんな経歴なんですか？」

「F――社に入社したのが四年前だから、いま二十六ぐらいか。最初は新人作家を担当したが、一年たらずのうちにメキメキ頭角を現わしてきてね、今じゃ、彼女を担当にしてくれって、作家の方から申し出てくるぐらいさ。ただね、ちょっと不思議なのはF――社に入った経緯《いきさつ》なんだ」

衣笠の説明するところでは、大手出版社の中でも一、二を争う規模のF――社は、マスコミ希望の学生の間では、難関中の難関として知られているという。成績がどんなに優秀であっても採用されるとは限らないからだ。「F――社に入るには、作家の子供でないとダメ」といわれているぐらい、徹底した縁故採用でとおしているという。

「作家でも大家、巨匠、文豪といわれるクラスの息子や娘でないと受け付けない。そういったサラブレッドしか採用しないんだ。女子社員も、皆そうだ。要するに、文壇と完全に持ちつ持たれつの構造になっているわけだな。息子や娘を押しこんだ手前、その作家もF――社の原稿や全集の企画を断りにくいだろう？　コネで有名作家の子弟を入社させるというのは、そういうメリットがあるのさ。最近はどこもそういう傾向になって、ふつうの学生なんか出版社になかなか入れなくなってきたけどね……」

衣笠は慨嘆する口調で言った。

縁故採用には弊害がないわけではない。親が作家だからといって、その子供が必ずしも文芸的才能に恵まれているとは限らない。いや、親のコネで出版社に入ろうなどという息子や娘に限って無能なのが多い――と衣笠は言う。

「本人は文学が好きでも何でもない。どこでもいいのだけど、親の威光で入れてくれるから、出版社に入ってきた――というのが多い。そんなのに、ロクな仕事ができるわけがない。そうだろ？」

匠太郎は、衣笠が、特に大手出版社の編集者に厳しい見方をする理由が分かった。

匠太郎は話を美雪のことに戻した。

「で、高見沢美雪の話なんですが」

「うん。そのことなんだが……」

衣笠は急に声を潜めた。

「あの子がF――社に入れた理由が分からないんだ」

「彼女、コネがなかったんですか？」

「いや、常識から言えば、いいとこのお嬢さんには間違いないんだ。父親はW――大の仏文教授だから。だけど、中世の修道院研究やってる学者なんか影響力なぞあるわけがない。本人だってN――女子大の国文を優秀な成績で卒業した才媛だが、コネなしではF――社に入るにはクソの役にもたたん。ま、もし入ったとしても、あそこは男尊女卑もいいとこだから、お茶くみがいいところだ。そんな普通の娘が、採用された途端、看板雑誌の編集部に配属された、というんだから、不思議じゃないか」

「会社が方針を変えたんじゃないですか？」

「ところが、その年も、その後もずっと、有名作家のコネなしで入ったのは、お嬢だけなんだな。方針を変えたわけでもないらしい」

「それは、不思議ですね」

衣笠はまた声を潜めた。

「ところで、あそこの編集局次長は小和田《おわだ》という男で、こいつは『小説F――』の編集長もやってた男なんだけど、お嬢をえらい気に入ってるんだ。彼が強力に主張してあの子を採用し、自分のところに持ってきたという噂がある。しかも、部下には厳しい男が、お嬢だけは何でも大目に見るらしい。ま、能無しどもがヒガんで言ってるのだろうが……。小和田というのはF――社では唯一切れる男で、オレも一目も二目も置いている。その男がお嬢を強力にバックアップしているというのが、何かありそうなんだな……」

「というのは、男と女の関係でも？」

「わはは」

衣笠は豪放に笑った。

「誰でもそう思う。お嬢は小股の切れあがったいい女だからな。でも、小和田との間に、そういう関係はないだろう。だいたい、出版界では、女性編集者が誰それと出来たとか何とか、浮いた噂が飛ぶのはふつうだけど、お嬢に関しては不思議にそれがない。……そうそう、こういう面白い話があるんだ。武藤周一《むとうしゆういち》って知ってるだろう？」

「ええ。純文学とエッセイと、両方で売れてる……」

武藤周一はF――社とも長いつきあいで、影響力も強い作家だという。

作家という人種は、常識はずれの我儘《わがまま》な性格の者が多い。中でも武藤周一は短気な性格で、些細なことで臍を曲げ、癇癪《かんしやく》を起こすので有名だった。好悪の念も極端で、彼の逆鱗に触れていじめ抜かれ、自殺を図った若い編集者もいるという。

「作品はいいものを書くんだけど、人間がよくない。いったん気にいらないとなると、ネチネチと編集者のことをいびるんだな。でなければ人前で怒鳴りつけたり恥をかかせたり……。おれもずいぶん泣かされたもんさ。それでも文壇の雄だからね、正面きってケンカするわけにはゆかない」

ことをあろうに、その武藤の連載小説を、入社して二年目の美雪が担当させられたという。

「まあ、貧乏クジをひかされたわけだ。もっとも、彼女は不平一つ言わず、誠心誠意、武藤にいい原稿を書かせるべく、尽くしたみたいだが」

――ところが、連載が始まってすぐに、出版界を震撼させる事件が起きた。

「お嬢のやつ、こともあろうに、武藤をひっぱたいたんだ」

「ええっ⁉　本当ですか？」

つい、大きな声を出してしまった匠太郎だ。

「本当さ。武藤をカンヅメにしていたホテルのコーヒーショップでやらかしたので、何人もの目撃者がいるんだ。打ち合わせの最中だったらしいが、武藤がさんざん彼女を侮辱する言辞を吐いたらしい。まあ『女のくせに生意気だ』とか、封建的な男の言うセリフさ。お嬢は最初は抑えていたようだが、武藤が『おまえみたいなのは顔も見たくない。辞めてしまえ』とまで言ったら……」

――憤然として席を蹴って立ちあがった美雪は、キッとにらみつけると、

「それでは先生のご希望どおり、今日限り編集者を辞めさせて頂きます！」

言うが早いか、コップの水を武藤周一の頭からぶっかけたのだ。

「な、何をする……！」

激怒して立ち上がり、胸倉に摑みかかってきた初老の作家の手を払いのけると、

「お別れの挨拶よ」

言いざま、武藤の頬げたを張りとばした。毎日、酒びたりの生活をしていた純文学作家は、

強烈な往復ビンタを食って、たまらずに床にひっくりかえった。立ち上がろうとしてもがく姿はカエルのようで、誠にぶざまなものだったという。

「ああ、せいせいしたワ」

まだ新米の部類に入る女性編集者は、呆然としている武藤を後に残して、その足でまっすぐ社に帰ると、上司に辞表を提出してさっさと帰宅してしまった。

F――社の幹部は仰天した。あろうことか女性編集者がドル箱作家に水をぶっかけたうえ殴り倒してしまったのだ。編集長がホテルにすっ飛んでゆき、武藤の目の前で土下座して詫びた。

誰もが、体面を傷つけられた武藤はF――社と絶縁すると思った。そうなれば、彼女を重用した小和田も責任をとらされる。かねてから小和田のことを快く思っていなかった者たちは快哉《かいさい》を叫んだという。

「ところが、そうならなかったんだな」

衣笠の説明を、匠太郎は息をつめるようにして聞いた。

――殴られた後の武藤は、ショックのせいか、しばらくボウッとしていたらしいが、やがて『なかなか気の強い女だわい』などと負け惜しみを言い、やがてF――社の幹部が駆けつけると、

「いやいや。あれくらい元気な女じゃないと編集はつとまらん。試しただけさ。ワシは気にしとらんよ。あの子を叱る必要はない」

そう言って笑ってみせた。それどころか、これまでどおり彼女を自分の担当にしておくようにとりなしたという。

「武藤のやつ、傷ついた自分の体面を、鷹揚な態度をとることで挽回しようとしたんじゃないかな。よくは分からないけれど……。お嬢のほうはお嬢のほうで、ケロリとした顔で戻ってきて、それから何事もなかったみたいに武藤の担当をつとめあげたよ。その時の作品が『夢茫々《ぼうぼう》』という最新作さ。発表されたとたん大評判になったのはきみも知っているだろう？　彼の代表作になるだろうと評論家が褒めちぎっている。おれも読んだけど、たいしたもんだ。このところ、グルメ的な随筆しか書いてなかったあいつが、よくあんな珠玉の文章が書けたもんだと舌を巻いたよ。編集者の間じゃ、お嬢に殴られたショックで目がさめた――ということになってるけど、もし本当だとしたらたいした功績じゃないか」

衣笠はそう言って笑った。

その一件以来、美雪の評価は高まった。彼女に対して女性差別的な言辞を吐く作家や評論家もいなくなった。F――社の中でも、彼女は一目置かれる存在になったという。

衣笠は最後に、忠告する口調で言った。

「業界では『お嬢はアゲマンだ』という噂が流れている。寝ると男に運が向いてくる女のことさ。彼女が実際に寝ているわけではないが、担当した作家は皆、いい仕事をしているものな。きみも彼女に仕事を貰ったのなら、運が向いてきたのかもしれんよ。まあ、頑張ってくれ」

電話が終わってから、匠太郎は唸った。

（うーん、有能だとは思ったが、そこまで評価されているとは……）

衣笠の話を聞くまで、匠太郎は高見沢美雪のことを、雑誌の埋め草的ページを受けもたされている、野球で言えば二軍クラスの編集者だと思っていた。そういった先入観は、いっぺんに吹っ飛ばされてしまった。だが、驚きの後に、必然的な疑問が湧いてくる。

（そんな有能な編集者が、どうして俺ごときマイナーなイラストレーターに、絵も文も任せるような企画を立てたのだろう？）

第三章　ストリップ◉律子・アリサ

連載ルポ〝大都会の闇に蠢く〟の第一回に掲載する〝素人ストリップ大会〟を取材したのは、日曜日の夜だった。

前日、高見沢美雪が最終打ち合わせの電話をかけてきた。

「会場は新宿のクラブです。営業が休みのお店を借りて会場にするそうです」

始まるのは七時からだという。六時に、副都心にあるH――ホテルのロビーで落ち合うことにした。

「終わるのは真夜中になるかもしれません。それからお宅までお帰りになるというのも大変でしょうから、こちらでH――ホテルをとっておきます。お泊まりになって下さい」

文章はともかく、絵の部分だけは印象の強いうちにある程度仕上げておきたかった。都心のホテルに泊まれるなら、そのほうが都合がいい。

「分かりました。じゃ、そうしましょう」

匠太郎が承諾すると、

「でも、ミュウちゃんは大丈夫ですか？　お家に残されて……」

美雪の方から心配してくれた。

「ミュウなら大丈夫です。出かける時は餌と水をたっぷり置いてゆくし、彼女専用の出入り口があるので、好き勝手に外に出て、野ねずみなんか食べますから」

実際、都会の猫と違って、ミュウは優秀なハンターなのだ。それでも、美雪が飼猫のことまで気にかけてくれる神経のこまやかさに感心させられた。

（よく気のつく子だ……）

あれから一度、F――社のロビーで会って打ち合わせしたが、美雪は自分の実績については、武藤周一との武勇伝も含め、一切しゃべらなかった。編集者の中には、自分がいかに有能であるかを誇示しようと、有名人とのつきあいや功績を誇張してしゃべりたがる者がいる。

（なかなか、出来ることではない）

匠太郎は、美雪の控え目な態度に、ますます好ましい感情を抱いた。

――当日、スケッチの道具だけを持って、指定された時刻にH――ホテルのロビーに行くと、

「先生。ご苦労さまです」

屈託のない笑顔を見せて、美雪が出迎えた。黒いニットのワンピースの上に、同じ色のカーディガンを羽織っている。いつものように地味な装いだが、彼女の体からは人の心を浮きたたせるようなエネルギーが放射されているようで、周りの雰囲気がパッと明るくなる。歩く姿も、のびのびした脚にバネでも隠されているのではないか、と思うほど潑剌《はつらつ》として、しかも身のこなしが軽い。

(彼女が傍にくると、急に気分が明るくなる。それで誰もが、いい仕事をするのではないか)

眩《まぶ》しいものでも見るように目を細めながら、匠太郎は思ったことだ。

二人はタクシーで歌舞伎町に向かった。日曜の盛り場は、すこし外れになるとガタッと人が少なく、ネオンの灯もまばらだ。車の中で美雪が段どりを説明した。

「会場で、この集まりの主催者に会います。だいたいのことは、その時に聞けると思います。出演者の中で誰か見つけておきますので、その人の感想などは終わった後で聞きましょう。ショーが始まったら、先生は楽しんでご覧になってください。私は傍におりますけど、余計な口出しはしませんから……」

ちょっと躊躇《ためら》ったが、匠太郎は訊いてみた。

「きみはストリップを見た経験があるの？　同性の裸を見て抵抗を感じない？」

「そうですね……、作家の先生のお供で銀座のクラブなんかに行った時、フロア・ショーでヌード・ダンサーが踊るのは見たことあります。盛り場のストリップ劇場でやってるのは、もっと過激だと聞いてますけど……。同性のヌードを見るのは、嫌いではないですね。美しければ——の話ですけど」

微笑を浮かべたまま、率直に答えた。

（この娘は、古い因習にとらわれず、自分の欲望に素直に生きている……）

自分から好んで性風俗探訪記事を企画し、積極的に取材もするというのは、性に関して旺盛な好奇心がなければつとまらない。えてしてキャリアウーマンと呼ばれる女たちの中には〝女性の性を商品化するのは許せない〟と非難したりする者がいるが、美雪には、そういった硬直した姿勢がない。

「先生は、どうですか？　ストリップはよくご覧になります？」

「最近はあまり見ないけど、学生時代にはよく行ったなあ。一応、女体を見るのも絵の修業だ、なんて自分に言い訳しながらね……」

「そんなものですか。やはり罪悪感を感じるわけですか？」

「うん。今は、もう感じないけど」

美雪は白い歯を見せて笑った。彼女の体からは、あいかわらず健康な牝の馥郁《ふくいく》とした体臭

が香り、匠太郎の欲望を心地よくそそる。スラリと伸びた脚を包む黒いナイロンにチラと視線を配りながら、

(今日もセパレートのストッキングなのだろうか……?)

どうしても、そんなことを考えてしまう。

タクシーは、かなり大きな雑居ビルの前で止まった。日曜なのでビルの側面にとりつけられている看板はほとんど明かりが消えている。匠太郎は美雪の後ろについて地下のフロアに降りていった。

大きな木製のドアに〝和合会・パーティ会場〟と墨で書かれた紙が貼ってあった。美雪がノックすると、

「はい?」

三十歳を幾つか越えたぐらいの、髪をアップにまとめ、濃い化粧をした女がドアを開けた。むっちりと豊満な肉体に黒いサテン製のバニーガールの衣装を纏《まと》っている。白い太腿に黒の網タイツが煽情《せんじょう》的だ。

「今晩は。F――社の高見沢です。村中《むらなか》さんにお目にかかりたいんですが……」

「はい、伺っております。こちらにどうぞ」

接待役らしい女は、丸くて白いウサギの尾のついた尻を挑発的に振るようにして、角の方

の席に案内した。

「少しお待ち下さい。いま、主人がまいりますので……」

クロークの奥のほうへと消えた。主人と言ったからには、彼女は主催者の妻なのだ。

匠太郎は周囲を見回した。思ったより広いクラブだ。ほぼ正方形のフロアに、壁に沿ってコの字形に客席が配置されている。中央のダンスフロアの奥が一段高くなって、ちょっとしたステージになっている。

客席にはテーブルが十ほど。全体に四十人から五十人は入れるだろう。

奥から、白っぽい背広を着た、匠太郎より背の高い中年男が現われた。

「やあ、高見沢さん」

美雪とは何回か会って、顔なじみになっているらしい。

「取材に参りました。こちらが絵と文を担当される鷲田匠太郎先生です。こちらは、今日の集まりを主催されている村中さん」

美雪に紹介されて、匠太郎は村中と名刺を交換した。

「絵描きさんですか……。写真だといろいろ不都合もありますし、出演者もイヤがりますけど、まあ、絵でしたら大丈夫でしょう」

受けとった名刺には〝和合会・会長、村中融《とおる》〟と書かれていた。和合会というのは、スワッピング愛好家の懇親団体だという。

「……私と家内はもともと某スワッピング雑誌の常連でして、雑誌を媒介して全国の百組以上ものカップルと連絡をとりあって、時々スワッピング・パーティをやっていたわけです。ところが、例のエイズ騒動以来、スワッピング愛好家が自粛しましてね、以前のように無差別で過激な乱交パーティといったようなモノは、もう誰もやらなくなりました。まあ、それも無理はない。エイズに感染でもしたら大へんですからね」

「なるほど」

話を聞きながら、彼はスケッチブックを広げ、先の細いサインペンで素早く村中会長の顔をスケッチしていった。傍で美雪が感心したように彼の手元を眺めている。

「ほう、私の顔ですか。こりゃ、よく似ている……。はは、実物よりハンサムですな」

村中は嬉しそうに笑った。それからはずっと口が軽くなる。似顔絵の効用だ。

「ただ、他のカップルと別な形で交流したり、自分たちの行為を見られたい、他のカップルの行為を見てみたいという欲望は、逆に強くなってきたんですね。スワッピング雑誌なんかでも直接、パートナーを交換する従来のスワッピング希望は激減したのに、露出希望とか鑑賞希望者は増えてきてるんです」

「なるほど、エイズの登場で現代人のセックス・ライフが変わってきた、ということですね」

村中は溜め息をついた。

「そういうことです。エイズのワクチンや特効薬が出てこない限り、無差別に乱交するようなスワッピング行動は、もうダメでしょう。幾らコンドームを使うといってもウィルスに感染する危険はつきまとうわけですから。そうすると、どうしても、接触を避けつつ刺激を得る——というスタイルになってきます。私も方針を変えて、鑑賞を主体にした活動に切り替えたというわけです」

スワッパーに限らず、女性の中には露出願望が強く、たとえばパンティを穿かず、ミニスカート姿で街を歩いたり、わざと満員電車の中で痴漢を挑発したりする者がいる。自分の恋人や妻の恥ずかしい姿を他人に眺めさせて昂奮を味わう男も多い。

「ただ、野外なんかでまったく見ず知らずの他人を相手にして、そういう露出プレイをやると危険があるわけです。下手をすると公然猥褻罪で御用になりますし、ヤクザや何かにからまれたら取り返しがつかないことになる。実際、それで強姦、輪姦される被害も起きてます」

「そりゃ、そうでしょうね。男たちをわざと挑発して歩くわけですから」

「そこで、安心して露出願望がかなえられる場を提供しようと思いたちまして、素人のストリップ・ショーという形で露出パーティをやってみたんです。これが評判がよくて出演希望者も多い。だからこの場所で月に一度ぐらい、定期的にやることにしました。今夜で四回目です」

「出演者は、どういう人たちですか？」

「スワッピング雑誌で、こういう会があると知って連絡してきた女性が多いですね。カップルの片われもおりますし、単独で申し込んでくる女性もおります。今日は、四人出演します。えーと……」

村中は胸のポケットから紙片をとりだして眺めた。

「最初に登場するのは、単独初参加のＯＬです。次がパートナーに勧められたという女子大生。これはカップルで来ます」

「ということは、恋人が他人の前で裸になるのを、男性も見るという……」

「そうです。実を申しますと、パートナーというのは、お年を召した男性で、パトロンなんです」

「ははあ。回春剤ということですね」

「そういうことです。次が小学校の先生。この人も単独参加です」

「小学校の先生⁉　それはまた……」

　匠太郎は美雪と顔を見合わせた。

「いや、小学校の先生だから性的にノーマルだ――というのは誤りですよ。男性の場合も教師、警官、弁護士、僧侶といったところがセックス産業の常連でしょう？　女性教師に露出願望があっても不思議ではありません」

「そんなものでしょうか……」

「最後が人妻ですね。この人は和合会の会員の奥さんで、子供も二人いて、見るからに淑《しと》やかな人なんですが、数年前からウチの会に参加してスワッピングに参加してきました。この方は生板本番もオーケイです」

「あの……、生板本番というのは……？」

　横で聞いていた美雪が口を挟んだ。

「生板というのは、ステージの上で男性と絡むことです。ステージの上でストリッパーが観客の男性とセックスするのが、生板本番ですね」

　村中が説明すると、

「えっ、舞台で、そんなこと、しちゃうんですかぁ……！」

　さすがの彼女も、そこまでは想像していなかったようだ。頬を幾分紅潮させた。

「ええ。彼女の夫もそれを希望しているんですね。もちろん本番の希望者にはコンドームを着けてもらいますが……。これがメイン・イベントで、その前の三人が前座ということになりますか」

その時、バニーガールの衣装をつけたさっきの女が、ビールとグラスを盆に載せてやってきた。村中の手が黒い光沢のあるサテンに包まれた、爛熟《らんじゅく》したヒップを撫でた。

「女房の郁子《いくこ》です。こいつもそうとうな露出好きでしてね、今晩はこんな恰好で進行役というか、出演者の補助役をつとめさせるんです」

「どうぞよろしく。年増で体も崩れていますけど……」

豊満な肉体を持つ村中の妻は、二人に向かって婉然《えんぜん》と笑ってみせた。口では謙遜しているが、肉体に自信を持っていることは確かだ。あられもないばかりに胸も腿も露わなバニーの衣装からは、濃厚な香水の香りと共に美雪とは違った牝の匂いが立ちのぼり、それだけで匠太郎は理性が痺れるような気がした。

「このショーの出演者のギャラは？」

匠太郎はさっきから気になっていることを訊いてみた。

「いえいえ。出演者はノーギャラです。会費も会場の借り賃を払ったら幾らも残らん状態で、まあ一種のボランティアですね」

「警察は、この種のことにうるさくないんですか？」

「既存のストリップ劇場を脅かすようだと取り締まるでしょうけど、特定の会員だけの内輪のパーティということで大人しくやりますから、大丈夫でしょう」

そろそろ早めにやってきた観客が入ってきた。村中は腰を上げた。

「どうぞ、ゆっくりしていって下さい。ただ、出演者は文字どおりズブの素人ですので、あまり正体が分かるように書かれると困るのですが……」

「その点はご心配なく。村中さんのほうにご迷惑のかかるようなことは、一切しませんので」

美雪が言うと、主催者は安心したようだ。

「この絵、貰えますかな？　額にでも入れて飾っておこうと思って。いや、よく似ている……」

感心しながら絵を一枚貰って去っていった。匠太郎は美雪に訊いた。

「生板本番までやる、というから本当のストリップ劇場も顔負けのことをやるみたいだよ。刺激が強いと思うけど、大丈夫？」

美人編集者は、また白い歯を見せて笑い、目だけで睨むようにした。

「先生。私、世間知らずの女子高生じゃありませんよ。男ばかりの職場で揉まれてますから、どうぞご心配なく……」

やがて客席は四十人ぐらいの男女で埋め尽くされた。匠太郎の見たところ、観客の年齢は、学生くらいの若さから初老の男性までマチマチだ。女性の姿は十人ぐらい。ほとんどが恋人や夫らしい男性とぴったり肩を寄せあっている。

誰もが押し黙ったまま、用意されたビールや水割をチビチビ呑んでいる。女性客がいなければ、本当のストリップ劇場の開幕前の雰囲気と変わらない。淫らな期待で店内の熱気がジワジワと上がっていくようだ。

匠太郎と美雪のいるテーブルはコの字型の角のところにあって、ステージも他の客席もよく眺められる。匠太郎は他の客に気取《けど》られぬよう、小型のスケッチブックを膝の上に置き、ペンを走らせた。こういう情景をどんどん紙の上に記録しておけば、後で文章を書く時の助けになる。

定刻になった。参加希望者は全員入ったらしく、ドアが閉めきられた。天井の照明が消え、ステージの部分だけ浮かびあがらせるスポットライトに切り替わった。

「皆さん、ようこそ。村中です……」

主催者がマイクの前に立って挨拶をした。まばらな拍手が起きる。

「あらかじめお知らせしたとおり、今夜のショーは四人のかたが出演してくれます。初めて人前で脱ぐ人もいれば、何回か体験して、馴れている人もいます。演技に上手下手はあったとしても、皆さん純粋なアマチュアです。プロのダンサーとはひと味もふた味も違ったアマチュアの新鮮さを堪能して下さい。それから、ひとつお願い申しあげます。今夜、出演なさったかたと偶然、どこかでお会いになるかも知れませんが、皆さんふつうの社会生活をなさっています。くれぐれもプライバシーは守ってあげて下さい。では……」

一揖《いちゆう》して村中は退いた。入れ替わりに登場したバニー姿の郁子が、最初の出場者を紹介する。

「まず最初は、埼玉県から参加して下さいました、ＯＬの律子《りつこ》さんです。どうぞ拍手で迎えて下さい」

音楽がかかった。演歌をアレンジしたカラオケのメロディである。『夜の銀狐』。

ステージ横手のスポットライトが客席に向かって浴びせられた。はじっこの方にチンマリと坐っていた若い娘の姿が浮かびあがった。彼女は一瞬、眩しい光線から自分の目を庇《かば》うかのように両手で顔を覆った。覚悟してきたのだけど、いざとなるとステージに進みでる勇気が萎《な》えたのかもしれない。バニースタイルの女がフロアに降りて彼女のところまで行き、手をとって立ちあがらせた。

「さあ……」

押しあげられるようにしてステージに立つと、客席から拍手が沸きおこった。

OLだという娘は、二十《はたち》を一つか二つ過ぎたというところ。ゆるやかなウェーブをつけた長い髪。背は高くもなく低くもなく、全体にポッテリと肉のついた体格だ。

あまり化粧っ気のない顔は、唇が厚く、あどけないほどに子供っぽい顔だちだ。愛嬌はあるが美人ではない。地方都市出身とすぐ分かる、ちょっと野暮ったいセンスの、どこにでもいるような娘だ。それが今や、スポットライトを浴びて、四十人もの男女に注視され、頬を上気させている。

どこから見ても目だたない娘が、そうやって衆人環視の中で裸を晒す決心をしたことにやはり匠太郎は驚かされた。あるいは、一生に一度、男たちに見つめられるスターになりたいと思ったのだろうか。

いたいたしささえ覚えながら、匠太郎は素早くペンを走らせて雰囲気をとらえてゆく。

娘は、パーティにでも着てゆくような白い飾り襟のついた、どこか子供っぽいデザインの、黒いドレスを纏っていた。裾丈は短めで丸い膝がのぞいている。ストッキングはレースの網目模様が入った白。ハイヒールは赤。

音楽のリズムに合わせるようにして、彼女はゆっくり体を揺すって、ディスコのステップで踊りだした。客席の一人が手拍子をとると、何人かが合わせた。それは「さあ、脱いで、さあ、脱いで」と娘に催促するようだ。

律子と紹介された娘は、踊っているうちに次第にノってきたようだ。目をまっすぐ正面に見据えるようにして、唇を挑発するかのようにやや突き出す。

両手が首の後ろに回った。ホックを外し、背中についたジッパーを引きおろす。まず片袖を脱いだので、丸い肩がむきだしになった。見るものたちの期待が高まり、息づまるほどの緊迫感がフロアに充ちてきた。それまで横で手拍子をとっていた郁子は、いつの間にか姿を消した。

「さあ、さあ」

男たちが手拍子を打ちながら声をかけると、それに応じてもう一方の肩が現われた。ドレスが腰までひき下ろされる。スリップは着けてなく、サックスブルーのブラジャーに包まれた乳房が現われた。豊満な肉丘だ。

「さあ、さあ。さあ、さあ」

男たちの声も手拍子も、熱狂を感じさせるほど高まってきた。娘の唇に微笑めいたものが浮かんだ。

（この娘は、皆の前でこうやって肌を見せてゆくことに、スリルと昂奮を味わっている）

思わずペンを止めた匠太郎は、そう確信した。

スルリ。

前屈みになり、ワンピースドレスを脚元まですべり落とした。どっしりとたくましささえ感じさせる下半身は、白いレースのパンティストッキングがウエストまで覆っていた。その下には、ブラと対《つい》になったサックスのスキャンティ。前面にレースの窓が丸くはめこまれたようになっていて、黒い恥毛がそこから透けて見える。おとなしそうな娘の外見とは裏腹に、煽情的な下着だ。それが彼女の奥底に隠されている露出願望の証なのかもしれない。

郁子が舞台の袖から素早く近づき、娘が脚から脱ぎ捨てたワンピースを受けとってやる。

ブラとパンティ、パンストだけという姿になった娘は、赤いハイヒールを履いたまま、両手をゆっくり上へ持ちあげ、綺麗に剃りあげた腋窩《えきか》を晒しながら、ステップを踏みながら旋回した。後ろ向きになると、スキャンティの後ろ側の布地は素肌がもろに見えるほど薄く、丸くこんもりしたヒップのふくらみに食いこんでいる様子がパンストの網目ごしによく眺められた。

「おいしそう」

不意に美雪が耳元で囁いた。驚いてチラと女性編集者の顔を覗きこむと、その瞳は微熱を発した者のように潤み解けている。暗い照明でも、彼女の頬から項《うなじ》にかけて、舞台の上の娘のように上気しているのが分かる。

「面白い？」

「ええ。とっても……。何だか昂奮しちゃうわ」

美雪はそう言って、喉からククという独特の含み笑いを発した。両脚は組み合わせているので、ミニ丈の裾から腿の方が覗いている。セパレートのストッキングを履いているのかどうか、まだ定かではないが、腿と腿を無意識のうちに擦り合わせるようにしている。尿を堪《こら》えるようなその動作は、女が発情した時に、それとは気づかずに見せる媚態《びたい》の一つなのだが。

（ほう……）

目もと涼やかで気品さえ感じさせる美雪が、ごくふつうの娘の脱衣シーンを見て性的に昂奮するのが、匠太郎には驚きだった。男は同性愛者でもなければ、同性の裸体や脱衣シーンを見ても昂奮しないものだ。

（そう言えば、女のヌードを見るのは嫌いではない、と言ったっけ。少しレズっ気があるのかもしれない）

ふと、そんなことさえ思った。

客たちのかけ声と手拍子は一層盛り上がる。ゆるやかにステップを踏みながら一回転してみせた娘は、再び正面を向くと、背中に手を回した。ホックを外すとカップがストンと前の方に落ち、白い二つの乳房が露出した。覆いを外された薔薇《ばら》色の乳嘴《にゅうし》が、遠くから見てもハッキリ分かるほど勃起している。男たち、そして美雪ら何人かの同性の視線を浴びながら、この娘は明らかに発情している。ワッと歓声が上がった。拍手。

それに励まされたように、娘の動きは一層リズミカルに、なめらかに、誇張されたものになっていった。まるで本職のストリッパーがやるように、くねくねとヒップをうねらせる仕草さえ見せるのだ。

メリハリに乏しいのが欠点ではあるが、全体にふっくり肉がのった裸身はみずみずしくて、確かに食欲をそそる。

もう一回ターンしてから、娘はパンストの腰ゴムに手をかけ、あたかももう一枚の余分な皮膚を剝《む》くかのように、ツルリと脱ぎおろした。ハイヒールを脱いで、両足からナイロン・レースの薄布を引き抜いた。これで彼女が身に着けているのは、淡いブルーの、恥毛を透かしているスキャンティだけだ。

歓声と拍手をもう一度浴びた娘の顔に、陶酔とも、得意の絶頂とも思える微笑が浮かんだ。降臨した女神が、支配すべき人間たちを見下ろした時に浮かべる倨傲《きよごう》とも思える笑み。一枚一枚服を脱いでゆくごとに、この娘は匠太郎も驚くほどに変身した。再びハイヒールを履き、薄いナイロンの下着に包まれた豊満なヒップを打ち揺すりながらステージの上でゆるやかに旋回して見せる彼女は、ついさっき、オドオドと舞台に押しあげられたあの娘と同一人だと、誰が思えるだろうか。

高まる手拍子に合わせて、娘は踊った。脚を振り上げ、自由にのびやかに裸身を反らせ、屈ませ、腰を左右に、前後に打ち揺すって観客の欲情をいやおうなしに高める。

「さあ、さあ、さあ」

男も女も陽気に叫んでいる。嬉しそうに娘は笑い、白い歯がこぼれた。全身から光り輝くようなエロティシズムが放散しているようだ。もう一度ターンしてから、じらすように腰をウネウネとくねらせてみたりしながら、最後に彼女の手がスキャンティの腰ゴムにかかった。

ふいに手拍子がやみ、沈黙が支配した。

誰もが唾を呑みこむような緊張の中で、娘はぴっちりと柔肉に食いこんでいる腰ゴムに手をかけ、一センチ、一センチと思わせぶりにずり下げていった。彼女の目は観客たち一人一人の顔を見つめているようだ。

逆三角形の恥毛の上端が見えた。娘は手で秘部を覆うようにしながら、まずスキャンティの後ろを尻のまるみから引きはがし、次いで一気に脚から引き抜いた。一瞬の後、全裸になった娘は一方の手を下腹に、もう一方の手を自由の女神が松明《たいまつ》を掲げるように宙に振りかざすポーズで静止した。松明の代わりに掲げているのは、彼女の若い肌を最後まで覆っていた薄青いナイロンの布きれだ。

拍手と歓声が沸いた。スポットライトの光に白い肌を輝かせ、しばらく陶酔しきったような表情でいた娘は、ふかぶかとお辞儀をするとクルリと客席に背をむけ、丸い、むきだしの尻をぷりぷりと振りたてるようにしてステージの背後に引かれた黒い幕の奥へと駆け込んでいった。ドッと歓声と拍手が店内にどよめく。

匠太郎も美雪も拍手した。

「すごいじゃない。素人の娘だなんて、思えないわ」

美雪はすっかり感心している。

黒い幕の奥から、村中の妻に手をひかれて娘が出てきた。胴にはバスタオルを巻きつけている。

バニースタイルの年増美女は、さっきまで娘が穿いていたスキャンティをひらひらと振ってみせた。

「この下着をオークションで即売します。律子ちゃんの匂いがたっぷり染み込んでいる素敵なパンティですよ」

くるりとサックスの布をうらがえしにして見せる。照明を受けて、股の部分がキラリと濡れ光った。明らかに娘がストリップしながら溢《あふ》れさせた愛液だ。どよめきが起きた。娘が赤くなって顔を伏せる。ただ、満足しきったような微笑は消えない。

「二千円からセリ上げます」

郁子の呼びかけに応じて、「三千円」「四千円」「五千円」……。

たちまち一万円を超えた。最後は一万五千円で若いサラリーマンがセリ落とした。彼は律子という娘から直接、その下着を受け取ると、嬉しそうな顔をしながらツルリと顔を拭い、背広の胸ポケットに押しこんだ。そうするとハンカチーフのように見えないでもない。

「信じられないわ、汚れたパンティが一万五千円で売れるなんて……」

美雪が溜め息をついた。

＊

最初の演技が終わると、匠太郎はひと息ついてビールを呑んだ。喉が渇いている。美雪のような聡明な美人と一緒に女の裸を眺めるというのは、奇妙な昂奮を誘う。

再び郁子が現われた。

「今度は、横浜のほうからいらっしゃった女子大生のアリサさん。どうぞ……」

別のスポットライトが、また客席に当てられた。仕立てのよい三つ揃いの背広を着た、銀髪の紳士の傍に坐っていた娘が、すっくと立ちあがった。また店内がどよめいた。

さっきの娘より目鼻だちも全身のプロポーションもスッキリした、いかにも都会風のセンスのよい娘だったからだ。

拍手を浴びながら、アリサという女子大生はステージに上がった。律子のような気後れした様子がなく、身のこなしも軽い。

髪はストレートのロング。オレンジ色したスエードのブルゾンスーツに黒セーター、黒ストッキング。黒エナメルに金箔をあしらったハイヒール。ファッション雑誌から抜け出てきたように、カラーコーディネートもピタリと決まっている。両耳に金色のイヤリングが揺れる。

「ほーっ」

吐息のような感嘆の声。すぐにディスコ・ナンバーが流れ、アリサは踊りなれたフリでステージを前後左右に動いた。

「馴れた感じですね」

美雪が感想を呟く。

「おおかた、あのパトロンの紳士が練習させたんでしょう。いつも二人だけの時に」

匠太郎は銀髪の紳士をペンで示した。

「つまり、前戯がわりということ？」

「そう。視覚的に刺激して、男性を奮いたたせるためにね」

「回春剤とおっしゃったのは、そういう意味ですか」

クスッと美雪が笑った。

「笑っちゃいけない。男性は精力が衰えてくると、自分のアイデンティティが希薄になってゆくような恐怖を覚えるものです」

二人がそんな会話を交わしているうちに、アリサはブルゾンスーツの上下と黒いセーターを脱いでしまった。

「あら、外国のストリッパーみたい」

美雪が驚いたように目をみはった。

律子よりはずっと白いアリサの肌を包んでいたのは、黒いブラとパンティ、それにやはり黒のガーターベルト、ストッキングという、黒で揃えたランジェリーだったからだ。

スリムなボディに不釣り合いなほど豊かなバストをくるみこむブラジャーはワイヤー入りのハーフカップで、シースルーのデザインなので、薔薇色の乳首が完全に透けて見える。パンティは本職のストリッパーが着けるバタフライのように、デルタゾーンだけを黒い網レースが覆い、残りは細い紐でしかない。もちろん網レースをとおして渦巻く黒い炎のような恥毛が透けて見える。

クルリと後ろを向いて見せると、キュッと持ちあがって丸いヒップの谷に黒い紐が褌《ふんどし》状に食い込んでいた。ガーターベルトは腰まわりが黒いサテンで、レース飾りのついた極めて瀟洒《しょうしゃ》なデザインのものだ。

スラリと伸びた、ファッションモデルそこのけの長い脚を包んでいるストッキングは、踝《くるぶし》のところに蝶の模様が入っている、シーム入りのものだ。

「うーん。本格的だなあ」

匠太郎は唸ってしまった。

そこまで脱いでから、アリサという娘は意外な行動に出た。ステージを降りると、しゃなりしゃなりと腰をくねらせながら、客席を縫うようにして、客の目の前を歩いて見せるのだ。それから、ひとりの男性客のところに近づき、背を見せてヒョイとしゃがみこんだ。ブラのホックを外せというのだ。照れ臭そうに、しかし嬉しそうに笑いながら、中年男がホックを外してやる。熟したメロンのような球形がぶるんと揺れる眺めは壮観といっていい。

腰を挑発的にくねらせ、律子が見せたのと同じ、降臨する女神の微笑を浮かべつつ、アリサは客の目の前を、悩ましい肌の匂いをふりまきながら歩いて、匠太郎と美雪のテーブルの前で足をとめた。

「…………」

匠太郎とアリサの視線が合った。ツイと下着姿の女子大生が近づいてきて、腿を匠太郎に押しつけるようにした。

「すみません。外して下さい」

甘えるような声で囁く。

（こいつは驚いた……）

自分がストッキングとガーターベルトに見惚《みと》れているのを察知されたのだろうか。

匠太郎はペンを置き、両手を伸ばしてガーターベルトの吊り紐をつまんだ。留め具からストッキングの上端を外してやる。

「こっちも」

ちょいと背を向けるようにして、腿の後ろに回っている方の吊り紐を見せる。匠太郎は強いて心を落ちつけ、その留め具に触れた。熱いほどの体温と、官能的な肌の匂いが鼻を擽《くすぐ》っている。その瞬間、夏目京子のことを思いだした。

パチン。

二本の吊り紐からストッキングが外れた。

「ありがとう」

セクシーなかすれ声で礼を言うと、アリサはまた別の席へと移動していった。

クスクスと、独特の含み笑いをして美雪が言った。

「先生って、スミに置けないんですね」

「どうして？」

「だって……。ストッキングをいとも簡単に外してあげるんですもの。ごらんなさい。ふつうはどうしたらいいか、迷うものよ」

美雪が、少し離れた席でアリサのもう一方のストッキングを脱がそうとして焦っている男のほうへ注意を促した。

「たいてい、ああやってひと汗かくんだけどな……」

「おじさんをバカにしてはいけないよ」

わざと冗談めかしてはぐらかしたものの、匠太郎はドキッとした。

「これは単に年の功だよ。ぼくの子供の頃はまだガーターベルトが一般に使われていたからね」

「おやおや、どういう機会に触ったのですか？　淑女の太腿を……」

「こいつ」

内心の動揺を隠して美雪を睨みつけてやると、彼女はまた大らかに笑った。

「しっ。邪魔をしないで」

匠太郎は照れ隠しに難しい顔をしながら、ペンをとりあげた。心臓がドキドキしている。

美雪はケロリとして、舞台に戻った娘が仰向《あおむ》けになるのを見ている。

スキャンティ、それも恥毛とその奥の亀裂さえ透けて見える布きれ一枚になったアリサは、ステージの床に仰臥《ぎょうが》し、両肩をつけてヒップを浮かすようにした。下腹が宙へ向かって突きあげられ、ディスコ・ミュージックのリズムと共に前後左右にくねりだした。両腿が次第に割り拡げられてゆく。アリサは右手を伸ばし、自分の秘部にあてがった。

スキャンティを穿いていても透けて見える魅惑の部分を覆い隠そうというのではない。ワインレッドのマニキュアをほどこした爪先がひめやかに動いた。

「はあーっ」

艶めかしい吐息をついた。目を閉じ、ハーフっぽいエキゾチックな表情には恍惚《こうこつ》の色が濃い。

(ほう。オナニーショーか……)

匠太郎は舌を巻いた。下腹を観客へ向けて突き上げる姿勢で、自らの秘部を薄布の上から刺激してみせる自瀆《じとく》の行為を行なうアリサを、客席から銀髪の紳士が食いいるように見つめている。おそらく激しく勃起しているのだろう。それは匠太郎も同じだが。

「う、うーン……」

急に音楽のボリュームが下げられた。アリサの悩ましい呻《うめ》きを聞かせるためだろう。

両足を折り曲げ、爪先と肩で体重を支えてブリッジの姿勢をとった女子大生は、片方の手で豊満な乳房を、もう一方の手で股間をせわしなく揉みしだく。

「う、うう。あハン……」

あられもないよがり声がしだいに高くなっていく。客席はシンと静まりかえって、しわぶき一つ聞こえない。

「すごい、あの子。ハレンチね……」

美雪が囁いた。

やがて——。

「あ、あう、ううっ、うあー！」

ひときわカン高い声を張り上げると、アリサの白い裸身がブルブルと震え、腰のあたりがガクガクと跳ねたかと思うと、

「うーン……」

明らかに絶頂した女の痙攣《けいれん》だ。太腿がひくひくと波打つように痙攣し、やはりワインレッドのペディキュアを施した爪先が反りかえった。

「イッたわ！」

いつの間にか美雪の手が匠太郎の左腕を強い力で摑んでいた。目の前で美しい同性がマスターベーションの果てに絶頂したのを見せつけられ、我を忘れているのだ。

舞台の奥から郁子が進み出て、グッタリしたアリサの体を抱き起こした。

年上の女に凭《もた》れかかるようにしていた女子大生は、やがて正気にかえったようで、両手で顔を覆い、羞じらう表情を見せた。

「さあ、立って」

郁子が促して彼女を立たせると、スキャンティの紐をほどく。アリサの両手は顔を覆っているので、縮れの強い恥毛が逆三角形に密生している部分がクッキリと観客の網膜に焼きついた。

「さあ、アリサちゃんがオナニーしてラブジュースをたっぷり染みこませたスキャンティ。欲しい人はセリ上げて下さい」

「五千円」「二万」「一万五千！」……。

若い娘の愛液にまみれた三角形の布きれは、二万円ちょうどで中年男にセリ落とされた。

「先生は、欲しくないんですか」

美雪がまたからかう口調で言う。

「うーむ、欲しいことは欲しいが、二万円とはね……。キミのなら買ってもいいけど」

匠太郎も軽口をきく。二人の関係は淫猥《いんわい》なショーを共に見つめることによって生まれた共犯者めいた意識のせいで、ずっと親密なものになった。

全裸のアリサは、両手で顔を覆ったまま、ステージの裏へと消えた。匠太郎は、パトロンの銀髪の紳士がこっそりと席を立ち、控えの部屋のほうへ姿を消すのを見た。

(あそこで、性交するのかもしれない)

多分、そうだろう。今のような状況なら、どんな老人でも若い娘を抱ける。

郁子が、三人目の出演者を紹介した。

第四章　女教師◉君江

「静岡県からいらした君江《きみえ》さん。小学校の先生をしてらっしゃいます」

「ほう」とか「ウソ！」という、感嘆する声が客席のあちこちから聞こえた。小学校の女教師がストリップ・ティーズをやってのけるというのは、やはり衝撃的なことなのだ。

音楽がかかると、条件反射的に客たちは周囲を見回した。これまでの二人が客席から上がったので、君江という女性も客席にいると思ったからだ。彼女はステージの裏の控え室から、黒い幕をくぐって現われ、観衆の意表をついた。どちらかというと小柄で、華奢《きゃしゃ》な体格のように見える。

「かわいらしい先生ね。生徒になつかれそう……」

美雪が呟《つぶや》いた。少女っぽい顔のせいで若く見えるが、実際は美雪より一つ、二つ上ではないかと、匠太郎は思った。

丸顔で目は細い。髪は短めのボブで前髪をおろしているから、よけい女学生っぽい印象に見える。ちょっと泣きべそをかいたように見える眉と目。唇は大きくて、微笑すると頬にくっきりと笑窪《えくぼ》が刻みこまれる。愛嬌があって人なつこい性格ではないかと思われる。確かに、子供たちに慕われそうだ。

彼女は、女教師がいかにも卒業式の時などに着そうなカチッと男っぽい仕立て、グレンチェックの模様が入った灰色のスーツに、ボウタイを結んだ白いブラウスという姿だった。スカートはややタイト。ストッキングは白だ。

唇の端に微笑を浮かべたまま、スローなジャズのスタンダードナンバーをバックに、君江は無造作と思える動作でジャケットを脱ぎ、次いでブラウスを脱いだ。下は白いスリップだ。スカートを脱ぎ、それからハイヒールを脱ぎ、スリップの裾から手をさしこみ、白いパンティストッキングを脱いだ。その時、白い布きれが丸まったナイロンの中に絡んでいるのが見えた。この女は先にパンティを脱いでしまったのだ。郁子がかいがいしく脱いだものを受けとってステージの後ろへと運ぶ。

教師だという女は、スリップの下のブラジャーの肩紐を外してブラジャーのホックを外し、器用にするりと抜きとった。これで彼女の細っこい体を覆っているのは、胸元と裾まわりにレースをあしらった、艶やかなスリップ一枚だ。光沢のあるナイロンを透かして下腹部の黒い逆三角形が仄かに見える。

いかにもすべやかで、肌ざわりのよさそうなスリップの感触を自ら楽しむかのように、彼女の手が乳房、胸、腰、ヒップと撫でた。細い目が半ば閉じられて、唇がうっすらと開き、熱い息が洩れるようだ。彼女は他者に見られる快感にいち早く酔っているようだ。

（この女は、毎日、教壇に立つたびに、教え子たちの前で、露出したい欲望を感じるのだろうか？）

そんな疑問が湧いた。美雪の耳元に口を寄せて囁いた。

「この女の先生、後で話を聞けないだろうか？」

「分かりました。終わったら交渉してみます。……興味あるんですか？」

「うん」

「私もあります」

クスッと笑った。

ひとしきり光沢のあるナイロンの上から自分の肌を撫でさする仕草をしてみせた君江は、いったん脱いだハイヒールを履き、ステージを降りた。客席へと歩み寄る。スポットライトが彼女を追った。

音楽のリズムに、ようやく体の動きが合ってきた。スローバラードの曲にのって、一番端のテーブルの前に来ると、挑発するように下腹を突きだし、腰をゆるやかに回転させながら両手で下腹をさする仕草をする。男の獣欲を煽《あお》る動作だ。

彼女の両手がスリップの裾を摑んで、手品師がよくやるような手つきで持ちあげた。

「いやン」

若いカップルの、女の方が隣の男の肩にしがみつくようにして驚きの声を発するのが聞こえた。彼女の目の前に、女教師の秘部がモロに開陳されたからだ。

煌々《こうこう》としたスポットライトを浴びて白く輝く肌に、黒い恥毛の渦は猛々《たけだけ》しささえ感じさせるたたずまいを見せて密生していた。

「濃いのね」

美雪が言った。少し縮れてやや栗色がかった黒い叢《くさむら》は、槍の穂先のように下向きの鋭角をなしている。最近は水着でもレオタードでもハイレッグカットなので、陰毛の濃い女性はサイドの毛を剃る。その結果、逆三角形が槍の穂先のような鋭い形になるのだ。

密生した毛は、肌から挑戦的に突出している。一本一本が剛《こわ》いのだ。地肌は見えない。

君江という女は、白い肌に獣から切り抜いた毛皮を張りつけたように見える恥毛を晒け出しながら、テーブルからテーブルへと、ゆっくりと移動した。客たちはたっぷり時間をかけて、スリップを持ち上げた彼女の下半身を鑑賞した。

彼女が匠太郎たちのテーブルに近づくと、美雪の手が彼の左腿に置かれ、強く摑んできた。

緊張している。踊り子が何か凶器を持った人間であるかのように。

（ストリップというのは、一種の攻撃かも知れない……）

匠太郎は、ふとそう思った。

君江が二人の前に来た。いっそう高くスリップの裾を持ち上げたので、縦に切れ込んだ臍の窪みまで露わになった。脚は細いのだが腰と尻はよく張りだしている。腰のくびれはまた細い。蜂腰《はちごし》というやつだ。

匠太郎の腿を掴む美雪の手に、さらに力がこもった。それでいて彼女の目は一杯に瞠かれて、凶暴な意志さえ感じられる、自分と同年輩の女教師の恥部を覆う叢を魅せられたように眺めている。

君江はいっそう二人に近寄った。匠太郎は磯臭いような匂いを嗅《か》いだ。脚立に腰をおろし、パンティを脱いで股を拡げてみせた夏目京子の姿が脳裏に閃いた。

奇しくも、女教師は京子と同じ動作をしてみせた。一方の手を股間に滑らせ、むらむらと立ちのぼる黒い炎のような秘毛を掻き分け、人さし指と中指を使ってセピア色がかった肉襞を拡げてみせたのだ。

「いや……！」

美雪が、悲鳴にも似た声を発した。といって顔を背けるわけではない。

「すてきだ」

匠太郎が呟くと、それが耳に入ったのか、君江の顔に褒められた子供のように無邪気で嬉しそうな表情が浮かんだ。瞑っていたような目が開き、潤んだような瞳が匠太郎を見つめた。

「もっと見て……」

そう呟き、小陰唇をさらに拡げてみせた。サーモンピンクの粘膜が鮮やかに露呈された。膣口からは驚くほどの透明な液体が溢れていて、腿のつけ根まで濡れている。ますます強く立ちのぼる、直射日光を受けた磯の匂い。匠太郎の理性が痺れ、男根は激しく膨張した。膝の上にスケッチブックをのせていなかったら、美雪にも気づかれたことだろう。

勢いよく生えた恥毛とは対象的に、秘裂全体のたたずまいは可憐といってよいぐらいだ。微笑を浮かべた少女のあどけない唇のような印象だ。その唇の奥から透明な涎《よだれ》が溢れている。指で拡げられた粘膜の上端で、薄桃色に輝く突起がせり出している。勃起したクリトリスの眺めも、また可憐だった。

君江が指を離した。唇が閉じあわされる。

「ふうっ」

息をつめて見ていた匠太郎と美雪の口から一緒に吐息が吐き出された。ギュッと鷲摑みにしていた女編集者の手から力が抜けた。

ものうげにヒップをくねらせながら、隣のテーブルで君江がまた猥褻な開陳動作を繰り広げていく。

「どうだった。同性の特出しを見た感想は？」

匠太郎は美雪に聞いてみた。

「何といいますか、生命の神秘ですね……。あの奥があんなに綺麗だなんて……。でも、愛液があんなに次から次へと溢れるなんて、びっくりしました」

「彼女もすごく昂奮していたんだろうね。ぼくらに見せることで」

一巡すると、女教師はステージに戻った。彼女が客席に降りている間に、郁子がステージの真ん中にマットを置き、白いシーツを敷いていた。

（ベッドショーか。本格的だな……）

頭からすっぽりとスリップを脱ぎ、一糸纏わぬ裸身をスポットライトに晒した君江は、客席に脚を向けるようにして仰臥した。郁子がまた出てきて、年下の女の横に膝をついた。手にピンク色したコケシ形のものを持っている。バイブレーターだ。

君江は両手で顔を隠すようにした。郁子が囁くと、両脚がM形に開かれた。湯気がたちそうなくらいに愛液で濡れそぼった秘唇が、完全に客席に向かって開陳された。

郁子の手が伸びて胸のふくらみを掌でかこうようにして揉みしだいた。暗赤色した乳首が信じられないほどに膨脹していった。

「……………」

音楽は消えて、店内はシンと静まりかえって、唾を飲みこむ音でさえ聞こえそうだ。

ジー。

バイブレーターのスイッチが入り、さほど大型ではないピンク色のコケシが小刻みに振動する。

「いくわよ」

郁子が囁くのが聞こえた。彼女の持ったバイブレーターが黒い繁みに押しあてられ、それを掻き分けるようにして下へ下へと這いおりてゆく。

「あう」

ぴくんと君江の背が反った。唇が大きく開かれ、悲鳴に似た声が吐きだされた。

「う、ウ……ン」

郁子がいっそう身を屈め、片手で秘唇を拡げるようにして、角度をつけてバイブレーターの先端を膣口へ押しあてた。

ジー……。

バイブレーターの音がくぐもったものになった。濡れ濡れの粘膜の奥へ、そこを巣にしている小動物か何かのようにもぐりこんでいく。

「あ、あああ……」

連続した甘い呻きが全裸の女教師の口から吐き出され、豊かなヒップがうねうねと悶《もだ》え狂った。郁子の一方の指が桃色の尖りの部分を撫でている。真剣な表情だ。

「う、あうっ。……む」

誰もが、啼くようなむせぶようなよがり声を吐きちらし、悩乱してゆく若い女教師に魅いられている。

「ひーッ」

ふいに悲鳴のような声が喉の奥から吹きこぼれ、びくんびくんと汗まみれの裸身がシーツをよじらせて跳ね躍った。

「イッたわ」

美雪が囁いた。

「おお、おおお」

ひとしきりうねり狂う柔肌。やがて死んだようにグッタリと動かなくなると、郁子が淫らな責め具を引き抜いた。ズボッと音がした。やや白濁した液体が栓がとれた洞窟からドッと溢れてシーツに大きなシミを作った。

郁子に抱きかかえられるようにして女教師が黒い幕の陰に引っ込むと、それまで気を呑まれたように静まりかえっていた客席から、ドッと拍手と歓声が沸きおこった。

「私、交渉してきます……」

美雪が立ちあがり、控えの部屋のほうへ向かった。

＊

君江の着けていた白いスリップは七千円、パンティは一万円で売れた。

「最後の出演者です。和合会の創立以来のメンバーでもある野沢静香《のざわしずか》さん。出演は三度目ですが、今夜は希望者を募って生板本番ショーを行ないます」

郁子が告げると客席が沸いた。「いやだわ……」と言う女性も、その実、目を輝かせている。

君江が濡らしたシーツが取り替えられた。悩ましい『ハーレム・ノクターン』がかかると、黒幕からネグリジェを纏った女が現われた。正座して客席に向かって一礼する。

（なかなかの年増美人だ……）

野沢静香の年齢は郁子と同じ、三十前半といったところか。不倫メロドラマによく出ている人気女優に似た、一種けだるい感じのムードを漂わせている都会的な美人だ。よく発達したグラマーな肉体の爛熟の度合いは、郁子と負けずとも劣らない。

スポットライトが赤に切り替えられた。白いシーツも、静香という人妻の肌も赤く染まり、一種言い難い淫靡《いんび》な雰囲気になる。匠太郎も思わず身をのり出してしまった。

最後の演技者が纏っているネグリジェは、いかにも熟れた人妻が好みそうな、黒くてすき透った、踝まで覆うようなナイロン素材のものだった。たっぷりと脂肪をのせた乳房もヒップもよく見える。ネグリジェの下に着けているのは脇をリボンで結ぶ、バタフライ型の赤いレースのスキャンティである。

顔の片側を隠すように、ウェーブのかかった黒髪が流れ、唇は血のように濃いルージュをひいている。

いったん奥に引っこんだ郁子が、また現われた。バニーガールの衣装と網タイツは脱ぎ捨て、ピンク色の、襟元や裾まわりにふわふわしたフリルのついたベビードールを羽織っている。下はやはりピンク色のスケスケのスキャンティ。手に持った盆にはお絞りが数本、それにコンドームの包み。

二人はシーツの上で向かい合って、膝立ちの姿勢で抱きあった。唇に唇が重なる。

（ほう、レズビアン・ショーか……）

ペンを握る手が汗ばんできて、何度も持ち直さねばならなかった。濃艶きわまりない女同士の抱擁と接吻を、客席の男女は息を呑んで見守った。ステージの横手に立つ村中も、妻のレズ演技を凝視している。客席のどこかにいる静香の夫も、激しく昂奮しながら眺めているに違いない。

おそらく、これまで何度も肌を交わしたに違いない同年代の女の唇を吸いながら、郁子の指がせわしなく動いた。静香のネグリジェの前を留めているホックを上から外している。やがてネグリジェの前がはだけ、赤く染まった肌が露わになった。郁子の指は重たげに垂れている乳房を下からすくい上げるようにして、それを揉みしだいた。経産婦と分かる色素の沈着が濃い乳首が、親指大に勃起してきた。

二人の唇が離れた。唾液が糸をひき、キラリと光った。静香のほうは陶酔しきった表情で胸が激しく上下している。

「本番ご希望の方は、手を挙げて下さい」

客席を向いて郁子が言った。たちどころに何本もの手が挙がった。

「大勢ですね……。今夜は四人までにしていただきます。すみませんけど、こちらでジャンケンしてもらえますか？」

ひとしきり笑いが広がり、十人ほどの男たちがフロアの中央に出てきた。中にはパートナーの女性に励まされるようにしている男性もいる。

男たちは輪になってジャンケンを始めた。四人の男が決まった。順番も決まった。それぞれ靴を脱いでステージに上がる。

「さあ……」

トップの男が招かれた。サラリーマンらしい身なりの三十ぐらいの若ハゲの男だ。照れ笑いを浮かべてブリーフ一枚になると、郁子の前に立った。主催者の妻はブリーフを引き下ろすと、バネのように飛びだしたペニスを摑んだ。すでに極限まで怒張している男根は、赤黒い亀頭をむきだしにして上向きの角度を保っている。女たちの嬉しそうな悲鳴があちこちであがった。尿道口からは透明な液が滲《にじ》み出て、亀頭全体をテラテラ輝かせている。

郁子はお絞りを使って青筋を立てているような男根を拭い、手早くコンドームを装着した。

静香はネグリジェを脱ぎ捨てて仰臥した。マットはステージと並行して置かれているので、全裸の男が彼女の上に覆いかぶさると、怒張した男根が赤いスキャンティの底に押しつけられるのが見えた。

トップの男は静香の唇を吸い、乳房を揉んだ。静香が乱れ、脚を男にからませるようにする。それを横目に、郁子は二人目の男のペニスを拭い、コンドームを装着してやる。

シーツの上では男が仁王立ちになった。静香は起きあがり、彼の、コンドームで包まれた男根をくわえた。客席から見えるように乱れた髪を後ろに払いのけ、頭を前後に動かす。

「うう……」

熟練した唇と舌の動きに、男が呻き声をあげ尻を蠢かす。唾液に濡れた男根がピストンのように人妻の唇めがけて抽送《ちゅうそう》される光景を誰もが痺れたようになって見つめていた。

その静香の背後から郁子が手を伸ばし、サイドのリボンをほどいて赤いスキャンティを取った。膣口のあたっていた部分がねっとりとぬめ光る分泌液で汚れているさまを、客席に見えるように広げてみせる。

郁子がフェラチオを続ける静香の姿勢を変えさせた。まる出しの臀部《でんぶ》を客席に向けさせたのだ。満月を思わせる光り輝くヒップを縦に割る谷間を両手で割り拡げるようにするとセピア色の肉襞のすぼまり——肛門と、そのすぐ下に紊乱《びんらん》なまでに咲きほころんだ女の秘花がまる見えになる。秘裂からは愛液が溢れて腿を濡らしている。そうやって郁子の手で秘部を開陳されることを嬉しがるかのように、人妻は豊熟した臀部をくねくねと揺すりたてるのだった。

やがて堪らなくなった男が、また静香を仰臥させ、その両脚を割り拡げて怒張しきった唾液まみれの欲望器官を、どろどろと愛液の煮えたぎるような膣に突き立てた。

「あう、ウッ……！」

白い喉を反らせて静香が背を弓なりに反りかえらせた。シーツを鷲摑みにする指。ドスンドスンと、杭打ち機械を思わせる凶暴な動きで男は男根を柔肉に叩きこみ、抽送した。愛液が泡立つように溢れ、ビチャビチャと淫猥きわまりない音を立てる。

ふと気づくと、郁子はあられもなくよがり狂う静香に煽られたのか、二番目の男性――これは四十代と思われる瘦せた男――のペニスをしゃぶりだした。

「むむ、うー、むっ……！」

トップの男は、数分の抽送の後、悲痛とも思える呻きと共にドクドクと柔襞の奥で射精した。彼が離れると同時に、郁子に唇で刺激されていた二番目の男がのしかかった。

二番目の男が激しく人妻を犯している間に、郁子は精を吐いたトップの男を拭い清め、三番目の男の男根にとりかかった。

二番目の男はあっけなく精をしぶかせた。明らかに郁子のリップサービスが効いている。三番目、四番目の男たちも同様だった。

「あと二人、追加します」

静香がまだまだ歓喜の絶頂を極めていないのを見て、郁子が客席に告げた。また男たちが集まってジャンケンし、二人が選ばれた。

静香は乱れきったシーツの上に犬のように這いつくばり、後ろから五人目を受けいれた。特にきわだった武器とも思えなかったが、抉《えぐ》り抜かれると輪姦され続けてきた人妻は、初めて獣じみた甲高い声を張りあげた。

「ああ、ああーッ！　うわあ、おおお」

指がシーツを掻きむしる。黒髪がべっとり脂汗を噴いた頬から項にねばりつく。浅黒い痩せた男の腰が、抽送の度にバチバチと小気味よい音をたてて女の濡れた肌をたたいた。「あ、あう、あぐぐ……ぐうっ」

女の開いた唇から涎が泡を吹き、目は焦点が定まらず狂女のようだ。

「あう、あああ。あう……。あんたあ！」

絶叫した。匠太郎は今、彼女を犯しているのが静香の夫だと確信した。

「むむ」

男が射精した。がくっと二つの体が突っ伏す。

六番目の男の準備を整えていた郁子が、

「あなたは私がお相手するわ……」

まだ二十歳そこそこ、学生とおぼしい若者を誘って、静香たちの横に仰臥した。猛り狂った青年は郁子の体からベビードールを剝ぎとった。スキャンティも引き裂かれた。荒々しく覆いかぶさり、男根を何度も突き立てようとして失敗した。

「待って……」

宥めながら、若者の怒張を握り、導く。

「う、うっ」

柔肉をズブリ貫くと、青年は呻いた。まだ子供っぽい顔が堪え難い苦痛をこらえるかのように歪《ゆが》む。

静香の体から離れた夫が、ぐったりと伏せた彼女の尻を叩き、仰向けにする。顔の上にまたがりコンドームを取って萎えかかった男根を唇に押しこんだ。

ピチャピチャ。

猫がミルクを舐めるような音を立てて、静香は夫の陰茎をしゃぶり、汚れを舐めとった。

「おう」

郁子を犯していた若者が吠え、ドブドブと射精した。

彼が離れると、静香の夫が今度は郁子の顔の上にまたがり、妻の唾液にまみれ、すっかり精力を取り戻した欲望器官を押しこんだ。若者は静香の唇で汚れを清められた。

もう一人、裸の男が現われた。村中だ。彼もまた赤黒い男根を振り立てている。

女二人は顔を互い違いにするように、逆向きによつん這いになった。村中が静香の尻をとらえた。静香の夫は、新たに村中の妻の尻に挑む。

「あーっ、あーっ！」

「あわ、あう、いい、いい！」

女二人のよがり声と、男たちの荒い息が交錯した。静香と郁子は時たま顔を近づけて唇を吸いあった。手で相手の乳房をまさぐりもするが、激しく貫かれだすと、また悩乱の声を張りあげ、汗まみれの豊艶な裸身を狂おしく身悶えさせるのだった。

「おう、おう」

村中が吠えてガクガクと腰を打ちゆすり、静香の背に覆いかぶさった。

数分後、静香の夫が郁子の体内で二度目の射精を完遂した。スポットライトが消えた。

しばらくして店内の照明がついた時、ステージの上からは男たちも女たちも消えていた。

（なんとまあ……）

匠太郎はようやく我に返った。その時初めて、美雪が傍に居ないことに気がついた。彼女は君江という女教師から話を聞くための交渉に行ったまま、最後のショーの間、戻ってこなかったのだ。

（どうしたのかな？）

ここには獣欲が渦巻いている。誰かに犯されているのではないかと、匠太郎は不安になって周囲を見回した。すると控え室から出てきた美雪の姿が見え、ホッと安堵《あんど》した。

「ショーが始まってしまったので、ステージの脇で見ていたんです」

美雪はそう言い訳して席に坐ると、

「君江さんと交渉してきました。身元が分からないようにするという条件でＯＫです」

「で、どこで？」

「彼女、ここから歩いてすぐの所にあるビジネス・ホテルに宿をとっているんですって。実はもう、そっちに帰っています。ここが終わったら私たちもそのホテルに行き、一階にある喫茶店で会うことにしました。それでどうですか？」

「いいとも。じゃ、ぼくらも出ようか」

周囲の男女も帰り仕度をして立ちあがっている。その時になって、ステージにワイシャツとズボン姿の村中が姿を現わした。髪がまだ乱れている。

「今晩は最後までおつきあい願って、どうもご苦労さまでした。次回の日時と場所は、追ってご連絡します。また新しい趣向を考えますのでよろしく……」

出口に向かう人波に逆らって、二人は村中の所に行き、挨拶した。村中が匠太郎に訊いた。

「絵描きさん、うまく描けましたか？」

「おかげさまで……。最後の方は迫力がありすぎて、筆が止まりましたけどね」

「はは、そうですか。またやりますから、ぜひ来て下さいよ」

二人は客たちの一番最後にクラブを出た。時計を見ると十一時になるところだった。二時間ぐらいと思っていたのに、意外と時間が経過しているので匠太郎は驚いた。あのクラブの中は次元が違う空間で、そこだけ異なる時間が流れていたのかもしれない。

冷たい夜気を吸うと、二人とも思わず深呼吸し、顔を見合わせて笑った。

「すごかったですね。特に最後のは。私、立って見ていたけど、膝がガクガクして困ったわ。それに、後ろのほうは後ろのほうで……」

「どうしたの？」

「二番目の女子大生とあのパトロンが、控え室の中で抱きあっているんですもの。どっちも真っ裸で……」

「やっぱり」

「ああいう状況でないと、パトロンの人、できないんでしょうか？」

「そうなんだろうね」

「私が見ていたら、よけい昂奮したみたい」

「その口調だと、きみも喜んで見てたみたいだね」

「先生ったら、もう……！」

美雪は匠太郎を撲《ぶ》つ真似をした。二人の間にすっかり気を許した関係が生まれている。

女教師の君江が部屋をとっているビジネス・ホテルには、すぐ着いた。ホテルの外からも中からも入れる喫茶室は深夜営業で、こんな時間でもけっこう客で混みあっていた。一番奥のテーブルに坐り、匠太郎はビールを、美雪はコーヒーを注文した。レジの傍にある館内電話で君江の部屋を呼びだすと、やがて着替えをした君江が降りてきた。

「先ほどはどうも……。こちらがお話しした鷲田先生です」

「初めまして。水谷《みずたに》君江です」

ショーの時に着ていたブラウスとスカートは同じだが、ジャケットは脱いで、赤いカーディガンを羽織っていた。美雪がすすめて匠太郎のま向かいの席に坐った。

「あなたに迷惑はおかけしないようにしますので、少しお話を聞かせて下さい」

「ええ。いいですけど……」

コクンと頷いた君江は、匠太郎のスケッチブックを覗きこんで、彼が描きだした自分の似顔を見て、村中と同じように感嘆の声をあげた。

「うわ、お上手ですね。やだ、笑うと歯茎が見えるところなんか、そっくり……。私もこんなにスラスラと描けたらいいな」

「図画も教えているんですか」

「ええ。小学校ですから全部。音楽と保健体育は別ですけど」

「今は何年生の担当？」

「五年生です。持ち上がりですから、新学期から六年」

「子供たちにはなつかれているでしょう？」

美雪が訊いた。

「ええ……。そうだと思ってますけどネ」

笑うと笑窪がくっきり刻まれて、それがとても魅力的だ。

「ところで、村中さんのストリップ大会のことを知ったのは、何で？」

「あの……、スワッピング雑誌で露出希望のページを毎月読んでいるものですから、その呼びかけを読んで……」

「君江さん自身、露出プレイみたいなことは経験があるわけ？」

「いいえー」

頬を赧《あか》らめて首を振った。

「じゃ、どうしてショーをやってみる気になったんですか？」

少し口ごもったが、思いきったように喋りだした。

「実は、ウチのクラスの子供に見られたのがキッカケなんです……」

——水谷君江が静岡県H——市の小学校に赴任してから四年経つ。それまでは露出願望が自分にあるなど、想像もしていなかった。

それに気づいたのは、去年の秋だった。

授業を終えて、通勤着に着替えるため、女子職員の更衣室にいた時のことだ。

スリップ姿になった時、偶然、ロッカーの扉についている鏡に目をやって、君江は凍りついた。

鏡の中に、更衣室の窓から覗き見している男の子の顔が映っていたからだ。彼女の受けもっているクラスの、ふだんは目立たない、大人しい生徒だった。

更衣室は校舎の一階で、窓の外は体育館の外壁に面している。校舎と体育館の間は狭い隙《すき》間《ま》があるだけで通路でもないから、子供たちが近づく場所ではない。それでも、好奇心の強い子供が覗き見することは充分考えられるので、カーテンで室内を隠していた。その日は暑かったので、窓が開けられて、カーテンもきちんと閉められていなかったのだ。

(私が着替えしているところを覗くなんて、なんて子なの……!?)

叱りつけるのが教師の義務のはずだった。ところが、君江は理性とは反対の行動をとった。後で考えても、どうしてそのようなことをしたのか理解に苦しむのだが……。

強いて言えば、その男の子は、両親が離婚したために、母親と離れているという事情を思い出したからだ。君江はその子の境遇に同情していた。それが叱りつけるのを躊躇わせたのかも知れない。

だが、そうだとしても、その後の行動をどう説明したらいいか。

　通勤用のスーツを着るはずだったのに、彼女はスリップを脱いでしまった。鏡の中で、白いブラジャーとパンティという恰好になった担任を見て、少年の目がまん丸になった。その反応が、次の行動の呼び水になった。彼女は震える手でブラジャーを外し、次いでパンストと共にパンティも脱ぎ、全裸になってしまったのだ。

　少年の口はポカンと開いてしまった。まさか君江が全裸になるとは思っていなかったのだろう。

（母親がいないから、女の人の裸を見たことがないのかしら……？）

　ロッカーの中には、生理で汚した時などのために、替えのパンティを二、三枚用意してある。君江はその一枚を手にとり、点検するような仕草をして見せながら、わざと窓の方に体を向け、少年が自分の恥毛――我ながら濃く、剛いと思っている――の繁みを見せつけた。ハッと少年が息を呑むのが聞こえた。その時、子宮がカーッと熱くなるような異常な感覚が走った。膣口から熱い液が溢れるのが分かった。膝がガクガクして立っているのがやっと、という状態だ。

　自分が激しい羞恥《しゅうち》に襲われ、同時に凄まじいまでに欲情しているのを自覚したのは、それから少ししてからだった。腿の内側を生理出血のように愛液が伝い落ちるのが分かった。

脱いだパンティで濡れた部分を拭い、新しいパンティに脚をとおした。次第に落ちついてきた。終始、覗かれていることに気づかないフリをしながら、通勤着を着、更衣室の外に出た。廊下を歩きながら穿き替えたばかりのパンティがもう濡れて肌に貼りつくのを覚えた。アパートに帰りつくと君江は狂ったようにオナニーに耽った──。

「そうすると、露出願望があるのを気づかせたのは、その男の子というわけですか」

匠太郎の問いに、独身の女教師は頷いて答えた。

「ええ。浩一クン──その子の名前なんですけど……、彼に覗かれなかったら、こんなふうに淫らにはならなかったでしょうね……」

「で、それから、どうなったんですか？」

「授業中でも、浩一クンと視線がまともに合うと、子宮がカッと熱くなって体が震えるんです。私の恥毛まで知っているんだと思うと……。パンティもびしょびしょになってしまいます」

「それじゃ、授業にならないでしょう？」

「教師やってると、内心どんなに狼狽しても顔や態度に出さない訓練ができてるんですね。いつも教壇で見られているから……。顔は平気な顔をしてますから、他の子供には分からないはずです」

「じゃ、浩一クンは知っているんですか？　あなたが、彼の覗き見のことを知っているというのを……？」

「さあ、どうでしょうか？　うすうすとは分かっているんじゃないでしょうか。私が着替えする時は必ず空気を入れかえるフリをして、窓とカーテンを少し開けますから……」

――ところが、さらに君江を驚かせる事態が起きたという。

浩一が教えたのか、仲のよいクラスメートがもう二人、覗きに参加するようになったのだ。

三人の目に見つめられていると知った時、君江は狼狽し、同時にかつてないほど昂奮してしまった。

その時、彼女は全裸になった上、床にわざと下着を落とし、それを拾うフリをしながらお尻を見せ、股を開いた。少年たちの目には愛液で濡れた女教師の秘裂がモロに飛び込んだに違いない。

「それでも、注意したり、覗かれないようにしようと思わなかった？」

「ええ……。今でもずっと見られているんです。必要もないのに水着やレオタードに着替えてみたり、おっぱいや股のところを触ってみたり、いろいろ彼らを刺激するようなこともしています」

「うーん……」

匠太郎と美雪は顔を見合わせてしまった。

「まるで中毒みたい……。更衣室に入って、覗き見されていないとすごくガッカリしたりして……。自分の部屋にいる時も、真っ裸になって、誰か——浩一クンたちが外から覗き見していることを想像しながらオナニーしたりするんです」

「失礼ですが、恋人はいらっしゃる？」

「いることはいるんですけど、彼も教員で、去年、S——市の方に転勤になったので、なかなか会えません」

しかも、その恋人はセックスに淡白で、性交しても彼女がオルガスムスに達することは滅多にないという。浩一少年に見つめられていることを想像しながらオナニーすると、それだけでたちまち絶頂してしまうというのに……。婚約の話もあったのだが、彼女の方は解消しようと思うようになった。

「オナニーする時、他に、どういうことを考えてます？」

「そうですね……。突拍子もないことですけど、受け持ちのクラスの子、全員の前で、真っ裸になって一人一人に自分の性器を広げて見せてやるところを想像したりします」

君江が客に秘部を見せて回ったのは、いつも想像していることに基づいた演技だったわけだ。

「だけど、子供たちもびっくりするだろうな。自分たちの優しい先生が、実は毎日そんなことを考えながら教壇に立っているなんて……」

匠太郎はふいに思いついた。

「そうだ。パンティを穿かないで教室に入ったりすること、あるでしょう？」

君江はドキッとした顔をした。頬が紅潮する。俯《うつむ》いて小さい声で答えた。その様子が、どこか匠太郎の気分をサディスティックにする。

「はい……。時々……」

「今も穿いてないでしょう？」

「えーっ……⁉」

ビクッと体が震えた。パンストも穿いていないので、ショーの後、下着を着けないままなのだろうと見当をつけたのだが、図星だったようだ。

「ぼくたちに見てもらいたいと思って、それで穿いてこなかったんじゃない？　着替えする時間はあったんだから……」

問い詰められると、両手で顔を覆ってしまったが、それでもコクリと頷いた君江だ。

「じゃあ、ここで脚を開いてぼくたちに見せてご覧。ぼくが絵に描いてあげるよ」

「えーっ、そんなぁ……」

悲鳴のような声。顔は泣いてるのか笑っているのか分からない。

「その席は、他の席に背を向けているから、ウェイターでも来ない限り、どこからも見えないよ。さあ、おまんこを見せなさい」

匠太郎が少し厳しい声を出すと、

「は、はい……」

両手で顔を覆ったまま、おずおずと脚を開いた。匠太郎の位置からだと、白い腿のつけ根まで見えた。秘裂は溢れる愛液で濡れそぼっていた。

「すごい……。こんなになって」

美雪も覗きこんで、感嘆した。

「いやぁ……」

泣き声を洩らしながらも、君江は腿を閉じようとしない。匠太郎は魅惑的な露出姿を素早くスケッチしながら、サディスティックな欲望を抑えかね、命令してみた。

「そうだ。このビールの小瓶を入れてみようか」

「そんな……」

イヤイヤをするように首を振りながら、驚いたことに彼女の手はビール瓶を取り上げた。まるで体の中に二人の正反対の行動をとる人間がいるようだ。

「あー……」

ビール瓶が腿の合わせ目に押しあてられ、君江は目を閉じ、熱い息を吐いた。美雪の手がまた匠太郎の腿を鷲摑みにした。

瓶が柔襞を抉り、ビチャビチャと濡れた粘膜が擦れる淫靡な音が断続し、

「あっ、いく、いくう……！」

そう呻いてピンと背を伸ばし、腿をギューッと閉じ合わせてビール瓶を締めつけるようにし、深夜営業の喫茶店の中で、独身の女教師は二人の人間の目の前で絶頂した——。

美雪がソッと立ち上がり、君江の隣に坐ると、ティッシュで彼女の股間を拭ってやった。

「どうもありがとう。充分に参考になったよ。ホラ、お礼です」

匠太郎がスケッチブックの一枚を破りとって渡すと、

「あー、こんなところまで……」

くろぐろと秘毛の繁茂のさままで写しとられているのを見て真っ赤になった女教師だが、嬉しそうに折りたたんでバッグにしまいこんだ。

第五章　女編集者◉美雪

水谷君江と別れて外に出ると、まもなく午前零時になるところだった。ふだんならタクシーが捕まる時間ではないのだが、日曜なので空車は多い。美雪はすばやく一台のタクシーを止めた。

「途中ですので、先生をホテルまでお送りして、私、マンションに帰ります」

「それは、どうも」

美雪のマンションは高円寺だという。道路が空いているので、タクシーはスピードをあげた。急カーブを曲がる時、美雪の体が匠太郎のほうに傾き、彼の腿に彼女の腿が強く押しつけられた。柔らかなニットドレスの下に硬い感触があった。

（やっぱり、セパレートのストッキングを履いているんだ……）

ガーターベルトの吊り紐を調節する金具がちょうどその位置になる。

（この娘は、どういう理由でセパレートのストッキングなど履いているのだろう？　単なるレトロ趣味からか？）

先刻、ショーで見たアリサという女子大生のことを思い出した。彼女のガーターベルトにストッキングのスタイルも魅力的だったが、美雪もアリサに負けないプロポーションの持主だ。美雪のストッキング姿を想像すると股間が熱くなった。

（見たいものだ）

そうは言っても、ホテルに着けば彼女と別れねばならない。

（残念だな……）

今夜、女たちのあられもない姿をたっぷり眺めさせられ、匠太郎の欲望は火をつけられて燃え燻《くすぶ》っている。美雪も同様のはずだ。彼女の体からは単なる腋臭とは違う、麝香《じゃこう》のように悩ましく、官能を刺激する体臭がたちのぼっている。君江がビール瓶で自己凌辱《りょうじょく》の行為に耽溺《たんでき》している時も、目をキラキラ輝かせ、身をのりだすようにして見つめていた。昂奮していたのは間違いない。

（とはいえ、おれは彼女に雇われたようなものだからな……）

やはり、立場の違いから二人の間の距離というものを考えずにはいられない。

H――ホテルが見えてきた時、不意に美雪が尋ねた。

「先生、おなか空きませんか？」

「そうだな。そういえば……」

夕食は早めにすませていた。空腹を覚える時間ではある。

「よかったらホテルのレストランで何か食べませんか？　私、昂奮したせいか、おなかが空いて……」

「ああ、そうしようか」

この美しく魅力的な娘と別れたくない気持が強かったから、匠太郎は提案を受け入れた。

ところが、フロントで鍵を受けとる時に確かめると、ホテル内のレストランはたった今、営業を終えたところだという。

「そうか。残念だな」

「ルームサービスでしたら、二十四時間やっております。よろしかったらお部屋のほうでご注文していただければ……」

「なるほど。だけど……」

彼の部屋に美雪を招き入れることになる。匠太郎が躊躇っていると、

「先生、お部屋で食べましょう」

美雪のほうはケロリとしている。編集者をやっていると、ホテルにカンヅメにした作家たちの面倒もみなければならない。男がいる部屋に入ることに、いちいち抵抗など感じていて

は仕事が出来ないのだろうか。あるいは、匠太郎だから心を許したのか。

　案内された部屋は、驚いたことにリビングルームが付いたスイートルームだった。寝室はもちろんツインベッドである。

「こいつは贅沢すぎるよ」

　匠太郎は呆気にとられた。自分一人が泊まるだけだから、シングルベッドの部屋で充分なのだ。美雪が微笑して言った。

「遠慮なさらないで下さい。うちの社がいつも確保している部屋ですから」

　作家をカンヅメさせるにしても、最近はこれぐらい設備が整っていないと嫌がるのだという。なるほど、冷蔵庫はもとより、ファクシミリ電話までついている。

　美雪はルームサービス係に電話し、ローストビーフのサンドイッチ、サラダ、ワイン等を注文した。よく利用しているらしく、慣れたものだ。

　ベッドルームを覗くと、化粧机とは別に、電気スタンドをのせたライティング・デスクが整えられていた。

「ちょうどいいや。食事が来るまでちょっと絵のほうを整理しよう。来たら呼んで下さい」

　美雪に声をかけ、仕事机の上にスケッチブックを広げた。

　今夜のショーの取材では、全体の雰囲気をザッととらえたラフ・スケッチと人物のプロフィルを描きこんだスケッチと、二種類描いてある。どちらも、印象が鮮明なうちに、描ききれていない部分に手を入れておきたかった。

スケッチを眺めているうちにプロ意識が目ざめた。ペンを持った匠太郎は、たちまち絵に没入し、時間を忘れた。

（しまった！）

一段落してフッと我に返ると、驚いたことに、一時間以上も経っているではないか。

そう言えば、途中で美雪に声をかけられて、生返事をしたような記憶がある。スケッチを仕上げるのに熱中しすぎて、食事を頼んでいたのも忘れてしまったのだ。

美雪は怒って帰ってしまったかもしれない。あわててリビングルームに行った。

（なんだ）

美雪は、ソファでスヤスヤと寝息をたてていた。食事には二人分の軽食が用意されていて、まだ手をつけられていない。匠太郎の仕事が終わるのを待っているうち、眠気を催したのだろう。

（疲れていたんだな……）

クッションを枕にして仰臥し、顔をソファの背もたれに押しつけるようにし、片方の手は折り曲げて首の下に、もう一方の手はだらりと床に垂れていた。形よい脚の片方は横に折り曲げ、もう一方はやや膝を立てるようにして伸ばされていた。

（ヘルムート・ニュートンの写真に、こういうポーズのがあったような気がする）

女性の、警戒を解いてしまったうたた寝の姿は、男の欲望をそそるものがある。匠太郎は美雪の寝姿に、しばし見惚れてしまった。

「うーん……」

夢でも見ているのか、美雪は眉をひそめるようにして、ソファの上で寝返りを打った。その拍子にニットドレスの裾がめくれ、黒ストッキングの上の白い肌が匠太郎の目に飛びこんできた。思ったとおり、セパレートのストッキングをガーターベルトで吊っている。ガーターベルトの色はパールピンクだ。

（へぇー……！）

見たいと思っていた、ストッキングに包まれた美雪の脚が、今、自分の目の前に太腿までさらけ出されている。匠太郎は下腹が熱く疼《うず》くのを覚えた。

（これでは覗き屋ではないか）

いささか良心が咎めて、ともかく乱れた裾を直してやろうと、匠太郎はソファに近寄った。

「うーん……」

眠り続ける女性編集者は、また身じろぎした。ドレスの裾がもっとめくれ上がり、太腿のつけ根まで露出された。おそらくガーターベルトと揃いになっているのだろう、美雪の穿いているパンティもパールピンクだった。絹の光沢を持つ布切れはぴっちりと股に食いこみ、縦に走る亀裂まであからさまに匠太郎の目に飛びこんできた。

（いい匂いだ……）

横たわる女体からは、香水とミックスした健康な牝の体臭が、甘酸っぱく芬々《ふんぷん》と匂い立つ。近寄ると頭がクラクラとするほど官能的な、牡を誘惑する匂いだ。

その匂いに誘われるように、匠太郎はソファの傍の床に膝をついた。まるで糸か何かで操られるように、指がめくれ返ったニットドレスの内側へと伸びる。すべすべしたナイロンに包まれた脚線から、その上の温かく湿った内腿の皮膚を撫でた。

「あー……」

官能的な刺激を受け、眠れる美女は甘い鼻声を洩らした。キュッと両脚が閉じられ、匠太郎の手は罠にかかった動物のように、熱いほどの肉に挟みこまれてしまった。

「あ」

ひき抜こうとすると、

「先生、痴漢ですね」

パッチリと目を開けた美雪が、悪戯っぽく睨みつける。下半身を触られていることを怒っていない。いや、歓迎している雰囲気さえある。

「いや、きみの寝姿が、あんまり魅力的だから……」

匠太郎は悪戯を見つかった子供のように狼狽した。

「いいんですよ。触っても」

美雪は微笑して、大胆な言葉を口ばしった。自分の手を、腿で挟んでいる年上の男の手に添え、奥へと誘った。

(…………!)

匠太郎の指は、絹の下着が柔肉に食いこんでいる谷間の部分に触れた。そこは熱く、湿っていた。子宮からの熱が洞窟の奥から放出されているのだ。

「うふ……」

美雪は抵抗しない。年上の男の指がパンティのクロッチの部分をまさぐると、腿にこめていた力を緩めた。熱い吐息がふっくらした唇から洩れる。

衝動に駆られて、匠太郎は自分でも思いがけない行動をとった。彼女の上に上体をかぶせ、唇に唇を、胸に胸を押しつけたのだ。

「む……」

美雪の両腕が獲物との間合いを図っていた爬虫類か何かのように、素早い動きで男の首に巻きついてきた。紅の唇は匠太郎の舌を迎え入れた。温かく芳しい唾液で溢れた粘膜の奥から迎撃してきた舌が匠太郎のそれにからみつく。匠太郎は熱と湿り気を帯び、悩ましい匂いを発散させる生き物の上で我を忘れた。

「はあっ」

濃厚な接吻を繰り広げながら、若い女編集者は年上の男の手がパンティの底をまさぐるのに任せている。唇が離れた時、匠太郎は尋ねてみた。

「シルクだろう、これ？」

「ええ」

「いつも、こんなの履いているの？」

「いえ。先生と会うので、特別に」

「ストッキングも？」

「そうです。ふつうはパンスト」

「どうしてこういう恰好を？」

「だって、緊張感があるでしょう？　何と言ったらいいかしら……、アキレスの踵《かかと》みたいに、そこを攻撃されたら終わりという部分を自覚しながら闘いに挑む戦士のような……」

「そんなものかね」

「ドレスの下で腿を擦りあわせると、ナイロンの擦れるのと、肌の擦れるのと、両方同時に感じられるでしょう？　その時のスリリングな感覚って、男の人には絶対に分からない、女だけの密やかな悦びですよ」

「分からないけど、こうやって触っていると、分かるような気がする」

ふっくらと盛り上がったヴィーナスの丘から下った斜面に、敏感な肉芽の所在を匠太郎は探りあてた。濡れた絹の上から強く、弱く、圧迫するように、揉みしだく。

「あ、はーっ……」

美雪は溜め息をつき、豊かな腰をよじるようにする。

「感じる？」

「ええ。先生、すてき」

しがみつき、唇を押しつけてきた。

（夢みたいだ……）

匠太郎はボウッとした頭で思った。自分はこれまでプレイボーイだと思ったことはない。口下手だし、社交的な性格でもない。それなのに今、知的でしかも魅力的な肉体を持つ女編集者をこの腕に抱いている。

（夢でもいい。醒めるなら醒めてみろ）

美雪はさらに匠太郎を驚かせた。彼の耳元で淫らな言葉を囁いたのだ。

「先生、さっきのショーや君江さんの露出を見て、刺激されちゃった。私もストリップしちゃおうかしら？　見たい？」

匠太郎は大胆な誘惑に驚いたが、

「もちろん」

熱意をこめて頷いた。美雪にだって露出願望があって不思議はない。

「じゃ、やっちゃおう……。でも、こんなに明るいと恥ずかしいわ」

「暗くしてあげるよ」

立って壁のスイッチの所に行き、天井の照明を消し、部屋の隅に置かれたスタンドの明かりだけにした。

「脱ぐわ」

美雪は立ち上がり、ニットドレスの背のファスナーをひき下ろすと、無造作に脚元に脱ぎおろした。匠太郎は目をみはった。

「…………！」

スリップは着けていなくて、予想したとおり、パールピンクのブラジャー、パンティ、ガーターベルトの三点セットに、黒いストッキングとハイヒールという、この上なく魅惑的な下着姿になって床の上に立ちはだかっていた。

大きすぎず小さすぎず、形よく碗形に盛り上がった乳房、キュッと引き締まったウエスト、女の魅力のすべてを秘めて張り出したヒップ、野生の猫科動物のような跳躍力を秘めているように見える脚線。ほどよく脂肪をのせた白い肌はなめらかに張りつめて、薄桃色の下着、黒いナイロンストッキングがよく映える。

「最高だ」

匠太郎は呻くように言い、美神の魅力に金縛りにあった信仰者のように立ちすくんだ。

美雪は背に手を回しブラのホックを外した。真珠色のブラが落ちた。白い肉の丘が二つ、プリプリと弾むように揺れている。乳首はピンク色に近い赤。それが固く尖り、ツンとせり出している。

彼の目は、淡いピンク色したシルクのパンティに包まれたヒップに釘づけになった。ハイレッグカットがV字に食いこんでいる部分は、びっくりするほどこんもりと脹らんでいる。陰阜《いんぷ》が豊かなのは、性感に富む証拠だと聞いた。美雪は楚々とした外見を裏切って、明らかに性的好奇心が強く、性感も豊かな女に違いない。

女らしい下腹の曲面にぴったり密着したシルクの、最も女らしい魅力を秘めたあたりが、内側から滲み出た液体で黒々としたシミを形づくっているのが認められた。膣口から溢れた分泌液が、相当な範囲でパンティの股布を濡らしているのだ。しかも、そのシミは匠太郎が見ているうちに、どんどん拡大してゆく。明らかに裸身を見せつけることによって、美雪は激しい昂奮を味わっている。

下腹を猥褻なまでに突き出したポーズをとった美雪の顔に、夏目京子や、今日のショーの女たちが見せた、降臨する女神の表情が浮かんできた。

彼女の手が絹のパンティの腰ゴムにかかった。

「ぼくが脱がす」

匠太郎が遮り、手を伸ばして美雪をひき寄せて彼女の下腹の前に跪いた。鼻先に濡れた布があった。酸っぱくなったヨーグルトにも似た、刺激的な匂いがツンときた。

「ああ」

匠太郎の唇がヴィーナスの丘に押し当てられた時、年下の娘は喜悦とも悲鳴とも思える声を張りあげた。

匠太郎は抱き抱えた美雪のヒップを包む、絹の下着の、すべすべとして、それでいて吸いつくような肌ざわりを楽しんだ。エロティックな薄布が覆っている肉は熱く、はちきれそうに弾んでいる。

「えい」

声をかけてパンティの腰ゴムを摑み、一気に腿の半ばまでひき下ろした。

「先生……！」

美雪がまた叫んだ。

「綺麗だ……」

匠太郎は感に堪えたように呻き、まじまじと美雪の最も女らしい部分を見つめた。

漆黒の恥毛だ。濡れたように艶やかで、しかも細く、それでいて密生している。信じられないほど縮れがなく真っ直ぐに生え、やはり両サイドを剃っているのか、槍の穂先形に逆三角形を形づくっているそれは、黒ミンクか黒テンの毛皮を切って貼りつけたようだ。

目のさめるように白い、キメの細かい肌に黒々とした恥叢は衝撃的なまでに鮮烈な対比を見せつけている。しかも、その叢が覆う丘はふっくらと、女の豊饒《ほうじょう》さを示すかのように盛り上がっているのだ。

「開いて、見せてごらん」

「いや……」

言葉とは裏腹に、匠太郎の顔の前で美雪の腿が開かれた。やや薄白く、泡立つようにも見える愛液が溢れている秘唇の眺めが飛びこんできた。

「………！」

生まれて初めて、夏目京子によって見せつけられた時と同じように、若い牝の性愛器官が視野一杯に展開されている。

黒々とした恥毛が、秘められた切れこみの半ばまで豊かな大陰唇を覆っている。その内側に、雄弁に愛を物語る、女のもう一つの唇が、熱い吐息を洩らすかのように息づいていた。花弁と称せられる小陰唇は、形よく左右対称に、展開すると蝶の羽根の形のように露呈している。

その部分に特有の、成熟を示す色素の沈着は、京子と同じ蘇枋色――にぶい紫色を帯びた赤――で、さらに一部が梅鼠《うめねず》色を呈している。全体として可憐というか艶麗というか、思わず唇を押しつけたい欲望を駆りたてる眺めだ。匠太郎はその欲望にしたがった。

「あう、先生……っ！」

最後の布きれを剝がされ、完全に露出させられた羞恥ゾーンに濃厚な口づけを受け、若い女は羞じらいと喜悦の入りまじった悩乱の声を張り上げた。紅鮭色の粘膜の奥へと舌をさしこむと、さらさらした分泌液が溢れ出る。その味はわずかに甘味を帯びていて、何の不潔感も感じさせない。今やダイレクトに匠太郎の鼻を衝く性愛器官の匂いは、濃厚な乳酪《にゅうらく》臭だ。

女体のその部分は、匠太郎の経験では、夏目京子や水谷君江のように、磯臭い――さらに極端に言えば魚の干物を思わせる腥《なまぐさ》さを発するものと、チーズに似た乳酪臭を発するものがあるようだ。体質によるものか、あるいは膣内の醱酵菌によるものか知るよしもないのだが、美雪の場合、明らかに後者の、食欲をそそる健康な性器臭だった。

匠太郎はふかぶかとその匂いを吸った。たちまち脳が痺れ、理性が失せた。砂漠で渇きった者がオアシスに巡り合ったように、夢中になって芳しい柔草の丘に鼻を埋め、秘められた谷から溢れ出る蜜液を舐め、啜った。

「あ、ああ。あーッ……」

甘く、切ない呻きを洩らしつつ、美雪は下腹を年上の男の顔に押しつけ両腿で挟みつける。匠太郎の舌は充血してせり出した真珠のような肉芽の包皮を剝きあげた。

「いや、いや、……あんッ！　はあーっ」

美雪も子宮が蕩《とろ》けるような快美感覚を味わっているに違いない、膝がガクガク震え、匠太郎の髪を摑んだ指にギューッと力が入る。

「来て、先生。抱いて……！」

啜り泣くようにして訴えた。

「よし。今夜はおれも狂うぞ」

匠太郎は立ちあがり、服を脱ぎ捨てて全裸になった。美雪はソファに仰向けに倒れこみ、シルクのパンティから片足を引き抜き、剝き出しの下腹部を誇示するかのように股を広げた。

「すごいわ」

　宙を睨むように怒張している男根を握ってきた。湿り気を帯びた指に握りしめられ、しごかれると、脳天まで突き抜けるような快感が走り、

「おう」

　呻いて、熱い女体にのしかかった。ガーターベルトにストッキング、それにハイヒールだけを纏った美雪は、片足をソファの背もたれに載せ、もう一方の足を床に置いた。男の欲望器官を受け入れるために膣口を思いきり広げて待ち受けるポーズだ。仄明かりに鴇《とき》色にきらめく濡れた粘膜。

「うぬ」

　憤怒のようなものさえ覚え、匠太郎は焼けた鉄のような男根を握って、割り広げられた下肢の間に腰を沈めた。

「あ、うっ」

　美雪が叫び、しっかと抱きついてきた。恥骨が彼女の恥骨に打ちつけられる。何の抵抗もなく、柔肉が抉り抜かれた。

「む、う……ッ」

　ぐぐっと反りかえる裸身。ストッキングを履いた脚が彼の腰を挟みつけてくる。

（なんと、素晴らしい器官だ……）

　匠太郎は牡と牝の性愛器官同士を結合させた瞬間が好きだ。ぴったり隙間なく、まるで二人が生まれた時からそうなるように設計されたのではないか、と思う繋がり具合。熱く濡れほころびた襞に歓迎されるように包まれると、ふいに今まで探し求めてきた桃源郷に辿《たど》りついた安らぎさえ覚える。

　しかし今は、美雪に性愛の歓喜を与えなければいけない。彼女の粘膜は、ざわめくようにして男根を迎え入れ、筋肉がもう離さないとでもいうようにしっかりと締めつけてくる。意識しての蠢きではない。彼女は想像したとおり、性感が豊かに開発されている。

「大丈夫なのか」

　激情に駆られたまま避妊の手段をとらずに結合した。危険日なら膣外で果てねばならない。喘《あえ》ぎながら、匠太郎は聞いた。美雪も喘ぎ悶えながら答えた。

「大丈夫……」

　ドロドロと溶け崩れたような柔肉の奥に欲望器官を打ちこんだ匠太郎は、激しく身悶える汗まみれの裸身の上で抽送した。強く強く強く強くまた強く。

「せんせい、せんせい。あー、いい、いい。いい、いい、いい。……美雪、ダメになっちゃう」

黒髪を振り乱し、狂女のようにあられもない言葉を吐き散らす美女。彼女の性愛器官は貫きとおしてきた凶暴なものをヒシと締めつける。

たちまち匠太郎は堪え難い快美の波に押しあげられ、限界点を超えた。

アッと思う間もなく、

「あ、う……アッ」

叫ぶと同時に、ドロドロと煮え滾《たぎ》る男の情欲のエキスを噴射した。

「ああ、あーっ。ああああ」

美雪は白い喉を反らせて叫び、熱い激情の迸《ほとばし》りを受けとめた。気が遠くなるような快美の中で、ドクドクと精液を注ぎこむ男根を、襞肉がグイグイと締めつける。

「抜かないで、ダメ、そのまま……。あうっ」

彼女の中で何度もオルガスムスが爆発しているのが分かる。下腹がその度に突きあげられ、美雪は「ひっ、ひっ」と鋭い声で啼いた。

やがて膣の締めつけが緩慢になり、一滴残らず精液を絞りとられた男根は萎え、ゆっくりと押し出された。

「はあっ」

汗まみれの体を抱き締めあい、余情に震えながら二人は唇を吸いあった。

(信じられない。この娘とこんなふうになるとは……)

理性が戻ってくると、匠太郎は意外な成り行きを訝《いぶか》る気持が湧いてきた。美雪のような魅力的な娘が、どうしてよりにもよって、パッとしないイラストレーターの自分に抱かれたがったのだろう?

あるいは、美雪は高貴な気品さえ感じさせる外見に似合わず、出会う男と誰でも性交する淫乱な性質なのだろうか。

「あの……」

昂奮がおさまった美雪が羞じらいを秘めた声で囁いた。

「私、バスルームに行きます。後でいらして下さい」

「うん」

匠太郎が起きあがると、まだストッキングとガーターベルトを着けていた彼女は、猫のようにしなやかな身のこなしで、小走りにバスルームへ駆けこんだ。すぐにシャワーの音がした。

頃合いを見て、匠太郎がバスルームに入ってゆくと、全裸で浴槽にいた美雪は彼を立たせ、石鹼をなすりつけ丁寧に汗と体液にまみれた体を洗った。男性の股間にも臆せず手を伸ばし、ペニスも睾丸も、しなやかな指で揉みたてるようにする。

（男の肌に慣れている……）

真剣な表情で奉仕する美雪と全裸で向かいあい、揺れる乳房、濡れそぼった恥叢を眺めていると、素手で触られる心地よさも手伝って、彼の欲望器官はまた充血を始めた。

「あらあら。元気ですね、先生……」

美しい娘ははしゃいだ声をあげた。シャワーノズルを近づけて綺麗に泡を流すと、浴槽に跪き、充分に包皮を剝きあげた彼の半立ちのものを咥《くわ》えこんだ。

「お」

そこまで奉仕されるとは思わなかった。チロチロと巧みに舌を使われ、睾丸もやわやわと揉まれると、

「む……」

快美感が沸騰し、匠太郎は呻いた。フェラチオの技術もたいそう熟練している。

「よし、今度はぼくの番」

全裸の娘を立たせると、その前に跪いた。一方の足を自分の肩にかけさせる。

「いやァ」

秘部を彼の前にあからさまに露呈させられる体位をとらされて、美雪は頰を紅潮させた。

匠太郎はかまわずに湯滴で濡れそぼった繊毛を掻き分け、秘唇に接吻した。

「あう」

両手で彼の頭にしがみついてきた。綺麗に洗ったのに、また蜜液が溢れ出て彼の口を潤した。この上なく甘い美酒。匠太郎は舌を駆使した。

「あう、うン……っ。おおお！」

たちまちあられもなく悩乱し、下腹をうち揺する美女。

ひとしきり舌で責めてから、力が抜けたような彼女を抱きかかえるようにして、真っ裸のままベッドルームに運ぶ。

ベッドの毛布を剝いでシーツの上によつん這いにさせると、匠太郎は背後から挑みかかった。青筋をギンギンに浮き彫りにした男根を、涎を垂らして待ち受ける器官に、杭でも打ちこむように叩きこむ。

「あ、あーっ。せんせい、いい、いい！」

弓なりに背をのけ反らせ、歓喜の声を張りあげる美雪。たちまち匠太郎は我を忘れ、獣になった——。

*

ジリジリジリ。

耳の傍で電話のベルが鳴った。

ハッと目を覚ました匠太郎は、一瞬、自分がどこにいるのか分からなかった。

（そうか、ホテルに泊まったのだ……）

寝ぼけた頭で、腕を伸ばして受話器をとると、

「おはようございます。鷲田さまですね？　モーニングコールです。ただ今十時です」

若い女の、爽やかな声が告げた。

（もう十時……？）

この都心のホテルは、カーテンに遮光シートを貼ってあるので、室内は真っ暗だ。匠太郎は真っ裸のままベッドから出て、カーテンを開けた。眩しい午前の光が部屋いっぱいに充ちる。その時初めて、美雪の姿がどこにも見えないのに気がついた。隣のベッドにも、リビングルームにも、バスルームにも。服も靴もバッグもない。

（おれが眠っているうちに帰ったのか……）

昨夜は、このベッドの上でからみあい、最後は正常位で、美雪の柔襞の奥へ二度目の射精を遂げたのだ。

さすがに疲労を覚え、汗にまみれた若い肌を抱きながら眠りこんだのだが——。

（女の身にしてみれば、やはり、ホテルから会社へ直行は出来ないのだろう……）

眠気ざましの煙草に火を点けた。こうやって太陽がいっぱいに差しこむ部屋にいると、昨夜のことが、まるで夢の中の出来事のように思える。

(それにしても、年上のおれが、彼女に操られるというか、翻弄されたような気がする)

そんなことを思いながら、ふと部屋の隅を見ると、スケッチブックを広げておいたライティング・デスクの上に、布切れとメモ用紙が置かれているのが目に留まった。

(これは……⁉)

布きれはパールピンク。まぎれもなく美雪が穿いていて、彼が脱がせたパンティだった。広げると、香水と共に甘酸っぱい膣分秘液の匂いが馥郁と立ちのぼった。

備えつけのメモ用紙には、美雪の字で走り書きがされていた。


〝鷲田先生。

よくおやすみでしたので、黙って失礼させていただきます。モーニングコールを十時に頼んでおきました。十一時に社のハイヤーが参ります。どうぞお使い下さい。チェックアウトは伝票にサインするだけで結構です。

スケッチブックを拝見させていただきました。素晴らしいですね！　文章も期待しております。原稿は今週中に戴けるとありがたいのですが……。また、ご連絡いたします。

高見沢〟

昨夜の、狂おしい接吻、抱擁、愛撫、交合のことについては何も書かれていない。しかし、自分の最も秘めやかな部分を覆っていた高価な絹の下着を、スケッチブックの上に忘れてゆくはずがない。これは、美雪なりのメッセージに違いない。

（どういう意味なのだ……？）

匠太郎は当惑しながらも、悩ましい匂いを放つ布きれに顔を埋めた。昨夜の記憶がなまなましく甦り、彼のペニスは痛いまでに屹立《きつりつ》した。

＊

美雪が手配してくれたハイヤーで自宅に帰ると、匠太郎はまっすぐに書斎に足を運んだ。

父親が残した、古びた頑丈な戸棚の扉を開けた。医学博士・鷲田維之が健在な頃は、その戸棚にはホルマリン漬けにした人間の脳やら、奇妙な形の医療器具などが入っていたものだが、今は、匠太郎が子供の頃から記念にとっておいたようなガラクタの類が雑然としまいこまれている。

ガラクタの奥から、革製の小箱をとりだした。少年の頃、病院のどこかに捨てられていたのを見つけ、自分の宝物入れにとしまっておいたものだ。たぶん特殊な医療器具が納まっていた箱なのだろう。内側に赤いビロードの布が貼りつけられているところを見ると、こわれやすいガラス製品が入っていたのかもしれない。

バネ錠を外して蓋を開けると、中には一枚の布きれが入っているだけだ。木綿の、飾り気のない質素といってよいパンティだ。大人が着けるものではない。少女用だ。新品ではなく、洗いざらしたものだ。その分、肌ざわりが柔らかい。股の部分の当て布のところが縦に黄ばんでいた。もう何年もこの箱にしまいこまれているうち、当初、そこから立ちのぼっていた酸っぱいような匂いは消滅してしまったが……。

ポケットから美雪が残していったシルクのパンティを取りだし、もう一度匂いを嗅《か》いでから箱の中に納めた。

(パンティに友達が出来た)

匠太郎はふと微笑した。木綿のパンティは十歳の少女が穿いていたものだ。いま、二十六歳の充分に成熟した女性の下着が納められた。二枚のパンティに心があったとしたら、どんな会話を交わすだろうか——。

＊

月曜から匠太郎は、素人ストリップ・ショー大会・潜入ルポの文章に取りくんだ。原稿の量は多くないが、それだけにどこを省略するか難しく、何度も書きなおさねばならなかった。『小説F──』という有名雑誌に書くということで、どうしても肩に力が入るのだ。

（読者は気楽な記事を期待しているんだから、こっちもリラックスして書かなきゃダメだ）

さんざん苦労した末、一旦そう割り切ってしまうと、案外スラスラと筆がすすんだ。

美雪からはあの後一度だけ、打ち合わせの電話がかかってきた。あいかわらず礼儀正しい口調で、匠太郎もこの間の夜のことを話すのが憚《はばか》られ、つい他人行儀の口調で受け答えしていた。

（結局、彼女にとっては一夜の遊びだったのか……）

はぐらかされたような気もする。

（まだ一回目の取材が終わったばかりではないか。これから会う機会は何度もあるのだから）

そう自分に言い聞かせても、やはり美雪の成熟した肢体、芳《かんば》しい体臭を思い出して、ふと欲情してしまう。

（いい年して、六、七歳も年下の女に狂うとは……。高校生でもあるまいし）

つい、自嘲してしまう匠太郎だった。

絵も文もあがったので、木曜日に彼のほうから美雪に電話してみた。

「あら、もう出来あがったのですか？」

「ええ。あなたの気にいるかどうか分からないけど……。一度目をとおしてもらって、直す部分は直します」

「ちょうどよかった。こちらから先生のところにお電話さしあげようと思っていたところなんです。実は、二回目の取材交渉をすすめてた相手から、明日ならどうだ、って打診があったもので……」

「え？　もう二回目を？」

「急ですけれど、先行して取材をしておくことにしたことはありませんから……。明日は、お忙しいですか？」

「いや、かまいません」

「じゃ、お手数ですけど、お昼ごろに社のほうにいらして下さいません？　原稿をいただいて、それから取材に出ましょう」

「明日、行くところはどんなところですか？」

匠太郎は訊いてみた。真っ昼間に取材するというのが奇異に思えたからだ。

「ロリコン男性を相手に、写真や下着を売って商売している女性がいるんです。彼女から少女愛の世界を取材してみたいと思っています。興味あります？」

「少女愛……」

トンと胸を突かれたような衝撃を受けた。

「面白くないですか？」

匠太郎が黙りこんでしまったので、美雪が心配そうに尋ねた。

「いえ。そんなことはない。美少女は男性の永遠の憧れですからね……」

「そうらしいですわね」

美雪は陽気に笑って電話を切った。

(少女愛か……)

毒気にあてられたような感じでボーッとしていると、
ニャアオ。

足元でミュウが啼いた。餌をくれというのだ。

「おまえ、食べすぎだぞ。こんなにムックリ太ってしまって……。おれに拾われた時は痩せこけていたくせに」

ミュウは、ちょうど今頃の季節、雑木林の中で迷っていた。どこかの家庭で育てられていたが、何かの事情で飼いきれなくなり、山の中で捨てられたのだろう。もう乳離れして、人の姿を見ても怯えなかった。

散歩の途中で見つけた匠太郎が抱き上げると、しっかりしがみついてきた。そうとうに腹をすかせていたものらしく、ブルブル震えていて、彼の頰をザラザラした舌で舐めてきた。目がやたらに大きく、頼りなげで人なつこい様子が、思い出に残っている「ミュウ」と呼ばれていた少女そっくりだった。魅力的な女編集者に尋ねられた時は教えなかったが、それがミュウという名前の由来だ。

第六章　少女愛クラブ◉綾子

翌日、匠太郎はF——社を訪ねた。

ホテルのように豪華なロビーで待っていると、美雪が降りてきた。

いつものようににこやかな笑顔だが、日曜日の夜に彼に抱かれたことを思わせる、特別な感情は少しも窺《うかが》えなかった。

彼女は匠太郎が持参した原稿とイラストにサッと目をとおすとパッと顔を輝かせた。

「素晴らしいわ、絵も文章も！　私が考えていたのより、ずっと面白く仕上がってます。内容もすごくエキサイティングだし、絶対に話題になりますよ。先生にお願いしてよかった！」

苦労して書きあげただけに、褒められて悪い気はしない。

「まあ、本職じゃないから文章にまずい所があると思うけど、それは任せます」

「はい。でも、ほとんど手を入れる部分なんてありませんね。ボカすべきところはうまくボカされているから、村中さんもＯＫでしょう。一番最初のＯＬの子が、裸になるにしたがってチャーミングになってゆくところの描写なんか、鋭い観察眼と同時に先生の温かい人間味が感じられて、私、ジーンとしてきちゃった。これを見て、女の露出願望を見直す男性が増えると思うわ」

美雪の言葉はお世辞ではなく、本当に気に入ってくれているようだ。匠太郎は肩の荷が下りたようでホッとした。

その時、二人が向かいあっていたテーブルに男が近よってきた。

「おう、お嬢」

横柄な態度で美雪に声をかけた。

背は低く、ずんぐりした体格の、五十がらみの男だ。腹がつき出し、額の禿げあがった丸い顔はブヨブヨして水母《くらげ》のような感じだ。不摂生を絵に描いたような中年男である。かなり高級な仕立ての背広を着ているが、ネクタイもベルトも靴も、匠太郎の目には悪趣味としか映らなかった。

「あら、武藤先生」

美雪は立ちあがって軽く一礼した。

（この男が、彼女に殴られた武藤周一か）

衣笠が評したように、確かに尊大で野卑な男だった。美食家を自任し、旨いものがあると聞けばどこへでも足を伸ばすが、サービスに落ち度があったり、味が舌に合わないとなると、雑誌などでさんざん攻撃する。やられたほうはたまらない。彼のおかげで潰れた店も何か所かあると聞いた。

「こちら、私の担当しているイラスト・ルポの仕事をやって下さる、イラストレーターの鷲田先生です。今、取材の打ち合わせをしているところなんです」

美雪が紹介しても、チラと匠太郎を見て、軽く頷いただけだった。彼の名前など聞いた途端に忘れてしまったに違いない。

「武藤先生。今日は、どんなご用で？」

「いや、なに、出版部が、今度の新聞に打つ広告で写真が欲しいとか言ってるんだ。これから部長と一緒にスタジオに行く。帰りに築地の魚の旨い店に連れていってくれるそうだ。どうだ、お嬢も来ないか？」

「生憎《あいにく》、私、これから取材がありますので……。出版部の設けた席に私が顔を出しては、出しゃばりと言われますわ」

「そんな遠慮をすることはない。なんて言ったって『夢茫々』はワシと君の合作みたいなもんだから。あ、そうだ」

汗かきらしい武藤は、ハンカチを出して顔を拭い、唾を飛ばすようにして大声で話す。作家というより政治家にこういうタイプの男が多い。顔をゴシゴシこする指に、ごつい、ライオンの顔を彫った金の指輪を嵌《は》めている。腕時計もやたらにギラギラ光る金側だ。体につけるものは何でも、ケバケバしくゴテゴテしたものが好きらしい。

「今度F――テレビのワイドショーで、『夢茫々』のヒットの秘密というのをやるというので、ワシに出てくれというのだ」

「それは結構ですね。テレビで本が紹介されると、すごく影響がありますから」

「ワシがあれを書くにあたってどれだけ苦労したか、その内幕を担当編集者が明かす――という趣向をプロデューサーが考えているらしい。キミ、出てくれないか」

「とんでもない、私なんか……」

美雪はオーバーに首を振った。

「何のお役にも立っていませんもの。もし誰かが語るとしたら、ウチの福田編集長か鈴木デスクが適任ですわ。先生に新作を書いていただくよう、熱心に説得したのは編集長やデスクなんですから」

「そうか。そうだな……。よし、福田君に頼んでみるか」

美雪の言葉の裏にキッパリとした拒絶の意思が示されているのを武藤は感じたのだろう、

意外なくらいあっさりと引き下がった。

「じゃあ、またな」

去ろうとして、不意に匠太郎に向かい、

「キミ、来週、ワシの作品の五十万部突破記念パーティをやるんだ。暇だったら来てくれたまえ」

そう言ってエレベーターへとノシノシと歩いていった。

受付嬢が美雪を呼びに来た。用意していたハイヤーが来たという。

「じゃ、まいりましょう」

まるで政治家が乗るような大型乗用車に乗ると、

「表参道にやって下さい。伊藤病院の近く……」

運転手に行く先を告げた。今日の彼女は、菜の花色の、肩章のついたブルゾン。下には長袖の白いTシャツ、スカートは前にスリットのついた、白い膝丈のタイト。肌色のストッキングに白いハイヒール。いかにも春らしい、活動的な装いだ。あいかわらず化粧気も薄く、それでいてそこいらの女子大生より娘っぽい。匠太郎は美雪の体から発散される生気に刺激されて、自分の心も浮きたつようだ。そんな彼女が、あの傲岸不遜《ごうがんふそん》な武藤周一を張り倒したなどと、どう考えても信じられない。遠回しに訊いてみた。

「武藤周一って、どんな人？　なかなか難しい人らしいけれど……」

「作家は皆、そうですよ。神経質だし、人一倍プライドが高いし……。でも、武藤先生はああ見えて、なかなか可愛いところがあるんです。人が言うほど扱いにくい人ではありません」

彼女の口から武藤について〝可愛い〟などという言葉が出てこようとは思わなかった。どういう意味だろうか。

並んで坐った彼女の丸い膝を見ると、触れてみたい欲望に駆られるが、白昼、仕事場に向かう途中とあっては、私的な感情を表に出すことが躊躇われる。

すると、彼の気持をまるで読みとったかのように、車の揺れを利用して美雪が凭れかかってきた。甘酸っぱい肌の匂いが鼻を擽る。閉めきった自動車の中だからか、いつもより濃厚な感じがする。

「先生は、少女の絵なんか描きます？」

唐突に尋ねられて、匠太郎は一瞬、答えにつまった。

「うん……。あまり描いたことはないなあ」

「どうしてですか？　美少女趣味はお持ちあわせじゃないの？」

揶揄《やゆ》するような口調がどうも気になる。

「そんなことはない。画家にとって、少女は永遠のモティーフだもの。ムンクの『思春期』とか、バルテュスの『少女のいる部屋』、エゴン・シーレの『妹ゲルティ』とか、近代美術は少女愛でいっぱいと言っていいくらいだ。ただ、モデルの問題があってね……。エゴン・シーレが未成年者誘拐の罪で逮捕され、監禁されたみたいに。ルイス・キャロルだってずいぶん非難されたわけだし……。彼の撮影した美少女たちのヌード写真は死後、ほとんど焼かれてしまった」

「そうなんですか」

「うん。美少女に近づく男たちは、常に罰せられる運命にあるんじゃないかな。ギリシア神話では、永遠に少女であることを許された女神、アルテミスが、狩人アクタイオンを殺してしまったよね。水浴しているところを覗き見されて……」

「鹿に変身させられて、自分の猟犬たちにズタズタに引き裂かれたんでしたね」

「そう。あれは『美少女に近づくものは罰せられる』という神々の警告でしょう。ぼくらだって、うっかりすると身の破滅になりかねない」

美しい女編集者は、また独特の謎めいた微笑を唇の端に浮かべて匠太郎を見た。

「今日は、先生に狩人アクタイオンになってもらいます」

どういう意味か問う前に、ハイヤーは表参道に着いた。春休みのせいか、平日だというのに高校、中学生ぐらいの少女の姿が多い。

「ここです」

大通りから少し裏手に入った十階建ての雑居ビルが目的地だった。郵便ポストの名札を見ると、アパレル産業、写真家、雑貨貿易商などの事務所が入っている。

狭いエレベーターで七階にあがった。

暗い廊下の突き当たりに『シャーロッテ・クラブ』という表札のかかったドアがあった。チャイムを鳴らすとドアホンが「どなたですか？」と訊いてきた。若い女の声だ。

「高見沢といいます。山添《やまぞえ》さんとお会いする約束ですが……」

「はい。いま開けます」

ビッと音がし、ガチャリと錠が外れた。内側から電気仕掛けで開閉されるシステムらしい。入ったところは狭いホールになっていて、突き当たりにもう一つドアがある。それが開いて、少女が顔を出した。

「どうぞ、お入り下さい」

その少女の恰好を見て、匠太郎は度胆を抜かれた。肩も腿も露わなベビードールを纏っただけなのだ。髪を白いリボンで結び、子供っぽいお下げ髪にしている。フリルのついた短い寝衣のせいで、十五かもっと下に見えた。ふっくらと肉がついた体だが、足は長い。少女アイドル歌手のような、可愛らしさだけが取柄の顔。

「いま、オーナーが参ります。こちらでお待ち下さい」

舌たらずのような甘ったるい言葉づかい。ひょっとしたら、わざと子供っぽさを強調しているのかもしれない。

可憐な小花を散らしたオーキッドピンクのベビードールは、フリルのいっぱいついた胸元と裾回りを除いて、まるで紗《しゃ》のカーテンのようで、少女の白い肌が、ふわりと盛り上がった胸の丘の頂点に結実している苺《いちご》のような乳首まですっかり透けて見える。その下にはやはり同じ色のパンティ——愛らしいリボンで脇を結ぶバタフライ形——を穿いている。パンティの布も寝衣と共布だ。二枚の布があっても少女の下腹がまだ透けて見え、匠太郎はその部分に黒い翳りを見つけられなかった。

(まだ、発毛していない年頃なのか?)

それにしては乳房やヒップのふくらみが女おんなしている。

内側のドアを入ったところで、匠太郎はまた新たな驚きを味わった。

十畳ほどの空間いっぱいに、パステルカラーの色彩が乱舞していた。

中央に二列にハンガースタンドが並べられ、手前にはネグリジェやベビードール、浴衣など。その向こうにはスリップやキャミソールなどの下着から、ブラウス、ワンピースなど。

さらに向こうにはさまざまなデザインのセーラー服、学校の制服も吊るされていた。ほとんど全部、クリーニング屋でするような透明なビニールの袋に納められている。

両側の戸棚には、パンティ、ブラジャー、ソックスやパンスト、体操着、ブルマ、スクール水着などが、やはりビニールの袋に納められて積み重ねられている。天井の近くのフックからも、特に名門として知られている私立女学校の制服や、少女歌手が着るようなひらひらのいっぱいついたドレスが、まるで宙を飛ぶ透明な少女のように吊られている。

室内には、学校の女子更衣室のような匂いがしていた。女の子たちの汗、肌、髪の匂いが入りまじった匂いだ。

手近に吊るしてあるスリップの一枚を手にとってみる。大きな紙片に「12」と書かれていて、同じスリップを着けて立ち、ニッコリ笑っているオカッパの少女のポラロイド写真が留められていた。よく見ると肌が擦れるあたりのレースが黄ばんでいる。

（そうか、ここにあるのは、皆、少女たちが着た、お古なんだ。しかも洗っていない）

すると「12」という数字は、ポラロイド写真に映っている少女の年齢に違いない。ビニールで密封しているのは、布地に染み込んだ少女たちの肌の匂いを蒸散させないためだろう。

棚の上のパンティを取りあげてみた。よくあるマンガのキャラクターをプリントしたビキニのものだ。股のところにクッキリと褐色のシミが舟形に広がっている。ビニール袋を開けると尿の匂いが鼻を衝くに違いない。

紙片には「14」と書かれ、名門中学の名も記されていた。ポラロイドに映っている少女はセーラー服の襞スカートをまくりあげ、このパンティを穿いている姿をさらけだしている。

(なるほど、これならどんな少女が穿いていたのか、分かるわけだ……)

値段を見ると五千円だった。

「いい値段だね」

匠太郎がびっくりして見せると、

「そうですね。でも、名門中学に通う美少女が穿いて汚した——というちゃんとした証明つきですから」

ふいに背後から女の声がした。室内には自分たちとベビードールの少女だけだと思っていた匠太郎はびっくりして振りかえった。

美雪より年上、三十を少し過ぎたという感じの、背の高い、スラリとした肉体を持つ女だった。目鼻だちのクッキリした、宝塚の男役女優を思わせる美人だ。声はハスキーで、官能的といえないこともない。

「お邪魔しています」

美雪が挨拶した。すでに一度ならず顔を合わせている様子だ。

「今日は取材に伺いました。こちらが、イラストレーターの鷲田先生」

「よろしく。ここじゃなんだから、事務所のほうへ……。みずきちゃん、ショップのほう、お願いね」

「はい、オーナー」

部屋の隅に置かれたキャッシャーのところで、みずきと呼ばれた少女がニッコリ笑った。では、彼女は〝シャーロッテ・クラブ〟という店の売り子なのだ。

オーナーだという女は、壁に取りつけられている、大人の背ぐらいの長い鏡を軽く押した。鏡はクルリと反転した。隠し扉になっているのだ。しかも、向こうが透けて見える。ハーフミラーを使っているのだ。

入ったところは四畳半ぐらいの洋間で、机、戸棚、本棚、それに応接セットが置かれている。ここが事務室兼応接室らしい。

「私、こういうものです」

オーナー女性が名刺をくれた。

少女愛研究会――シャーロッテ・クラブ
会長　山添綾子《あやこ》

「そうか、シャーロッテというのは、ロリータの正式な名前ですね」

匠太郎はようやく気がついた。

「そのとおりよ。ドロレスもそうだけど、なんとなく語呂が悪いでしょう。だからシャーロッテ・クラブにしたの」

女は気さくな口調で、肘かけ椅子に坐って形よい脚を組んだ。白いワイシャツを羽織って臍のところで結んでいる。胸元から紺色のツヤツヤした生地が見えた。肌にぴったり密着している。腰は黄色い巻きスカート。脚はパンストにしては厚めの肌色のタイツ。バレエのトウシューズに似た靴を履いている。

(そうか、この女、レオタードを下に着ているのだ)

そうだとすると、ハミルカットと呼ばれる、耳の出るような短いフワリとした髪型、キリッと引きしまった筋肉質の肉体、ややかすれ気味の声の意味が分かる。山添綾子はエアロビクスのインストラクター、あるいはダンス教師のように体を動かす職業なのだ。性格はそうとうに男性的とみた。

「山添さんは、少女愛好家のために、去年、このお店をオープンしたんです」

美雪が匠太郎に説明した。

「会員制でね。もう二千人を超えたわ。やっぱり多いのね、ロリコン趣味の男性って……。ホラ、またお客が来た」

ハーフミラーになっているドア越しに見える店内に、男が二人、入ってくるのが見えた。一人は黒っぽいコートを来た、僅《わず》かに残る頭髪もすっかり白い、六十代と思われる老人、もう一人は革のジャンパーにジーンズという、ずんぐりした体格の学生らしい青年。連れというわけではなく、偶然、前後してやって来たのだろう。みずきがドアホンで会員だということを確認して開けてやったのだ。

二人は、まるで玩具売り場にやってきた少年のような熱心さで、少女たちの着古した衣類を物色しはじめた。匠太郎は素早く、売り場の様子と客の態度をスケッチした。

「この店の品物は、原則として中学生以下の女の子が着たものばかりです」

「あの、みずきという女の子は幾つですか」

匠太郎が訊くと、綾子はあっさりと答えた。

「十八です。お客さんにはホントの年齢を教えちゃいけない、って言ってますけど」

「でも、ヘアが見えませんね」

「ええ。剃っているんです。私が毎日」

薄めの唇をキュッと歪めるようにして笑ってみせた。この女は自分がレズビアンであることを隠そうという気はない。

「お客は彼女の毛のないアソコを見て昂奮して、よけいに品物を買ってくれるわけ」

「なるほど。ところで、こういった下着などは、どうやって仕入れるわけですか？」

「街を歩いてる女の子に声をかけるの」

「よく下着を売る気になりますね」

「最初はね、こういう商売の話はしないんですよ。ボウッとしてる子とか、男の子に声をかけられるのを待ってるような子とか、そういうのを見つけて声をかけるわけ。男の子のナンパと同じじよ。『暇？　だったらおねえさんの所に遊びに来ない？　すぐそこだから』って誘うの。私が女だから、あまり警戒されないわ。中には『おねえさん、私を連れてってイヤらしいことする気でしょう』なんてズバリと言う子もいるけど。だからって逃げたりしない。平気でついてくる」

「お金が欲しいからですか」

「お金をあげるとか、そんなことを言うのはずっと後。彼女たちも刺激が欲しいのよ。中学校あたりは、好奇心ざかりなのにいろいろ禁止されてばっかりだから、ちょっとしたキッカケがあれば、どんどん進んで踏みこんでくる。私のほうが怖いくらいよ」

「この店に連れてくるの？」

「下に私のスタジオがあるの。表向きはジャズダンスの教室だけど。そこで食べたり呑んだりしながらおしゃべりして、リラックスしたところで下着を売らせるの。たいてい千円ぐらいで買うんだけど、中学生だとちょっとしたお小遣いでしょう？　『汚れてるからイヤだ』なんて言う子もいるけど、まあ、ほとんどの子が売ってくれるわね」

「写真も撮るんでしょう？　よく撮らせますね」

「最初はパンティを撮るなんて言わないのよ。『きれいな体をしてるね』って褒めて、ジャズダンスの話なんかして、脚を見せてごらんなんて言って、だんだん露出させてゆくの。『可愛いから、記念写真撮らせて』って、最後にスカートまくらせてパンモロ——パンティ丸出しの写真を撮っちゃうわけ。彼女たちもだんだん撮られる目的が分かってくるんだけど、イヤがる子より面白がる子のほうが多いわ。中学生のくせに、あそこを濡らしちゃう子だっているし」

「へえー……」

匠太郎が絶句してしまうと、美雪が横から質問した。

「彼女たち、ノーパンで帰るんですか？」

「ちゃんと替えのパンティをあげるのよ。同じようなのを選んでね。全然別のパンティを穿いて娘が帰ってきたら、母親がおかしいと思うから、そこはうまくやらないと……。でも、最近は娘の下着まで丁寧に面倒をみてあげる母親なんてあまり居ないから、こっちも安心なんだ。母親が言うのは『遊ばないで勉強しなさい』だけだもの。それで一度味をしめた子は、スリップやらネグリジェやら持ちこんでくる。こっちも交換で新品をあげてるけど、娘の下着一式が全部入れ替わっても分からないってことは、母親がぜんぜん面倒見てないってことじゃない？」

「あの赤いドレスは何ですか」

「アイドル歌手の矢川マチ子がデビューの時に着てたやつ」

　匠太郎も美雪もびっくりした。

「えーっ⁉　今めちゃめちゃ売れてる子でしょ。どうしてその子のステージ用のドレスが？」

「ドレスだけじゃないわよ。パンティだってちゃんとあるわ。売らないけど」

「分かった。デビュー前に誘惑したことがあるんだ」

「そう。竹下通りで声をかけたらホイホイついてきて、ずいぶん楽しませてもらった。その子が、ある日テレビに出て、歌を歌ってるもんだからさすがの私もびっくりしちゃったわよ。その後でプロダクションの人間が来て、ここに来たことは内緒にしてくれって……。そのかわりに、あのドレスと下着一式を貰ったの」

そればかりではなく、沈黙を守る代償として、かなり多額の金も渡されたに違いない。

店の方では、老人がネグリジェとスリップ、パンティ、ハイソックスなどを選んで、みずきに包装してもらい、金を払って出てゆくところだった。骨董市で掘り出し物を手に入れた者のように、満足した笑顔を浮かべて。

(あの老人は、ここで買った少女の下着を、どうするのだろう?)

ずんぐりした、いかにも異性と口をきくのが苦手に見える青年は、真っ赤な顔をしながら、パンティを二枚、ブルマを一枚、それにスクール水着を一枚、選びだした。レジではみずきが、スケスケの寝衣の下の、無毛の下半身がよく見えるようなポーズで、時間をかけて包装してやっている。彼女も男たちの視線で肌を嬲《なぶ》られるのが好きらしい。

「会員は、どうやって募集するんですか」

「ロリコン専門の雑誌と、夕刊新聞に広告を打ってます。毎日、十人から二十人ぐらい入会申し込みの電話があります。入会金が少し高いので半分ぐらいは諦めます。余り誰でも入れてしまうと、品物の供給が追いつかなくなるので……。卒業シーズンに仕入れたセーラー服なんかも、仕入れの三倍も予約があって、困ってるぐらい」

「扱ってるのは衣類だけですか?」

「その他に生写真——私が撮影した下着やヌードの写真も売ってます。普通会員はそれだけです。一応、この店は完全に合法的に運営してますから。ただ、特別会員にはビデオや、それこそ特別なサービスも行なっています」

「特別会員？」

「あら、今度は私を描いてるの？　折角だからレオタードになってあげる。ほら、巻きスカートだから簡単に脱げるの。……ええ、特別会員ってのは、私が面接して絶対に信用できると思った人だけ、会費を倍にしてなれるの。やっぱり医者、弁護士、大学教授とか、そういうのが多いわね」

「ビデオの話ですけど、どんな内容なんですか？」

匠太郎が聞いた。レオタード一枚になってゆったりと椅子に腰かけている綾子は、顎をしゃくって彼らの背後にある棚を示した。

「そこにあるようなのよ」

ズラリと並べられたビデオカセットの背には、

〝P―17　お洩らしミカ子の冒険〟

〝S―07　お仕置き里花ちゃん〟

〝E―22　エリとマミのお浣腸《かんちよう》遊び〟

〝O―32　初菜の一人遊び大好き！〟

といったタイトルが手書き文字で記されていた。題名でだいたい内容の見当がつく。

「ビデオ通販の他にも、ちょっと変わったサービスがあるのよ。〝眠り姫プレイ〟って遊びだけど」

匠太郎にエロティックなポーズをスケッチしてもらうことで、綾子の警戒心は緩んだようだ。あるいはF──社の社員である美雪のことを信頼しているのか、レズビアン趣味の女性は、秘密の経営内容まで説明し始めた。

「選り抜きのカワイコちゃんをベッドで眠らせるの。睡眠薬を飲ませてね……。それから、特別会員の男性に触らせてあげるわけ」

「触るだけですか」

「もちろん。私の主義として、ペニスを彼女たちの膣に入れさせることは絶対に許さないわ。特別会員は中高年が多いから、処女膜なんて破れないいけど」

「彼らはそれで満足します？」

「満足するわよ。健康な少女の髪の毛、口、腋の下、お臍、そして膣と肛門、足の指の間まで鼻をあてがって、思いきり匂いを嗅げるんだから。もちろんどこを舐めてもいいし、犯さない限り、ペニスを割れ目にあてがってもいいんだもの」

「その……、女の子は全然、何をされているのか気づかないんですか？」

「その子によって、眠らせ方が違うの。神経質な子は、何をされても分からないようにグッスリ眠らせるし、わりと男に対して寛容な子は、半分眠らせるぐらいにする。男たちのオモチャにされるのが楽しいという子も、いないわけではないのよ。ただ、この商売の困ったところはね……」

いかにも残念というふうに、綾子は吐息をついた。

「彼女たちが本当に商品になるのは、一年か、それよりもっと短い間だけだってこと。お金をかけて仕こんでも、毛がどんどん濃くなって、おっぱいも出てくる、お尻もふくらむ、小陰唇も色がついてきたのが飛び出してくると、ロリコンの男たちはゲンナリしてしまう。だから、女の子たちはここを通りすぎてゆくだけ。私だってアッという間に彼女たちから忘れられてしまう。絶対に大人にならない、永遠の処女神ダイアナのような女の子がいれば別だけど」

ローマ神話でいう処女神ダイアナは、ギリシア神話のアルテミスのことだ。ここにも、永遠の処女に憧れる人間がいるわけだ。

「その〝眠り姫プレイ〟ですけど、この前のお電話では、今日、ひょっとしたら見せていただけるということでしたが……」

美雪が言った。彼女は綾子と何度も連絡をとりあい、交渉を続けてきたようだ。

「うん、いいわよ。ただし、この部分だけは露骨に書かないでね。警察に知られたくないし、第一、女の子に逃げられちゃうもの」

「それは大丈夫です。うまくやります」

匠太郎と美雪は同時に頷いた。

「あの約束も守ってくれるわね？」

綾子は美雪にだけ向かって言った。

「ええ」

「だったらいいわ。私も、プレイの最中にあなたたちに見られてると、昂奮すると思うから」

美雪に向けた視線に特別な意味がこめられているように見え、匠太郎はドキッとした。

（レズビアンの女の目にも、美雪はやっぱり魅力的に映っているのだろうか？）

「それじゃ、下の部屋に行きましょう。おっつけ、女の子が来ることになっているから。こないだ公園通りで誘ってパンティ買ってあげて、一度抱いたことがあるの。私に抱かれるとクセになるから、今日も遊びに来るのよ。男のほうの客は、もう近くの喫茶店で待機しているの」

立ちあがって巻きスカートとワイシャツをレオタードの上に着けた。

「みずき、私たち下に居るから、後はよろしくね」

レジの娘にそう告げて、ロリコンクラブのオーナーは、一階下の部屋へ二人を案内した。この表参道の一等地に、マンションの二室を借りられるぐらいだから、相当な利益をあげているとみていい。

〝シャーロッテ・ダンス・スタジオ〟という表札がかかった部屋は、上のショップよりも広く、入ったところが二十畳ほどの板張りのフロアになっていた。周囲の壁には手すりと鏡が取りつけてあり、ダンス練習場の内装である。壁の一面には、黒いレオタード姿で宙を舞う、綾子の舞台姿を写した等身大のパネル写真が飾られていた。

「私の現役時代の記念。これでも、将来を嘱望されたモダンダンスの若手スターだったのよ」

綾子が言った。

「でも、どうして……？」

美雪が訊く。綾子は二人を奥の部屋へ案内しながら答えた。

「膝の腱を切っちゃったの。手術で何とかふつうに歩けるほど治ったけど、跳躍出来なくなっちゃって」

練習場の奥の部屋は、白と黒のモノトーンで内装された寝室だった。中央に、ダブルサイズのベッドが置かれ、その横に、背もたれが大きい籐の椅子――俗にエマニエル・チェアといわれている――が置かれていた。上でみたポラロイドや生写真の中に、この椅子に坐っている少女たちを写したのがあった。

（ここで、誘惑した少女たちのあられもない写真を撮るわけか……）

ベランダに面しているらしい窓には分厚いカーテンが引かれ、外部からの音と光を遮断している。ベッドサイドに置かれたランプのシェードが、密室の中に淫靡な桃色の光を放っている。白昼の表参道と壁一つで隔離された異次元空間。

「眠り姫プレイの女の子が来るまで、ここでしばらくお喋りしましょう」

二人の女はベッドに並んで腰かけ、匠太郎は籐の椅子に坐った。匠太郎の目は壁に作りつけになった本棚に並べられている、少女写真集に目がいった。中にはアイドル歌手、矢川マチ子の写真集もある。

「その右端に、アルバムが何冊かあるでしょう？　表紙の赤いのを見てご覧なさい」

綾子に勧められてアルバムを開いたとたん矢川マチ子のヌード写真が飛びこんできた。紛れもなくこの部屋、このベッドの上で撮られた、カラー写真だ。

壁に向かって立ち、スカートをまくりあげ、白い可憐なパンティを着けた尻を露出しているもの。あるいはスリップ一枚で仰臥し、自分で下着の内側を開陳しているもの。さらには椅子に坐って両足を肘かけにのせ、幼い亀裂を完全に露出しているもの……。去年の春に十四歳でデビューし、今や少年少女たちの最高のアイドルとなっている少女の、まだ秘毛の生えそろわない時期の猥褻なポーズ写真だ。

綾子と一緒のもあった。二人とも全裸で、年上の女に抱かれ、さまざまな愛撫や接吻を受けて陶酔しきっている少女の肌は、汗にまみれている。

「その写真が私の秘密兵器。ここまで連れこんだ女の子にそれを見せて、失敗したことがないわ。矢川マチ子というアイドル・スターを抱いたことで、私はブランドなわけ。女の子は安心して、私に抱かれてもいい、って気になるのよ」

ベッドサイドの電話が鳴った。綾子が取り上げる。ショップのみずきからだ。

「はるかちゃん、来た？　じゃ、下に来るように言って」

立ちあがってまたレオタード一枚になった。

「女の子が来たわ。この中に入って見ていてね」

ベッドサイドの鏡を押すと、ショップの事務室と同じにクルリと回転した。もともと押し入れがあった部分を改造し、ハーフミラーの隠し扉をとり付けたのだ。初めてこの部屋に来た客は、まさかそんな所に小部屋が隠されているなどとは思うまい。

「窮屈だけど、がまんして」

二人を押しこみ、扉を閉めた。

一間に半間の細長い空間だ。内部に照明はないが、ベッドルームからの明かりが透過してくるので、充分にスケッチが出来るほど明るい。床には厚い絨毯が敷かれ、パイプ椅子が二脚、置かれている。隅っこのほうにはカメラを載せるための三脚。

(隠し撮りするためのものだな)

綾子は、ベッドの上で繰り広げる自分と少女の痴戯《ちぎ》を、この中に設置したビデオカメラで記録し、商品として販売しているのだ。

「あら、こっちは何かしら……」

美雪が呟き、背後の壁にかかっているカーテンをひいた。

「へえ」

カーテンの向こうはやはりハーフミラーになっていて、白いタイル張りのバスルームが見えた。つまり、寝室とバスルームを挟む押し入れを利用して、両方を同時に覗き見できる場所を作ったわけだ。

「すごいね」

「ええ」

美雪は少し頬を紅潮させている。密室の中に彼女の蠱惑《こわく》的な体臭が一層濃厚にたちこめる。

バスルームはかなり手を入れたらしい。脱衣所も浴槽も眺めわたせ、特に洋式の便器は覗き鏡のまん前に置かれている。これだと放尿シーンもまる見えだ。

（妙な気持になってくるな、こりゃ……）

狭い空間に美人編集者と体が触れ合うようにして押しこめられている。欲情しないほうがおかしい。とはいえ、今はあくまでも取材中なのだ。

（終わるまで我慢の子だ）

自分に言いきかせた時、チャイムが鳴った。綾子が迎えに出た。二人はそれぞれ椅子に腰かけ、仕掛け鏡一枚を隔てた向こうを息を詰めるようにして見つめた。ドアが開いた。綾子が十二、三歳と思われる少女の肩を抱くようにして入ってきた。背はそんなに高くないが、手も足もすらりと長い。

「可愛い子だわ……」

美雪がそっと賛嘆する言葉を洩らした。匠太郎も同感だった。

淡いピンクのカーディガンに白いブラウス、下は赤いタータンチェックのフレアーミニという姿だ。白いハイソックスが目にしみる。

髪はポニーテールにし、前髪を少しおろした額の下にくっきりと濃い眉。切れ長の涼やかな目、ツンと高い鼻。口は開放的な性格を物語るかのように大きく、笑うと白い歯がビーバーのように見える。無邪気さと少女期特有の冷淡さが混在している。

「遅かったわね。今日は来ないかと思った」

籐椅子に坐らせると、ずっと年上の、レオタード姿のレズビアン美女は、いそいそと彼女に、オレンジジュースを満たしたグラスを渡す。少女は喉が渇いていたのか、ほとんどひと息でそれを飲み干した。この部屋に入るのは初めてではないらしく、最初からリラックスした態度だ。

「あのね、地下鉄を出たところでヘンな男につきまとわれて……。ファッションモデルにならないか、ってしつこく誘うの。事務所まで来て話を聞いてくれ、って」

「それ、サギだと思うな。『あなたもスターになれます』って言って、親までソノ気にさせて、レッスン料だのなんとか料だのしこたま払わせて、それっきりドロン——というのが多いんだ。そういうのに引っかかっちゃダメよ」

「うん。もう引っかかってるけど。お姉さんに……」

「こいつ、よく言うよ」

美少女は綾子にコツンと頭を小突かれてケラケラと笑った。

「ところで、はるかチャン。約束のモノ、持ってきてくれた？」

「うん。古いのってあんまりないけど、これだけ持ってきた」

少女は提げてきた紙バッグの中から、何枚かの布きれを取り出した。穿き古したような感じのパンティである。綾子はそれを一枚一枚広げて、汚れが付着している部分を確かめる。

「うん、洗濯してないやつばかりね。全部で五枚か。よし、奮発して六千円で買ってあげる」

「わ、嬉しい」

「ただし、写真を撮らせるのよ」

「うーん、恥ずかしいな」

「大丈夫。こないだもイヤがってたくせに、結構ノってたじゃない」

「本当に、知ってる人に見られないよね」

「大丈夫だって。顔はハッキリ見せないようにするから。ちゃんと写真をとらせてくれたら、矢川マチ子とお姉さんがレズってる写真を見せてあげる」

「うそー。この前も言ったけど、信じられなーい」

「本当だってば、ホラ」

さっき匠太郎も見たアルバムを開いて見せる。

「え？　うっそー！　あー……、ホントだ」

綾子はパタンと閉じてしまう。

「これ以上見たかったら、お姉さんに写真撮らせてからよ」

「あー、仕方ないな。……じゃ、撮っていいよ」

「それじゃ、今穿いてるのからね」

ポラロイドカメラを構えた綾子がベッドの上に少女を這いのぼらせ、持参したパンティを次々に穿き替えさせながら、スカートをめくりあげたエロティックなポーズを手早く撮影していった。はるかという少女の秘部はまだ充分に発毛していない。

撮影が終わると、

「はい。じゃあじっくり見て。だけど、こんな写真があること、誰にも言っちゃダメよ。商売の邪魔された、ってプロダクションを怒らせたら、何されるか分かんないからね」

「うん。……あ、すっごーい」

目を輝かせて、憧れのアイドル歌手がデビュー前、このベッドの上で見せた痴態に見入るはるか。カメラを置いた綾子が、そっと背後から美少女を抱くようにする。指がすうっと項を撫で、耳朶《みみたぶ》を弄《いじ》る。擽ったそうに肩をすくめるはるか。

「わ、キスしてる。こんなとこに……」

「はるかはまだされたこと、ないの？」

「ありませんよー」

「お姉さんがしてあげようか」

「パス、パス。恥ずかしいもん」

「そんなこと言って、濡れてるじゃないの」

「うそ」

年上のチャキチャキした女に抱きすくめられた少女はしばらく捩ったそうに暴れていたが、唇を吸われると、途端に大人しくなってしまった。

「はあーっ」

「可愛い。はるか……」

ベッドの上で仰臥させた少女のフレアーミニのスカートをたくし上げ、眩しいばかりの太腿のつけ根を、食いこんだ下着の上から撫で、揉むようにする。

「う、うっ。あーっ。お姉さん……」

しばらくすると、甘えるような啜り啼くような声を洩らしていた少女がブルブルと震え、綾子にしがみついた。年上の女の巧みな指戯に、パンティを穿いたまま絶頂したのだ。

「はあ、はあ、はあ……」

荒い息をついていた少女の体から少しずつ力が抜けていった。

「はるか、どうしたの？　眠いの？」

綾子が耳元で囁く。

「うん。何だかだるくなって……」

「疲れてるのよ。じゃ、少し寝なさい。お姉さん、そばに居てあげるから」

「うん……」

答えるのと同時にスッと眠りこんだ。

(そうか。最初に飲ませたジュースの中に、もう睡眠薬を仕掛けてあったのか……)

匠太郎は綾子の手際のよさに舌を巻いた。

ベッドから立ちあがり、スヤスヤと寝息を立てている少女を見下ろすロリコンクラブの女性オーナーは満足そうな笑みを浮かべた。

第七章　眠り姫◉少女はるか

山添綾子は、少女がぐっすり眠ったのを確かめると、ベッドサイドの電話機をとりあげた。近くの喫茶店で待機しているという〝眠り姫プレイ〟希望の男性客に連絡するのだろう。

「もしもし、石川さん？　お待たせしました。いま、はるかチャンが眠ったところ。準備OKですので、スタジオのほうにお願いします……」

一分もしないうちに、チャイムが鳴った。入ってきたのは、背の高い三十代後半の男だった。ラフな身なりだが、服はセンスもよく、金がかかっていそうだ。口髭をはやしていて、細い目が度の強い眼鏡の奥で光っている。匠太郎と同じ自由業の雰囲気だ。手にデパートの紙バッグを提げていた。

「ほう、よく寝ている……」

肌にぴったり密着するレオタード姿の綾子も、なかなか見事な肢体の持主なのに、男は彼女のほうには見向きもせず、ダブルサイズのベッドの上に仰向けに横たわり、スヤスヤと寝息を立てている美少女の姿を、食い入るように見入った。

「クスリの効果は三十分ぐらい強く効いて、その後、徐々に醒めてきます。なるべく三十分以内に済ませて下さいね」

「分かりました。ところでこれを……」

持参した紙バッグの中から、衣類を取り出した。白い、夏用のセーラー服の上衣と、紺の襞スカートだ。

「はい、替えておきますので、シャワーをどうぞ。脱衣所にバスローブがありますので、それをお使い下さい」

「じゃ……」

男は部屋を出ていった。綾子は隠しドアを開けると、小声で美雪に頼んだ。

「お願い。この子の着替え、手伝って」

「いいわ」

二人の女は、何も分からずに眠っている少女の上に屈みこんだ。病人の世話をする看護師のように、女たちは手ぎわよく少女の体からカーディガン、ブラウス、スカートを剝ぎとった。はるかはスリップは着けてなくて、白い、少女っぽいフリルのついたブラ、ビキニのパンティ、白いハイソックスだけの姿にされた。紺のセーラーカラーに白い三本線の入った制服を着せられると、いっそういたいけなさが増したようだ。綾子が臙脂《えんじ》色のスカーフを結び、美雪が襞スカートの裾を直してやった。

「いいわ。入って」

美雪は息を弾ませるようにして、隠れ場所に戻ってきた。強制的に眠らせた未成年の少女をセーラー服に着替えさせるため、綾子を手伝ったのは、取材という立場を超えている。ある意味では共犯者だ。しかし、美雪には臆するところがなかった。かえって淫靡な儀式の介添えとして参加するスリルを喜んでいる様子だ。

少女愛好趣味の客が白いバスローブを纏って戻ってきた。その下は裸だ。淫猥な期待に気もそぞろといった表情だ。目も血走っている。

「ああ。これは素敵だ。よく似合う……」

夏のセーラー服に着替えさせられたはるかを見て感嘆した。

「最初に言いましたけど、この子は処女ですから挿入はしないで下さいね。後は何をしても構いません。私は傍にいますから、何でも言いつけて下さい」

綾子はそれとなく監視するわけだ。調光器のダイヤルを回してランプの光を弱めた。淫靡な雰囲気がますます濃厚になる。

「よし……」

すでにハアハアと息を弾ませている男は、わずかに脚を曲げ、頬を毛布に押しつけるようにして仰臥しているセーラー服姿の少女の上にのしかかった。膝の上に広げたスケッチブックを走るペンの軋《きし》みに注意を払いながら、匠太郎は淫らな少女玩弄《がんろう》の儀式をクロッキーしていく。実は彼自身激しく勃起していて、ジーンズの股間はハチ切れんばかりなのだ。美雪は美雪で、水谷君江の自瀆演技を眺めた時のように、身をのりだし、真剣な表情で中年男と美少女がいるベッドを見つめている。

男の手が力の抜けたはるかの両手を持ち、頭の上の方へそろえて伸ばした。両手両膝を少女の体側に突き、真上から覆いかぶさって、あどけない表情で寝息をたてている少女の、少し開き気味の桃色の唇に自分の唇を押しつけた。

舌がさしこまれて少女の歯、歯茎を愛撫する。唾液も吸おうとしているに違いない。その合間に片手が少女の制服を持ちあげている胸のふくらみをそうっとそうっと、覚醒させるのを恐れているかのように揉みしだいた。もう一方の手は少女の栗色がかった髪を愛おし気に撫でる。男ははるかの父親にあたる年代だが、愛撫の手つきは娘を可愛がる父親のものではない。

睡眠薬を投与されたはるかの眠りは、思ったよりも深いようだ。昂《たかぶ》って息も荒い男の唇が耳、項、喉と、ピンク色の健康な肌を這ってゆくのに、ピクとも反応しない。

綾子は籐の椅子に坐り、ベッドの上で展開される痴戯を眺めている。自分が誘惑した、まだ秘毛も生えていない少女を、中年男の獣欲の生贄《いけにえ》に提供し、玩弄されるのを見ながら、彼女も昂奮しているのか、股間に手をやり、レオタードの上から撫でるようにする。

はるかは、制服の上衣を首のところまでたくし上げられた。白い、ジュニア用のブラジャーに覆われたはるかの乳房。男は腋の所についているファスナーを見つけ、もっと上の方までずり上げる。無毛の腋窩がさらけだされた。男は臭跡を追う犬のようにさかんに鼻をうごめかせて、発育ざかりの少女が分泌する匂いを嗅ぐ。その部分は「甘酸っぱい」などという形容では追いつかない、理性を痺れさせる刺激的な匂いを放っているに違いない。匠太郎はそれを考えただけで痛いほどに怒張した。

「いやだわ……」

美雪が溜め息をつきながらそっと呟いた。匠太郎が横目で窺うと、表情に嫌悪の念はなく、綾子と同じように陶酔めいたまなざしで窃視している。女には、眠っている自分を誰かにオモチャにされたいという、屈折した被玩弄願望といったものがあって、美雪はそれを刺激され、自分自身をはるかに重ね合わせているのかもしれない。刺激的な体臭はさらに濃密に香る。

ブラジャーのカップが押しあげられ、その程度ならまだブラは必要ないのではないかと思える可憐な隆起が二つともさらけ出された。乳暈も乳首もさすがに小さい。男が飢えた者のように、鮮烈なピンク色を呈している、山葡萄《ぶどう》の実よりさらに小さい結実を咥え、舐め、しゃぶった。心なしか、乳首が勃起するようだ。深い眠りの中でも、少女の性感が刺激されているのだろうか。男の唾液で、桃色の尖りが濡れまぶされていった。

震える手がスカートのホックを外し、ファスナーを引きおろした。襞スカートがずり下げられ、縦長に切れこんだ臍のくぼみが顕れる。そこに鼻を押しつけ、また、美少女の肌の匂いを胸いっぱいに吸いこむロリコン男。

彼の目は強い酒を一気に呑み干し、陶然となった男のそれだ。

玩弄する手は、はるかの下半身に向かった。紺色の襞スカートを腹の方までまくりあげ、白いパンティに包まれた下腹を露出する。男の手が芋虫のように、瑞々しい太腿をまさぐる。股がこじ開けられた。白い、フリルのついた愛らしいデザインのビキニパンティの股布の部分は、先刻、綾子の指戯にさらされた時に少女が溢れさせた愛液で濡れている。

「おお」

ハッキリと匠太郎たちにも聞こえる呻くような声を吐き、中年男は濡れた股布の部分に獣じみて脂ぎった顔を埋めた。

「ああ……」

美雪が両手で口元を覆った。彼女の股は空想上の攻撃から守ろうとするように、スカートの下でぴったり閉じ合わされた。匠太郎は膝の動きから、美雪が閉じた腿を擦り合わせているのを察した。

男の舌が、はるかの秘部を覆う白い木綿の布を這う。そこから発散する匂いを嗅ぎ、布地に染みこんでいる分泌液を舐めとろうとする。彼の両手は腰から尻の、くりんとした丸みを、下着の上から一心に撫でさすっている。

パンティが引きおろされた。男は白い布きれを完全に脱がさず、片足から引き抜き、膝のあたりに絡まるようにした。

意識を喪失してまったく無抵抗の少女の恥丘が露呈され、無毛地帯がギラつく視線によってぞんぶんに犯された。

力なく投げだされたような、白いハイソックスを履いた若鹿のように伸びやかな二本の脚をいっぱいに割り拡げ、視姦者は股間に這いつくばった。無毛の丘を撫でながら、傍観している綾子に顔を向けて頼んだ。

「すみません。足を……」

ロリコンショップの女性オーナーはベッドの傍に来て、はるかの片方の足首を摑み、持ち上げてやった。そうすると、白い柔肉に刻みこまれた生殖溝が完全に男の目に晒される。

「おう」

また獣のように唸り、昂奮しきった男はその部分に充血した顔を近づけた。指で亀裂を広げた。尿の匂いも混じった膣口周辺の匂いをふかぶかと嗅ぐ。

「処女膜、わかります？」

綾子が訊いた。

「ああ。よく見えるよ。綺麗だ。この世で一番綺麗な眺めだ……」

男はうわずった声で言い、亀裂に舌をさし入れた。顔が完全に股間に埋めこまれた。ピチャピチャと舌をつかう、淫靡な摩擦音が断続した。舌を刺激する恥垢《ちこう》まで綺麗に舐めとられたに違いない。

──長い時間、男はそうやって少女の秘部を、会陰から肛門周辺まで舐めまわした。

「う……」

ふいにはるかの唇が開き、呻き声とも吐息ともつかぬ声が洩れた。綾子が腕時計を見た。

「そろそろ、薬の効き目が薄れるわ」

男は頷き、少女の秘部から唇を離した。唾液で濡れまぶされた亀裂の内側がチラと見えた。

（お……！）

驚いたことに、ポッチリと桃色の尖りが見えた。クリトリスが勃起している。

男の舌で刺激され、眠っている少女の体は可憐な肉芽を充血させてしまったのだ。

少女玩弄者はバスローブを脱いで全裸になった。腹にやや贅肉がついているが、そんなに太ってはいない。肌は白い。股間の繁みから、赤紫色に充血した男根が宙を睨むようにムックリと屹立していた。極限まで膨張しているのだろうが、巨根というほどではない。亀頭は、尿道口からにじみ出るカウパー腺液で濡れ光っている。肉茎は血管を浮き彫りにして、ズキンズキンという脈動が見えるほどだ。

「うつ伏せに」

男が言うと、綾子は頷き、二人で協力して少女の体をうつ伏せにした。襞スカートがたくし上げられ、剝き玉子のように丸い、艶やかな臀部がさらけ出された。豊熟した女のそれとは違い、まだ芯に堅いものを残した果実のように可憐な印象である。

綾子が枕をとりあげ、はるかの下腹へさしこんだ。少女の体はくの字に折り曲げられ、二つの肉丘は後部上方へ突きあげられる形になった。その姿勢で股を広げさせられると、当然、無毛の裂け目は無防備の状態で、勃起した男根を槍のように捧げ持って背後に膝立ちになっている男の目に、ひっそりと息づいているアヌスの秘蕾《ひらい》まで曝《さら》け出すことになる。

シーツの上をにじりよった男は、透明な液でヌラヌラ濡れている亀頭を、少女の臀部を縦に割る谷間にあてがった。ゆっくりと男根を上下させ、柔らかい肌に擦りつける。

男の顔に陶酔の表情が浮かんだ。腰のところを押さえつけながら、交尾の姿勢をとり、男根を秘裂に沿って滑らせる。綾子が男の背後から手をさしのべ、睾丸を握った。

「う……。むう」

男が目を閉じた。

「はあー……」

少女が、また吐息をついた。

「はあはあはあ」

荒い息をつき、男は交合を偽装した動きを強めた。少女の亀裂は亀頭でこじ開けられているから、膣前庭の粘膜が摩擦を受けているに違いない。

「あ……ン」

少女の首が左右にイヤイヤするように振れた。目は閉じたままだが、肉体の方は覚醒しているのかもしれない。

「お、おおお！　む……アッ」

男がガクガクと腰を打ち揺すり、悲痛とも思える叫びを張りあげた。根元を握りしめた肉茎を臀裂にあてがう。

ドビュ、ビュ。

　白い粘液が宙を舞い、放物線を描いてセーラー服の上衣の背に飛び散った。尿道口からはさらにドクドクと白濁液が溢れたが、それは飛ぶまでに至らずボタボタと滴下し、はるかの尻の割れ目を汚した。

「…………」

　綾子が睾丸を強く、弱く、ミルクでも絞るように揉み続ける。

「はうーっ」

　男が吐息をつき、グタッと全身から力が抜け、はるかの背に崩れた。用意していた濡れタオルで、手早く男の股間とはるかの汚れた肌を拭う。

「ご満足？」

「ああ。すごく昂奮した……」

「ずいぶん出したわね」

　拭いとったものを見せる。男はノロノロと立ちあがった。全裸のままバスルームに向かう。

　綾子は鏡に向かって目くばせした。美雪が出てゆき、はるかの体からセーラー服を脱がせ、元どおりの衣装を着せるのを手伝う。

　服を着て戻った男が、財布から金を取りだし、ロリコンクラブの経営者に渡した。

「これ、今日はるかチャンが持ってきてくれたの。愛用者サービスとして差しあげます」

はるかから買ったばかりの、美少女の分泌物がしみこんだパンティの一枚をとりあげ、男に渡した。

「これはどうも……」

嬉しそうな顔になり、それを大事そうに丸めて内ポケットに納める。

「今度、いつお願いできるかな？」

「そうね、ここんとこ、予約が混んでいるから……」

棚の抽斗《ひきだし》から手帳をとりだし、ページをめくって考えている。

「どうしても毛が生えていない子じゃないといけません？　少し生えているなら中二の可愛い子がいるけど……。彼女だったら刺激的なプレイが出来ますよ」

「どんな？」

「お浣腸と肛門への挿入」

「え？　アナルセックスってこと？　子供なのに……」

男も目を丸くしたが、匠太郎も美雪もびっくりして顔を見合わせた。

「彼女の両親が、お仕置きでお浣腸を使ってたんだって。そのせいで、お浣腸されたり、お尻の穴を弄られるのは、わりと平気なの。どうしても挿入したいというお客さまにはおすすめですね」

「でも、ペニスが入るかなぁ……？」

「大丈夫ですよ。最初に私がお浣腸してあげて、一度ウンチさせるから。そうすると子供でもずいぶん緩くなるわ。それから眠らせるの。もちろんコンドームを使っていただくけど……。お客さんが二人試されたけど、充分満足されましたよ」

美少女の肛門を犯すという提案に、男はそそられたようだ。決断した。

「やってみようか」

「それじゃ、予約リストに入れておきます。二週間ぐらいで順番が来ると思います。近くになったら連絡します」

「お願いします」

男を送りだすと、綾子はベッドに横たわっている少女の肩を揺すった。

「はるかチャン、はるかチャン……。もう起きなさいよ」

少女の瞼《まぶた》がゆっくり開いた。

「うーん……」

しばらく、自分がどこにいるのか分からない様子だったが、そのうち意識がハッキリしてきた。

「あれえ。私、寝ちゃったんだ。どうしたんだろ？」

「よく寝てたわ。起こすの可哀相だけど、おうちに帰る時間があるからね」

「今、何時？……あ、まだ大丈夫。六時までに帰ればいいから」

「そう？　じゃ起きて、おねえさんと一緒にお風呂に入ろうよ」

「うん。ちょっと待って。その前におしっこ……」

ポニーテールの少女は子猫のように愛らしい仕草で欠伸をし、トイレに立った。自分が眠っている間、どんなことをされたか、まったく知らないのだ。

匠太郎は立ちあがり、反対側のハーフミラーを覆っていたカーテンを引いた。美雪が彼の肩ごしにバスルームを覗きこむ。

ドアが開き、服を脱いで素っ裸になったはるかが入ってきた。

便座にチョコンと坐り、便器の目の前にとり付けられた鏡をまっすぐ見ながら放尿した。割れ目から噴出し、やや幅広のリボン状に拡散した透明な液体が便器の内側を勢いよく叩く。はるかは鏡の向こうで誰かが見ているなどとは夢にも思っていない。もちろん、数分前まで中年男に、全身を舐めまわされたことも……。

彼女が紙で拭っていると、レオタードを脱ぎ捨て、真っ裸になった綾子がバスルームに入ってきた。モダンダンスの世界で活躍したこともある女は、さすがにダンサーらしい鍛え抜かれた肉体の片鱗を残していた。

贅肉はどこにもなく、筋肉は引き締まったバネを秘めているようだ。乳房は垂れるほど大きくなく、妊娠経験のないであろう乳首は薔薇色で、前方にツンと突き出している。恥丘の盛りあがりはそれほどでもなく、陰毛は疎《まば》らだが、縮れの強い一本一本は剛そうで、肌から垂直に立ちあがっているように見える。体の線は、全体に円熟した女体の丸みを欠き、尻のふくらみなど少年のようだが、それでも匠太郎は見惚れてしまった。綾子の体には、野生の猫科動物のように優雅で洗練された趣がある。

「はるかチャン。おねえさんが洗ってあげる」

年上の女は浴槽の中で少女と向かい合って立ち、シャワーノズルを手に持って、中年男に汚された肌を清めるようにお湯をかけた。はるかのシミひとつない瑞々しい肌は湯滴を勢いよくはね返すようだ。全身が快適な摩擦を受けたように、みるみるうちにピンク色に染まってゆく。

「さあ、脚を開いて」

「やン……」

「何を恥ずかしがってるの？　さっきは甘えた声だしてさんざん感じたクセに」

「でもぉ……」

少女はキャッキャッと笑いながら股を広げた。その前に跪いた綾子の指が秘裂を割り拡げ、ロリコンの客が舐めた薄桃色の粘膜に石鹸の泡をまぶし、丁寧に指を使った。

「うン……。おねえさん……」

はるかが鼻声を出した。

「感じるの？　あらあら、クリちゃんまでこんなに大きくして……。はるかはおませですね。毎晩、オナニーしてるんでしょ」

「してないよお」

「じゃ、どうしてこんなに感じやすいのかなぁ……」

綾子は唇を突きだすようにして、秘裂の上の方に充血して突端を覗かせた秘核にキスした。

「あ」

ピクンとうち震える濡れた下腹、腿。

「かわいい。食べちゃいたい」

呻くように言うと、レズビアンの女は少女の腰を抱き、下腹に顔を埋めた。

「あー……、おねえさん……ッ。気持いい」

浴槽の壁に背を押しつけるようにして、秘部に淫猥な接吻を受ける少女は、陶酔して目を閉じた。

匠太郎は鏡の向こうで展開されるレズビアンの痴戯に激しく欲情した。この間、H——ホテルのバスルームで美雪から、今のはるかのように唇の奉仕を受けたことが思い出される。

彼は手を伸ばし、美雪の腰を抱いた。

「……………」

引き寄せて唇を吸うと、美しい女編集者は抵抗せず、彼の舌と唾液を受けいれた。ブルゾンは脱いでいたから、Tシャツの上から乳房をタッチする。ソフトカップのブラごしに、乳首が固く尖っているのが分かった。

彼は手をスカートの裾に伸ばした。美雪の手が内腿に侵入しようとするそれを押さえた。ハッキリとした拒絶の意思が感じられ、

「………⁉」

唇を離し、まじまじと美雪の顔を見てしまった匠太郎だ。美雪は囁いた。

「あの……、今日は生理なんです。胸はいいんですけど、ここは……」

「そうか。ごめん」

会った時から体臭が強いように思えたのはそういう時期だったからだろうか。

「あの」

目を伏せ、大胆なことを口にした。

「お口でよかったら、してあげます」

ツイとしゃがみこみ、匠太郎が穿いていたジーンズのベルトを外した。

「あ」

呆気にとられているうちに、ジーンズが膝まで引きおろされた。ブリーフの前がテントを張ったようになっている。

「まあ、先生。こんなになって……。元気いいんですね」

囁きかけながらブリーフも引きおろしてしまう。バネ仕掛けのように飛び出し、憤っている有り様を見せる匠太郎の欲望器官。さっきのロリコン客のように先端部は完全に露出して赤紫色に充血し、カウパー腺液が溢れ出ている。

「素敵」

言いざま、美雪は唇をOの形にあけ、ズキズキと脈動する肉茎の根元を捧げ持つようにして、怒張しきったそれを口に含んだ。

「む」

温かい唾液で満ちた口腔に滑りこんだ男根は、チロチロと活発に動く舌に迎えられた。喜ばしい感覚が爆発的に発生し、匠太郎は歓喜にうち震えた。

(この娘は、今日もおれに奉仕してくれる……)

バスルームでは、年上の女の舌技に翻弄されるはるかが、可憐な啼き声を張りあげ、腰を打ちゆすって絶頂した。

「あーっ、おねえさんっ！　いく……。はるか、いっちゃう！」

匠太郎の欲望器官を咥え、舌を淫らに動かして全長にわたる刺激を与えながら、美雪は時々、横目で鏡の外を眺めている。バスルームで繰り広げられているレスボスの愛戯を見たいのだ。

「交替よ、はるかチャン。おねえさんのここ、洗ってくれる？」

ようやく我に返った美少女に接吻して、綾子がもちかけた。

「うン……」

膝から力が抜けたみたいにボウッとしていたはるかが、我に返って綾子と位置を交替した。少女の泡まみれの手指が、大股開きをしてみせる年上の女の股間を、最初はおずおずと撫でるようにした。

「そうよ、そこ、綺麗にこすってね。あー、はるかちゃんに洗ってもらうと気持いい」

お湯で泡が洗い流されると、鶏のトサカを思わせる、ぷっくり厚ぼったい綾子の小陰唇が二枚、貪欲な唇を思わせてくっきり少女の目の前に現われた。濡れた粘膜のきらめきが、性の知識に乏しい少女の好奇心をそそる。

「おねえさん、ここ、どうなってるの？」

少女の指がクレバスにあてがわれる。

「見たい？　いいわ。指で広げても」

綾子は浴槽の縁に尻を載せ、さらに股を広げた。

「ホラ、これがクリトリス。触られると一番、気持いいところ。ここにおしっこの穴が見えるでしょ？　その下が膣の入口……」

「へえー……」

成熟した女性の器官をそうやって近々と見るのは初めてなのだろう、はるかは目を輝かせて覗きこむ。

「触っていいわよ。指で広げてみて」

まだ秘毛も生えそろわない年代の少女に、自分の熟した器官を指で触られ、見られることに、綾子は背徳的な悦びを味わっているに違いない。目に恍惚の色が浮かんだ。その時の表情は、夏目京子や水谷君江に共通している。

「ここを触るのね」

「そうよ。あっ、あー……」

綾子の唇から甘い、やるせない吐息が洩れた。

「痛い？」

「痛くないわ。そこ、もっと触って。そう。指をもっと入れて……」

「こう？　あ、ひくひく動いてる」

少女は感嘆しつつ、自分の指で年上の女に快感を与えるのが嬉しいのか、熱心に覗きこむようにして、言われるままにしきりに指を動かす。

「あーっ……、はるかチャン。おねえさん、気持よくなってきたわ」

綾子は両手で自分の乳房を揉むようにし、股間を少女の指で玩弄される快感に酔っている。

「む……、あ……」

匠太郎も呻いた。美雪の口にすっぽり咥えこまれたペニスは唾液にまみれ、内燃機関のピストンのように動いている。匠太郎も腰をスラストさせているが、彼女も大きく首を前後に動かしている。その振幅がだんだん大きくなってきた。

（いけない、このままでは……）

切迫した状態になった時、匠太郎は狼狽した。美雪の口中に激情のエキスを放出してしまう。

「待って……」

匠太郎が動きを止めようとすると、いったん口を離した年下の女が、

「先生。美雪の口に出して。思いきり出して下さい」

ドキッとするほど凄艶《せいえん》な目で見上げ、再び彼の肉茎を咥えた。ある決意を秘めたようにいっそう激しく頭を動かす。

「あ、おお」

匠太郎の体内で弁がはじけとんだ。

ドバッ。

沸騰して出口を求めていた熔岩が噴出した。

「おおお、み、ゆ……」

体がバラバラになるような甘美な爆発感覚。匠太郎は自分のおかれた状況さえ忘れ、美雪の頭をしっかりと自分の下腹に押しつけ、自分の体内から放たれるものを彼女の口の中に注ぎこんだ。

「あう、ああ、あう……っ！」

バスルームでは綾子が、濡れた裸身をうち震わせて絶頂した。

美雪の唇が、まるで母牛の乳房に吸いついた子牛のように動いた。コクコクと喉が鳴った。

その意味を匠太郎が理解したのは、しばらく立って理性が戻ってからだ。

「きみ、ぼくの精液を……」

「呑みました」

ペニスから口を離した美雪は、彼を見上げてニッコリ笑ってみせた。乳を吸って満ちたりた赤子のような無邪気な笑みを浮かべて。

「悪かったなぁ」

「いいんです。先生のなら呑んでも」

ふいに激情がこみあげ、匠太郎は美雪を抱き起こすとしっかりと抱きしめ、自分の性愛器官を舐めしゃぶり、精液まで吸ってくれたふっくらと愛らしい唇に自分の唇を押しつけた。

フェラチオを受けたことによる忌避感はなかった。舌をさし入れ、からませた。

バスルームの中でも、綾子が、少女の唇を吸っている。

――はるかが帰ってゆくと、バスタオルを裸身に巻きつけただけの元ダンサーは、隠し扉に向かって言った。

「いいわよ、出てきて」

二人の上気した表情を愉快そうに眺める。

「満足しました？」

「ええ。圧倒されましたよ」

「まだ、お聞きになりたいこと、ありますか？」

「そうですね……、今のはるかって子、どんな家庭なんですか」

「特に変わったことはないわね。S——学園の一年で、家庭は中の上という感じ。父親は赤坂で開業している歯科医。子育てが一段落した母親は目下、カルチャーセンター通い。ソシアルダンスに熱中しているっていうから、たぶん、教師に惚れてんのね。私もダンス教師やってたから分かるけど……」

「あなたに誘惑され、ああやって抱かれて、女の子たちは皆、レズビアンになってしまうんじゃないですか？」

「そんなこと、ないわよ」

綾子は愉快そうに笑った。

「これまで百人以上も女の子を抱いたけど、私の目から見て、絶対女以外に興味を示さないレズビアンになるような子って、二、三人しかいなかったわ。体が発育して、いろんなセックスの情報を得るようになると、女の子は自然に男の子を求めるようになる。私がどんなことをしても、自然の法則はそうそう曲げられないものよ。矢川マチ子だって、このベッドの上で何度も失神するまでかわいがってあげたけど、今じゃ、プロダクションの社長が玩具《おもちゃ》にしてるって噂よ。プロデューサーが何人も抱いてるって話も聞くし……。本人が男を嫌いだったら、とっくに芸能界をやめてるでしょ」

綾子の目が思いなしか暗くなった。

「それにね、私が教えるまでもなく、彼女たちはそれぞれ経験してるのよ。父親や兄弟や、学校の教師とか先輩の男の子とか……。母親が自分の娘は何も知らない〝こども〟だと思っているうちに、あの子たちは玩具にされていろんなことを教えられているわけ。矢川マチ子だって、自分の兄貴にペニスをしゃぶらされたことがあるって言ってたしね。もちろん、小さい女の子を玩具にした男の子たちが、その時の快楽が忘れられずにロリコンになって、それで私の商売が成り立つんだから、私がどうこう言える義理じゃないけどサ」

ケラケラと笑ってみせた。

二人が礼を言って帰ろうとする時、レズビアンの元ダンサーは、自分より少し年下の編集者に声をかけた。

「約束は守ってくれるわね」

「ええ。もちろん」

ビルを出ると、すぐそこが人通りの激しい表参道だ。さんさんとした春の日を浴びながら陽気に笑いさざめきながら少女たちが歩いてゆく。今まで閉じこめられていた空間が実在せず、見たことはすべて白昼夢だったのではないか——そんな気がする。

「驚きましたね」

歩きながら美雪が感想を洩らした。

「うん。ぼくは女の子たちのパワーのほうが凄いような気がした」

「そうですね。綾子さんが利用しているというより、彼女を利用して少女たちのほうが楽しんでいるって感じですもの」

待たせてあったハイヤーの傍まで来ると、ふいに美雪が言った。

「私、これからちょっと用事があるんです。この近くで歩いて行けるところですから、先生はお宅までこの車をお使いになってください」

「そうか、残念だな……」

美雪の口唇奉仕を受けて彼の欲望は満たされていたが、匠太郎はなんとなく別れがたい思いをした。

(バカ。彼女とは住む世界が違う)

もう一人の自分が叱った。匠太郎は一人でハイヤーに乗った。

「じゃ、この取材、纏めていただけますか？　そんなに急ぎませんけど。近いうち、またご連絡します」

「分かった。……ともかく今日はありがとう」

運転手の耳を気にしながら、彼の昂《たかぶ》りを口で受けとめてくれた礼を言うと、

「いいえ。こちらこそご馳走さまでした」

パッと周囲を明るくするような笑顔を見せて頭を下げた。動き出したハイヤーのリアウインドウごしに振りかえると、路傍に佇《たたず》んでいた美雪は、踵《きびす》を返して歩きだし、雑踏の中に消えた。

なぜか匠太郎は、美雪の行動に割りきれないものを感じた。

(どうしてかな？)

代々木ランプから中央高速に入った時、ふいに思いあたった。

(美雪は、あの綾子という女にもう一つ、条件を出されていた)

別れぎわ、綾子は「約束を守ってくれるわね」と聞き、美雪は「守ります」と答えた。その時、匠太郎はこれから書く記事の内容のことだと思っていた。

(自分と少女のプレイを見せるかわり、美雪を抱くという約束だったのではないか)

そうだとしたら、警察沙汰になりかねないクラブの内容をあそこまで見せた理由が分かる。秘密を守るには、共犯者にしてしまうのが一番だ。

美雪が「生理なんです」と言ったのは嘘で、ひょっとしたら今ごろは、あのベッドの上で年上の女に抱かれ、女によってしか与えることのできない快美を与えられ、はるかのように啼き悶えているのかもしれない。

(だけど、そんなことがあるだろうか？　どちらかといえば軽い、風俗的な記事の取材のために、一流月刊誌の社員編集者が体を張って、レズビアンの経営者に抱かれるなんてことが？）

常識ではあり得ないはずだが、これまでの短い付き合いで、美雪がそういった俗世間の常識にはとらわれない性格だということが匠太郎にも薄々分かってきた。でなければ、有名作家を衆人環視の中で張り倒したり、無名に近いイラストレーターを起用したり、素人ストリップ大会とかロリコンショップとかを取材対象に選んだりはしない。

匠太郎は、二人の裸身がからみあう情景を想像し、ふいに激しく勃起した――。

＊

Ｏ――町の自宅に帰ってから、匠太郎はすぐに仕事場に入り、スケッチブックを広げた。例によって、印象の鮮烈なうちにスケッチを完成させたかったからだ。

〝シャーロッテ・クラブ〟のショップの内部、透けたベビードールを纏ったみずきという売り子、色とりどりの中古衣類を物色する老人と青年、事務室で話をする女性オーナー、スタジオと呼ばれている部屋の内部、鏡の裏から眺めた眠り姫プレイ、少女の尻の割れ目に射精した男、便器に坐って放尿する少女、綾子と抱き合うはるか、はるかに接吻する綾子――。

スケッチに手を加え、時には元のスケッチから新しい絵を描きおこしながら、匠太郎は自分の内部で欲望が高まってゆくのを自覚した。

「ふう」

睡眠薬を呑まされてぐっすり眠ってしまったはるかの姿を描き直す途中で、匠太郎はペンを置いた。

横たわるはるかのイメージにダブるように、過去の記憶が甦った。もう一人の美少女の寝姿が……。

「ミュウ」

思わず口に出すと、ストーブの傍の椅子の上で眠りこけていた猫が、ニャアオ。

自分が呼ばれたものと思い、ノソノソと歩いてくると、彼の膝の上にポンと飛び乗った。

匠太郎は苦笑した。

「おまえを呼んだわけじゃないんだ。ミュウってのはね、おまえが生まれるずっと前に、この家に来たことのある女の子だよ」

第八章　女優◉佳世子

匠太郎がミュウという名の少女と初めて会ったのは、彼が高校生になって初めての夏のことだった。

高校に入学してから、匠太郎は父のもとを離れ、杉並区荻窪《おぎくぼ》にある伯父の家に寄宿することになった。

伯父夫婦の息子は大学を卒業、すでに就職していた。母親を早くに失くし、父親にかまってもらえない匠太郎を不憫《ふびん》がり、弟のひとり息子を預かって都内の進学校、K——学院に入学させてくれたのだ。

匠太郎は伯父夫婦の家で、ようやく人並みの家庭の雰囲気を味わうことが出来た。それでも、夏休みが来ると、匠太郎はO——町の父親の邸に帰った。生まれ育ったところが懐かしいというより、生来、無口で内向的な少年は、都会の喧噪《けんそう》よりも自然の中の静寂を好んだからだ。

病院と鷲田維之の家を繋ぐ渡り廊下は、職員たちがあいかわらず忙しく行き来していたが、匠太郎はもはや以前のように用もなく病院へ行くことはしなくなった。

精神科病院の中には、無邪気な子供時代には気づかなかった、社会の矛盾、さまざまな人間の悲哀、苦悩、呻吟《しんぎん》が充満していた。社会の仕組みがおぼろ気ながら分かってきた多感な少年にとって、そこはもはや胸躍らせる期待に満ちた遊び場ではなくなっていた。

その上、誰も彼に教えなかったが、病院の経営は急激に悪化していたのだ。職員たちは動揺して一人、二人と櫛《くし》の歯が抜けるように、長年勤めた職場を去っていった。感受性に富んだ少年は、敏感にそういった暗い雰囲気を察知して、より病院を避ける気持になったのかもしれない。

その頃から美術に興味を抱き、身近のさまざまなものを写生する習慣がついていた匠太郎は、病院の外に目を向けるようになった。いつもスケッチブックを携え、雑木林の中や急流の岩場や河原を歩きまわり、目につくものをやたらスケッチする毎日だった。

そんなある日――ちょうど夏目京子に誘惑されて女の器官を見せつけられた日のように、黙っていても汗が滲み出るように蒸し暑くけだるい午後のこと、外から帰ってきた匠太郎は母屋の廊下を歩いていて、

（あれ……!?）

応接間の前で足を止めた。風を通すために窓も扉も開け放されていたので、中にいる人物の姿が見えたからだ。

その部屋に来客の姿を見るのは珍しいことではなかった。精神科医・鷲田維之の診察を求める患者の中には、外聞をはばかって病院の門をくぐりたがらない者がいた。そういう患者――名士、有名人や彼らの身内、親族などのために、維之は私邸のほうに招き入れ、診察や個人的なカウンセリングも、自分の書斎を改造した院長診察室で行なっていた。そういう特別な待遇を得られるということも、人里離れた土地で開業している鷲田病院に、多数の患者が訪ねてくる理由の一つでもあったに違いない。

そういう患者に付き添ってきた家族や保護者は、診察室の隣にある応接間で待たされた。彼らもやはり人目を避ける気持が強く、匠太郎も誰がいようと見ぬふりをして通りすぎるのが常だった。

彼が、その時に限って足を止めたのは、客がいたいけない年頃――八、九歳と思える少女であったことと、ソファの上で眠りこんでいたためだ。もっと正確に言えば、彼女の寝姿というのが、まことに奇妙なものだったので、好奇心をそそられたのだ。

少女はソファにうつ伏せになり、肘掛けのところに置いたクッションに顔を埋めるようにして両膝は揃えて折り曲げられ、そのせいでお尻が後ろに突き出されていた。キチンと正座していた者が真っ正面に倒れた姿勢だ。しかも彼女の両手は膝の間に、もっとよく観察すると股間に、挟みこまれていた。

（ずいぶん妙な恰好で眠る子だなあ）

人がそんな姿勢で眠っているのを見たのは初めてだった。見るからに窮屈そうで、彼なら体のあちこちが痛くなって一分とその姿勢を保てそうもなかった。

匠太郎の懸念をよそに、少女はなんの邪念もないあどけない表情を見せて、クッションに左の頰を押しつけ、スヤスヤと寝息を立てて眠っていた。

（でも、可愛い子だ……）

ソファの傍に立ちすくみ、匠太郎はしげしげと少女の顔に見入った。

白い半袖の、サッカー地で作られた夏のワンピースを着ている。体はひょろりと細っこくて、丸い顔がのっかっている。鼻も唇も愛嬌があって、キュートな印象が強い。髪はおかっぱで、前髪が額を隠すように下ろされ、その下の目は、大きそうだ。

匠太郎は性的にはおくてだったが、中三の年には精通も体験し、その頃は自慰も毎日のように行なっていた。異性に対する好奇心は人並みにあったものの、進学したのが男子校だということと人見知りする臆病な性格のせいで、ガールフレンドと呼べるような異性の友人は一人もいなかった。彼にとって同年代の少女たちは、異なる世界に棲息して異なる言語習慣を持つ種族みたいなものだった。

その彼が、夏のけだるい午後、奇妙な姿勢で眠っている少女の寝姿を見たとたん、恋に陥《お》ちてしまったのはなぜだろうか。——もっとも、それが恋だということに気づいたのは少女が彼の前から姿を消して後のことだが。

人の気配を感じたからだろうか、ふいに少女がパッチリと目を開いた。二重瞼の、思ったとおりクリッと丸く大きい目だった。

「うーん……」

折り畳んでいた膝を伸ばし、股の間から手をどけ、ソファの上で背伸びした。眠っていた猫が、よくやるような、欠伸をともなった背伸び運動だ。その仕草が実に愛らしく、匠太郎はうっとりと見惚れてしまったほどだ。

「お兄ちゃん、誰?」

見知らぬ少年に見つめられ臆する様子もなく、無邪気な口調で訊いた。

不意に問われて、ドギマギした匠太郎は、吃《ども》ってしまった。

「え? あ、その……、ぼくはこの家の息子だけど……。匠太郎って言うんだ」

「じゃ、院長先生の息子さん?」

「そうだよ。どうして?」

「院長先生がね、お母さんと用をすます間、ここで待ってなさいって言ったの。そして、お兄ちゃんが来たら、一緒に遊んでもらいなさいって……」

「じゃ、お母さんと一緒に来たの？」

「うん。お母さん、女優なんだよ。福山佳世子《ふくやまかよこ》っていうの」

少女はテーブルの上に指で母の名前を書いてみせた。

「ふうん……」

匠太郎は聞いたことがなかった。

「で、キミの名前は？」

「ミュウ。福山ミュウ」

「ミュウ？　ヘンな名前だなあ」

匠太郎は思わず笑ってしまった。

「そう。猫みたいでしょう。ミュウ、ミュウって……」

少女はケラケラ笑って猫の物真似をしてみせた。大きな口からやや反っ歯気味の白い歯が、齧歯《げっし》類の小動物のようにまる見えになり、満面に浮かべた笑みがまた、無邪気でかわいい。

異性の前ではロクに口もきけない匠太郎だが、この年下の少女に対してふつうに振る舞えた。

「だけど、不思議な恰好して寝るんだなあ。最初見た時、びっくりしたよ」

「えー、そんなにヘン？　小さい時からこうやって寝てるもん」

くりくり動く目はいかにも利発そうだ。

「ミュウちゃん、幾つなの？」

「十歳」

「へえ……。ということは四年生か。ふうん……」

見た目より一つ、二つ幼く見えるのは、顔だちがあどけないからだろう。

「お兄ちゃんは？」

「高校一年」

「ふーん。ミュウより六つ上なんだ」

「そういうことになるね」

「ね、お兄ちゃん。それ、スケッチブック？」

福山ミュウと名乗る少女は、目ざとく少年が抱えていたスケッチブックに目を留めた。

「うん、そうだよ」

「絵の勉強、してるの？」

「勉強というほどでもないけど……」

年上の少年がスケッチブックを開いてみせた。描かれているのは、主として家の周辺の風景、草花や樹木だが、中に二、三枚、人物のスケッチもある。

「ね、この人、誰？」

「運転手の角田さん」

「この看護師さんは？」

「それは師長の林さん。看護師さんの中で一番偉いんだよ。ぼくのお母さんがわりの人」

「え、お兄ちゃん、お母さんがいないの？」

ミュウは大きな目をよけい大きくして、匠太郎を見つめた。そうやって見つめられると、年上なのに少年は息苦しいような感情に襲われた。

「……うん。小さい時に死んじゃったのさ。ミュウちゃんはお母さんがいるんだろう？　いいね」

「でも、ミュウのお父さんはいないの」

その時初めて、ミュウの笑顔に翳《かげ》りがさした。

「亡くなったの？」

「ううん。生きてるよ。でも、ミュウはお父さんの顔、知らないんだ。お母さんは大きくなったら会わせてくれる、って言ってるけど……」

（そうか。小さい時に離婚して別れたんだな……）

まだ私生児という概念が理解できなかった匠太郎は、その時は単純にそう思った。

どちらも片親だということが、二人の気持をいっそう親密にした。

「ね、お兄ちゃん。ミュウの絵も描いて」

十歳の少女の方から腕にすがりつくようにして、ねだってきた。看護師たちとは違った甘酸っぱい肌や髪の匂いが少年の心をときめかせる。

「うん、いいよ。どういうポーズがいいかな？」

「えーとね、そうだなあ、この椅子に腰かけるのは？」

暖炉の前の肘かけ椅子に坐ってみせた。匠太郎は出窓の張り出しに坐ってスケッチブックを膝に広げた。少し輪郭をとってみて、

「少し堅苦しい感じだね」

「じゃ、こうしたら？」

両膝を抱きかかえるようにした。白い夏服の裾が持ちあげられて、腿の奥に太腿と、三角形の白い布が見えた。

（パンティが見えた……！）

ドキッとした。ミュウは平気な顔だ。そういう恰好をしたら下着が見えてしまうと知らないのだろうか、あるいは、十歳ぐらいの女の子は、下着ぐらい見られても気にしないのだろ

うか。

「うん、いいよ。そのままで……」

鉛筆で体の輪郭を素早く描いた。脚は若鹿のようにスウッと長いのだが、太腿のあたりはもっと肉がついて、その合わせ目に白い布が食いこんでいる様子が鮮烈だ。

（あれ……）

顔を描きながら、チラチラと白い布に視線を走らせているうち、その部分が濡れてシミになっているのに気がついた。

（この子、洩らしたのかな？）

小学校低学年ならともかく、四年生にもなって失禁するとは思えなかった。それに、お洩らしならもっと広範囲にシミが広がるはずだ。

（女の子のおしっこというのは、チョッピリしか出ないんだろうか？）

本人に指摘するのも躊躇われ、匠太郎は黙ったまま鉛筆を走らせていた。人間の顔を描くのに慣れていなかったから、少女の無邪気さを表現するのがなかなか難しかった。

そのうち、最初はぴったりと合わせていた膝が離れ、だんだん開いていった。その気がないにしても、ストリッパーが股をわざと開いて挑発するような具合だ。白いパンティが縦に食いこんだ皺と、そこが何か透明な液体で楕円形に濡れている有り様がハッキリ見えるようになった。

（この子、わざと見せつけているのかな？）

確かにクリクリした目は悪戯っぽく輝いているが、彼女の態度はあっけらかんとして、匠太郎の反応を秘かに窺って楽しむふうでもない。彼には判別できなかった。

「あら、ミュウちゃん。お兄ちゃんに絵を描いてもらってたの？」

ふいに声がして、匠太郎はびっくりして顔を上げた。いつの間に入ってきたのか、三十代半ばの女性が扉のところに立っていて、二人を見つめていた。

「あ、ママ……。終わったの？」

ミュウは母親の方を向いた。それとなく両膝が閉じられ、少年の視界からパンティの股布は遮られた。

「ええ。帰るのよ。……こちら、鷲田先生のお坊ちゃんね？」

「え、ええ。そ、そうです……」

ミュウの母親、福山佳世子という女性は匠太郎の方を向いた。背がすらりと高く、目鼻だちがクッキリして日本人離れした美しい女性だった。匠太郎はその美貌に圧倒されて、ひどく吃ってしまった。

狼狽したのは、ミュウの股間を眺めているうち勃起していたからでもある。母親の佳世子は、自分の娘を眺めている少年の異変を認めたかもしれないし、その理由も察知したかもしれないが、温和な微笑には咎めだてする気配はない。ただ、ミュウとよく似た大きな目に、不思議な光が宿っていた。入院患者の中には、そういった、見る人の心をヒヤリとさせる、冷徹と言っていい光を宿しているものが珍しくない。

「ミュウのお相手していただいて、ごめんなさいね。わがまま娘なもので」

「わがままじゃないわ。私、大人しくしてたもの、ね」

ピョンピョンと跳び跳ねるようにして匠太郎の所まで来て、スケッチブックを覗きこんだ。

「わー、似てる！　目なんかソックリ。お兄ちゃん、上手だわ」

褒められたのは初めてで、匠太郎は嬉しくなった。

「そうかな。じゃ、これあげるよ」

匠太郎はミュウの絵のところを破いた。

「ありがとう」

ていねいに礼を言うところに育ちのよさが感じられる。

「それじゃ、帰りましょう」

「はーい。じゃ、お兄ちゃん、またね」

「うん」

美しい母親と愛らしい少女は手をつないで玄関に向かった。前庭には維之が命じたらしく、院長専用の乗用車──黒いクラウンが待っていた。いつの間にか白衣を羽織った維之もいた。患者を見送るなど異例のことだ。匠太郎はちょっとびっくりした。

「では、失礼します」

母親は精神科病院の院長にていねいに挨拶し、ミュウと一緒に車の後部座席に乗りこんだ。

「お兄ちゃん、バイバイ」

門を出て行く車の後ろから少女は手を振った。匠太郎も振りかえした。父親の維之は、ぼうっと呆けたように立っていた。最近の彼はどこか憂愁《ゆうしゅう》の色が濃い。

「いまの女の人、患者さんなの？」

車が見えなくなると、匠太郎は父親に訊いてみた。かつてそんなことを訊いたことはなかったが、母親が精神に異常をきたして入院が必要だとしたら、ひとり娘のミュウが不憫だ
──と思ったからだ。

「ああ。患者さんだよ」

憂鬱そうな口調で維之は答えた。

「しかし、人間はみな、多かれ少なかれ誰もが平常ではないんだ。ワシもおまえも……」

ポツリと呟き、クルリと背を向けて自分の部屋に帰っていった。もちろん十六になったば

かりの少年に、その言葉の意味を理解することは出来なかった――。

＊

その後で、維之と匠太郎の身の回りの世話をしている師長や、診察の時に立ちあった看護師たちから、ミュウの母、福山佳世子のことがだんだん分かってきた。

福山佳世子は新劇の女優だった。テレビにも出たことがあるが、舞台公演が主な活動の場だったので、匠太郎が知らないのも無理はなかった。天性の美貌と、役になりきった時の迫真の演技で、演劇ファンの間では評判が高かった。

ある日、舞台稽古の最中、佳世子は異常な行動を示した。稽古が終わっても与えられた役――娼婦役そのままに振る舞い続け、さらには居合わせた男たちの前でスカートをまくったり下着姿になり、誘惑し始めたのだ。

とり押さえられると憤激し、激しく抵抗したという。そのような発作が何回か起きるようになった。

役柄と一体化しようとした余り、一時的に精神錯乱をきたしたのか、それとも統合失調症のような本格的異常の前ぶれなのか、どちらにしても心配した劇団は、彼女に鷲田病院での診察をすすめた。古参看護師である師長によれば、佳世子は十年も前、新人の女優の頃に維之の病院でノイローゼかなにかの治療を受けたことがあるという。

維之が応急的に投与した薬物で、異常行動の発作は鎮静したが、精神科医は精神分析を行なうため、週に一度、佳世子に通院させることにした。

後にカルテの記述から分かったことだが、維之は佳世子の病状を、一人の人間の中に複数の人格が共存、あるいは交替で現われる〝多重人格〟の症例ではないかと疑っていたようだ。佳世子が、常に自分以外の人格を演じる職業であるだけに、興味を持ったらしい。

面接と心理テストは、いつも長時間に及んだ。母親に連れられてやってきたミュウは、いつも匠太郎の遊び相手――というより、絵のモデルになった。

「ミュウのお母さんは、どんな人？」

ある日、匠太郎は訊いてみた。

「うん、いつもは優しいんだけど、新しい芝居の稽古が始まったりすると、ガラッと人間が変わっちゃうの。最近は、ママとは別な、もう一人のママが、体の中にいるんじゃないか、って気がする時もある」

「たとえば、どんなふうに？」

「うん、いつものママは、優しいけど厳しいの。ミュウがここを触ってたりすると、怒ってお尻をペンペン叩いたりするんだけど、そうでない時もあるんだ……」

少女は自分のスカートをまくりあげ、パンティに覆われた部分に手をあてて見せた。

「え、オナニーしてるのか、ミュウは？」

匠太郎は驚いた。ミュウのようなあどけない少女にして、自分を悩ませている鬱勃たる欲望をすでに持ち合わせているなど、信じられないことだ。

「オナニーって言うの？　ここを触ること？」

ミュウは無邪気に訊く。

「触ると気持ちいいだろ？」

「うん。それでヌルヌルして濡れてくるの」

（へぇ、こんなちっちゃい子なのに、もうオナニーを覚えてるのか……）

ミュウは、小学校に入ったころ既に、股の割れ目の部分を圧迫したり揉んだりすると、不思議な快感を得られることに気づいていた。彼女のマスターベーションは、下着の上から掌で恥丘のあたりを圧迫するだけの幼稚なもので、成熟した女性のようにオルガスムスを得るまでに至っていない。

（そうか。それでうつ伏せになって寝る癖がついたんだな）

匠太郎は、応接間で見た、ミュウの奇妙な寝姿の意味が分かった。彼女は退屈さをまぎらわすために、そうやって秘部を刺激し、快い感覚に身を委ねていて、つい眠ってしまったのだ。パンティの股布のところが濡れていたのもそのせいだ。

ある日、ミュウが自分の部屋でそうやって楽しんでいた時、不意に母親が入ってきた。少女はお仕置きを覚悟したが、意外にも、佳世子はもの分かりのよい態度で、

「女はね、こうやって楽しめるから、男なんていらないのよ」

蓮っぱな口調でいい、彼女の目の前で自分のパンティを引きおろし、自分自身をどう楽しませるか、ミュウの目の前で技法を教えたという。

ミュウはショックを受けたが、その時、子供心にも「今、目の前にいるのは、いつものママじゃない」と思ったという。

「それ以来、もう一人のママが時々現われるようになったの」

「ふーん。じゃ、ミュウには、これまでのママともう一人のママの区別がつくの？」

「うん。目を見ただけで分かる。いつものママの目は優しいけど、もう一人のママが出てくると、目の光が違うんだ。キラキラ猫の目みたいに輝いて……。言葉づかいも態度も変わっちゃう。陽気で細かいこと気にしないし、ハデな服を着るし。下着なんかも、ふだんのママは白とかベージュが多いけど、もう一人のママは黒とか赤とか、びっくりするようなのを着るわ……。ミュウにいろんなものを買ってくれるのは、後のママのほう」

ミュウは人より先に母親の変化に気づいていたが、彼女はいち早く〝二人の母〟に順応す

る術を身につけた。彼女にとって、優しいけれど常識的で、躾《しつけ》も厳しい母親一人も好きだったが、楽天的でかなり奔放なもう一人の母親がいるほうがより楽しかったようだ。

それ以来、福山佳世子がやって来るたび、匠太郎は注意深く観察してみた。確かに、最初に会った時のような、控え目でつつましく、慈愛に満ちたまなざしの佳世子と、明るく活発な態度で、放埒《ほうらつ》とも思える佳世子がいた。後者の佳世子は、セクシィで肌の露出度の多いものを身に着け、濃厚な香水の匂いを芬々と漂わせていた。

——夏休みが終わりに近づいた。

午後から風がパッタリ止まり、この上なく蒸し暑い日だった。

「暑いから、川へ行こうか」

匠太郎はミュウを誘った。

家と病院の立っている高台は崖になっている。その下を流れる急な川に降りる道は、ごく少数の釣師と、匠太郎しか知らない。

ようやく谷の底へ降りると、岩を嚙むような急流がそこだけせき止められて流れのゆるやかな淵で、玉砂利を敷きつめたような大広間ぐらいの河原が広がっている。崖の真下の隔絶された場所なので、誰からも邪魔されない。孤独を好む性格の匠太郎は、とりわけそこが好きだった。

「暑いわ。汗びっしょり」

美少女は息を弾ませていた。靴を脱ぎ捨てて裸足になり、浅瀬でバチャバチャやっていたが、孤立した空間に居るという開放感からか、匠太郎を誘った。

「ここで泳ごうよ」

「水着もなしに?」

「だって、誰も来ないでしょう? それに、裸になるのは気持いいし」

「………」

匠太郎が制する暇もなく、少女はその日着ていた半袖のシャツと短いスカートを脱いだ。もちろんブラジャーなど着けていない。パンティも思いきりよく脱ぎ、一糸纏わぬ全裸になって、流れにジャブジャブと入っていった。

その淵は、深いところだと匠太郎の背も立たない。ミュウが溺《おぼ》れたら彼の責任だ。匠太郎も服を脱いだ。さすがにブリーフは穿いたままで少女の後を追って水に入った。

ミュウは意外と泳ぎが上手だった。真っ裸の、まだ毛も生えない時期の少女が水を跳ね散らかして遊ぶ姿は、その頃、匠太郎が深く魅せられていたフラウドの描く妖精そっくりの可憐さだった。

「あー、冷えちゃったあ」

峡谷の水で震えあがった少女は、人気のない場所にいる開放感からか、全裸を気にする様子もなく、平らな面が二畳ほどもある、日に灼けた大きな岩の上に寝そべった。

（これは、描いておかなきゃ……）

間もなく夏休みも終わる。そうすればミュウとも別れなければならない。いつしか彼女に心惹かれるものを覚えていた少年は、気持よく目を閉じて日光浴する十歳の少女の姿を紙の上にとどめておくため、スケッチブックを開いた。

十歳の少女の乳房は、まだ顕著に脹らんではいない。山葡萄の実のような可憐な乳首の周囲が、心なしか盛り上がっている、といった感じだ。まだ無毛の下腹はツルンとして、そこにクッキリとした割れ目が刻みこまれている。

夏目京子が見せてくれたような、あの唇に似た複雑な形状は、まだその内側に折り畳まれているに違いない。

（不思議だな。女の子のここが、成長するとあんなふうになるなんて……）

匠太郎は感嘆しつつ、ミュウのその部分を眺めた。少女は年上の男の子が自分の股間を眺めているのを知っても、あえて隠そうともしない。かえって見易いぐらいに股を広げたりする。彼女には相手を喜ばそうという、媚《こ》びというよりサービス精神のようなものに富んでいる。

（あれ、眠っちゃった……）

しばらく何も言わないと思ったら、少女は目を閉じ、スウスウと寝息をたてている。

（可愛い。本当に妖精みたいだ……）

匠太郎はスケッチブックを閉じると、岩の上に登った。ミュウは体の両側に両手を伸ばし、足は広げたままというしどけない姿だ。ふっくらした、やや突き出た桃色の唇は半開きになり、リスかビーバーを思わせる白い歯が覗いている。

匠太郎は急にやるせなく切ない思いに駆られた。これまで一度も感じたことのない息苦しさ。そうっと顔を覆いかぶせてゆき、ミュウの唇に自分の唇を押しつけた。

少女の目が、前髪の下でパッチリと開いた。年上の少年に接吻されたことを、別に驚いていない。ハッとして頭を上げようとすると嬉しそうに笑い、首に手を回してしがみついてきた。

「もっと……」

自分から唇を押しつけてきた。前歯と前歯がぶつかってカチカチと音がした。異性と交際したことのない高校一年生にとって、それは生まれて初めてのキスだった。ただ唇を押し当てているだけの彼に、ミュウのほうから舌をこじいれてきた。温かい唾液に濡れた舌がチロチロと彼の舌を擽り、少年は無意識のうちに少女の唾液を吸い、それがサラリとして甘い味がするのに驚いた。

　少女の唾液の味、甘くやるせない髪の匂い。思春期の少年はボウッとなった。途中で一度離れ、呼吸を継いでもう一度、互いに舌をからめあった。

「はあっ」

　ようやく唇を離した時、少年は大きく息を吸った。

「ミュウ、キスが上手だね。誰に教わったの？」

　誰か、自分より先にこの少女の唇を吸い、接吻の技巧を教えた男がいると思った匠太郎は嫉妬の念さえ覚えたのだ。

「ママよ。もう一人の……」

　ミュウはケロリとして答え、匠太郎を驚かせた。

　放埒な性格である佳世子の分身は、ミュウに自慰のやり方を教えた時、接吻やそれ以外のことも、自分が実験台になって教えたのだという。

「白いおしっこのことも、教えてくれたわ。男の子のおチンチンの先から出る……」

「えっ？　精液のこと？」

「うん。男の子って、女の子と一緒にいたり好きな子のことを考えると、おチンチンが硬くなって立つんでしょう？　それで、自分でこすったり、触ってもらったりすると、白いおしっこが出るって。それ、精液っていうの？」

「うん、そうだけど……。そんなことまで教えてくれたのか……」

奔放な女に変身したときのミュウの母親は、実にあからさまに、娘に性のことを教えたのだ。匠太郎は驚くと同時に羨《うらや》ましささえ覚えた。自分の時は誰も教えてくれなかったから、最初に夢精した時はペニスから膿《うみ》が出たと思い、悩んだものだ。

「お兄ちゃんも出るんでしょう？」

「うん……、出るよ」

「いま、オチンチン立ってるね。こすったら出る？」

匠太郎は指摘されて狼狽した。真っ裸の美少女と接吻を交わした少年は、濡れたブリーフの下で股間を膨張させていた。ブリーフはテントを立てたように持ちあげられている。ミュウはさっきからその現象を興味深く眺めていたに違いない。

「お兄ちゃん、ミュウが触ってあげるから、精液が出るところ、見せてくれる？」

ミュウは体を起こすと真剣な顔をして頼んだ。匠太郎は絶句した。

「そんな……。だめだよ」

「ね、いいでしょう？　ミュウ、見てみたいんだ。男の人ってどうなってるのか……」

性的好奇心が人一倍強そうな少女は、この機会を狙っていたのかもしれない。匠太郎は年下の少女の気迫に圧倒された。

「じゃ、見るだけならいいか……」

「わ、うれしい！」

十歳の少女はオーバーな仕草で喜んでみせた。匠太郎はブリーフを脱ぎ、岩の上に仰向けになった。

「じゃ、見せてあげる」

ミュウは彼の下腹に顔を寄せた。

「すごいんだ。おチンチンって、こんなに大きくなるの……？」

「好きな女の子の傍にいると、こうなるんだよ」

「ふうん……。どうやったら、精液が出るの？」

「触ってみて」

匠太郎の声はかすれていた。そんなことは考えてもいなかったのだが、ペニスを露出してしまうと、可愛い女の子の手で弄ってもらいたいという欲望に駆られたのだ。ミュウは嬉々として手を伸ばし、雄々しく屹立している欲望器官を握った。

「わ、熱い……。ズキンズキンいってる。それにすっごく硬い……！」

初めて触れる男性の器官に、目を丸くしている。彼のペニスは自分でも信じられないほど膨張し、包皮は自然に剝けて、濃いピンク色の亀頭粘膜は尿道から滲出する液でヌラヌラと濡れていた。

「この先っちょ、濡れてるけど、これが精液？」

「違うよ。それは気持よくなると出てくる液。ミュウだって自分で弄ってて気持よくなると、濡れてくるだろう？」

「うん」

「手でこするようにしてごらん。そのうち精液が出てくるから」

「分かったわ」

好奇心にキラキラと目を輝かせたミュウが、匠太郎の勃起を握りしめた。欲情が沸騰して灼けるような怒張に、ひんやりした指の感触。ミュウは息を呑むようにして、そうっと右手を上下に動かした。

「あ、う……」

ズーンと快美な感覚が走り、匠太郎は呻いた。

「これでいいの、お兄ちゃん？」

ミュウが訊く。彼女の声もうわずっている。

「うん。そうやってしごいて……。そう、そんな具合に。あっ……」

「痛いの？」

「痛くないよ。気持いいんだ……」

「精液、出そう？」

「出るよ。そうやってこすってくれたら」

「……………」

ミュウは黙って握った手を動かし続けた。彼女の息が亀頭にかかるのが感じられる。近々と顔を寄せているのだ。

「……………」

自分で摩擦するのとは比べられない稚拙な指の動きだが、真っ裸のいたいけな少女に自分の欲望器官を弄らせている、という自覚が激しい昂奮を呼び起こしている。目のくらむような快美感が高まり、ズキンと鋭い感覚が走った。

「いく」

匠太郎は呻き、両手を突っ張って腰を浮かすようにした。

「出るの？」

「止めないで……、あっ！」

「もう、出そう？」

「出るよ、ミュウ！」

少女の名を叫ぶと同時に弁が開放された。強烈な快感が少年の腰を打ち砕き、匠太郎は弓なりにのけぞり、わなわなと筋肉をうち震わせて、

「お、おうっ、うー……む、むあっ！」

食い縛った歯の奥から獣めいた呻きを発しながらドクドクッと若い牡のエキスを噴射させた。

「わっ、出た！　やン……！」

垂直に噴射された白濁液は、握ったペニスに顔を寄せていた少女の頬にぶち当たったのだ。

「すっごーい。これが精液なの。わー、もっと出る」

少女の手がミルクを絞るような動きを見せると、匠太郎はさらに呻いて尿道口から最後の一滴までを吐き出され、グッタリとなった。

「不思議な匂い。えー、ネトネトしてる。これが精液なの？　へぇー……」

ミュウは嬉しそうな声を張りあげ、頬や手に付着した白濁液の匂いを嗅ぐ。急に羞恥を覚えた匠太郎は、淵に飛びこんだ。

＊

密やかな遊びの後、二人が黙りこくって服を着けていると、薄雲が広がり、陽光は急に翳った。風が峡谷を吹き抜け、樹々をざわめかせる。家に帰りついた時は黒いちぎれ雲が山頂スレスレを飛ぶように流れていった。

(嵐がくる。すごい嵐が……)

ふいに不吉な予感が匠太郎の体内を駆けぬけた。その時、院長診察室の扉が開き、佳世子が出てきた。目がキラキラと輝き、皮肉っぽい笑みが唇の端を歪めている。匠太郎にも〝もう一人の〟佳世子だと分かった。

バラバラと雨が降ってきて、母屋の屋根瓦に散弾か何かをうちこんだような音をたてた。ゴーッと風が吠え、母屋が軋んだ。

「ちょうどいい。嵐だ」

佳世子の後から出てきた鷲田維之が、真っ暗になった空を見上げ、ポツンと呟いた。

(なぜ「ちょうどいい」なんだろう?)

父親の洩らした言葉を匠太郎は聞き咎めた。精神科医は患者である美貌の舞台女優に言った。

「この嵐じゃ、帰るのは大変だ。今晩は、うちに泊まってゆきなさい。離れに寝床を用意させるから……」

匠太郎と一緒に居られるのでミュウは嬉しそうな顔をしたが、彼のほうは胸が締めつけられるような重苦しい想いにとらわれた。佳世子の姿がドキッとするほどなまなましく、艶めかしかったからだろうか。

佳世子と娘が泊まることになった〝離れ〟とは、母屋から縁側続きに中庭に張りだした二部屋続きの和室である。維之の両親が住んでいたが、彼らが他界してからは職員の慰労会や宴会などでたまに使われるだけで、ふだんは閉めきりにされている。親娘は夕食後、早めに離れにひき籠もった。嵐はますます激しさを増すばかりだった。

――その夜、本土をそれると思われた小型台風は、急激に進路を変え、速度を早めて、伊豆半島に上陸した。台風は関東地方を直撃した。

＊

真夜中、匠太郎は自分のベッドで目を覚ました。

窓という窓は鎧戸《よろいど》までしっかり閉ざされていたので、家の中の空気は澱み、じっとり湿り気を帯びて黙っていても汗が噴き出るほど蒸し暑い。外では暴風雨が、地上の全てを吹きとばし押し流そうとでもするかのように、暴れまくっていた。

「あーっはっは。はっはっは！」

ふいに雨と風の合間に笑い声が聞こえてきた。女の高笑いだ。甲高い笑い声が匠太郎の浅い眠りを破ったのだろう。

（何だろう？）

匠太郎は耳をすました。空耳かと思ったが、また聞こえてきた。

（下からだ……）

階下は院長診察室、応接間、それに維之の私室があるだけだ。笑い声はしばらく断続して、突然に止んだ。

（何事だろう？）

病棟から患者が抜けだしてきたのだろうか。だとすると、誰かに教えなければいけない。

十六歳の少年はパジャマ姿のまま自分の部屋を出、様子を窺いに階下へ降りた。

（パパの診察室だ……！）

院長診察室の厚い扉の隙間から、明かりが洩れていた。

（こんな真夜中に、何を……？）

少年は廊下の暗がりの中で立ちすくんだ。背筋に悪寒が走った。

「あははは」

また女の哄笑《こうしょう》。

「いらっしゃい、院長先生。ここまでおいで、甘酒進上……」

（ミュウのママ！）

もう間違えようがなかった。維之の聖域とも言うべき院長診察室――特別な患者の秘密を守るための部屋――の中から聞こえてくるのは、将来を嘱望されている舞台女優、福山佳世子のものだった。

匠太郎の膝がガクガク震えた。全身の毛穴からドッと汗が噴き出した。胸が早鐘を打ち、喉がカラカラに渇く。

（あの中で、いったい何を……？）

少年には想像もつかなかった。一旦凍りついたようになった足が、夢遊病者のように、まるで佳世子の笑い声に引き寄せられるようにドアのほうへ向かった。

分厚いドアは固く閉ざされている。ただ一点だけ、鍵穴から光の束が洩れ出ていた。匠太郎は床に膝をつき、息をこらして鍵穴に目を押し当てた。

部屋の中は明るかった。

二人の人物がリノリウムの床の上を走り回っていた。男が追い、女が逃げる。男が止まると女がじらす。

「あははは。もうダメなの？　ドクトル鷲田。精神病院の院長先生？　私のようなクレージーな女一人、捕まえられないの？」

舞台の台詞《せりふ》のように、高い調子で言葉を吐いているのは、むろん佳世子だ。

彼女を追いかけて抱擁し、接吻し、スルリと逃げられるとまた追いかけるのは、維之だ。

精神科病院の院長が、美貌の患者と深夜に院長室にいるというのも異常なのに、さらに異常なのは佳世子の衣装だった。

看護師控え室からでも持ち出してきたのだろうか、大柄な女優が纏っているのは看護師の白衣だった。制帽もピンで髪に留められている。足元は踵の低いナースシューズ。

突然、鍵穴の真正面に見える院長用の机の前で、佳世子がそれに尻を押しつけるようにして立ちはだかった。追いつめられた者が反撃するような、顎を上に、胸を前に突きだした誇張したポーズだ。

（綺麗だ……！）

匠太郎は息を呑んだ。病院で生まれ育ったのだから、白衣の看護師姿は見慣れている。中には制服がよく似合う、若くて美人の看護師も少なくなかった。それでも、今の佳世子のように、息が詰まりそうなぐらいセクシィな魅力で輝いている看護師の姿を、少年は見たことがなかった。

もともと目も鼻もくっきりした、西洋人のような美貌に濃い化粧だ。アイシャドウで強調された目は、ギラつく光を発していた。〝もう一人の〟佳世子、自分の娘にマスターベーションまで教える、大胆奔放な性格に変身したミュウの母親。

鮮血色に塗られた唇が歪むように、挑発的な笑いが浮かんだ。その口からまた高いトーンの言葉が迸り出た。

「どうしたの？　そんなところでよつん這いになって、ハアハア言って。……もう腰が抜けたの？　可哀相なお医者さんね。じゃ、奮い立たせてあげようか」

彼女の手が白衣のベルトをほどき、前のボタンを手早く外した。襟の両側を持って、パッと左右に開いて見せる。

「あっ」

匠太郎は思わず声を出してしまった。頭を殴られたような衝撃を受けた。

白衣の下は裸だった。

いや、厳密に言えば全裸ではない。上質の大理石を思わせるように、光沢を持ち、たるみのない白い肌に纏っているのは、赤いガーターベルトと、白い看護師用の、腿までを包むストッキングだった。

パンティで覆われる筈の下腹には、黒い逆三角形が秘丘を覆っている。艶々として縮れの少ないヘアが密生して、何か黒い毛をもつ小動物がそこに張りついているように見える。

雪のように白い肌、黒い叢、赤いガーターベルト。その三つの色がそれぞれを鮮烈に浮き上がらせている。

「どうしたの、マッド・ドクター。佳世子のこれを見ても昂奮しない？　これだとどうかしら？」

匠太郎は、自分の目を疑った。

（これは夢だ……）

美貌の女優は、白衣の前をはだけて豊かな乳房も下腹もまる出しにした上、寝台に尻を載せるようにして大股開きの姿勢をとり、手の指で黒い繁茂を掻き分け、その下に隠れていたもう一つの唇を露わにしたのだ。

匠太郎の目に、葛《くず》を溶いたような薄白い液を吐き出す桃色の粘膜が飛びこんできた。

「ああ」

すさまじい欲情が、十六歳の少年の内部で爆発した。下着を突き破るのではないかとさえ思われる猛烈な勃起。匠太郎は両手で股間を押さえた。

「そうよ。そうやっておまえのチンポコを出してごらん。まあ、まずまずの代物じゃないの。ふふ涎を垂らしてるね。私がそんなに欲しいんなら、ここに来てごらん……」

ゾッとするような凄艶な目で、怒張した男根をふりかざすようにして接近する維之を見つめ、さらに下腹をつき出すようにした。指が蜜のような液に濡れ、ニチャニチャという摩擦音をたてた。窃視する少年の目にも、秘唇の上端から桃花色の肉芽が脹れあがって突出しているのが見えた。

（…………！）

息子が固唾を呑んで覗き見ているのも知らず、衝立《ついたて》の陰から維之が現われた。よろよろと酔い痴れたもののように体を揺らしながら痩軀を運ぶ。着ている白衣の前ははだけ、ズボンの前開きからは勃起した男根が鎌首を擡《もた》げている。いつも謹厳な軍人のような態度を崩さない維之の、こんな姿を見るのは匠太郎も初めてだった。

彼の目は血に飢えた獣のようにギラギラと輝き、唇は開き、舌が突き出てハアハアと荒い息をしている。乱れた髪の毛が脂汗で濡れた額にまつわりついていた。

「この売女《ばいた》……！」

悲痛とも思える叫びを吐き出し、維之は患者である筈の舞台女優に飛びついた。脚にしがみつき、床に膝をついた。

「おやおや、ようやく私を捕まえられたのね、ドクター鷲田。ご褒美よ。売女の蜜を舐めさせてあげる。精力剤よ。さあ……」

まさに芝居がかった台詞を高らかに吐くと、佳世子は医学博士・鷲田維之の頭を両手で抱え、突きだした下腹に向けて押さえこんだ。

「む、ぐ……」

濃密な繁茂に顔を埋めた維之が呻いた。

佳世子の女そのものの部分がまるで憎むべき対象であるかのように、あるいは飢餓で半狂乱になったもののように、大口を開けて歯をむきだし、肉でも貪り食らうように爛熟した性愛器官に攻撃を加えた。

「お、あーっ！……そうよ、そうよ、そうよ。私を食べて。おまんこも子宮も卵巣も、全部あげるわ。ああ、ああ……っ」

佳世子は絶叫し、豊麗といってよい裸身をぶるぶるとうち震わせた。

女の秘肉をそうやって舐め、咬《か》み、しゃぶりつくした後、維之は立ちあがった。白衣も上着もワイシャツもズボンも毟《むし》るように脱ぎ捨て、靴下まで脱いで裸足になった。

全裸になると痩軀が嫌でも強調された。肋骨が浮き出ている肉体は荒野で修行する仏陀を思わせた。陰毛の繁みから赤黒い男根が突き出ている。痩軀と対比的に、匠太郎が目を疑ったほどのドス黒い巨根だ。

「売女め……」

さらにひと声叫ぶと、勝ち誇って陶酔めいた表情を浮かべた佳世子に飛びついた。

「あっはっは」

勢いで診察用ベッドの白いシーツの上にひっくり返り、なおも哄笑する美女の体から、白衣の制服が剝ぎとられた。

「くらえ」

仰臥した彼女の下肢を割り裂き、痩軀が沈みこんだ。

「ひーっ。あああ、いい、いいわ」

濡れそぼった襞肉を怒張しきった器官で抉り抜かれた女が、絞め殺されるような凄まじいよがり声を張りあげた。

(これは夢だ。悪夢だ。パパがミュウのお母さんとあんなことをするなんて……)

匠太郎はガタガタ震えながら、裸の男と女が逐情《ちくじょう》するのを見届けた。その時、パジャマのズボンから取り出して握りしめ、しごきたてていたペニスから白熱の激情が迸った。

「おおお……」

厚い扉に勢いよく叩きつけられる精液。腰骨が砕けたような快美感に打ちのめされ、匠太郎は啜り泣くような呻き声を洩らした。

＊

それから、どうやって自分の個室に戻ったのか、匠太郎には記憶がない。熱病に罹《かか》ったもののようにガタガタ震えながら毛布を頭からかぶり、すべてが夢なのだと自分に言いきかせた。やがて再び眠りが訪れた。

どれくらい時間が過ぎたろうか、ふいにチクリという痛みを腕に覚えた。

（虫に刺された！）

眠りの中でそう思った。痺れるような痛みが腕を走る。

（こんなに痛く刺すなんて、どんな虫なんだ？）

目を覚まし、起きあがろうとした。

「痛かった？」

耳元で声がした。女の声。

「あ⁉」

びっくりして見上げると、さっきまで院長診察室で痴態の限りを尽くしていた佳世子が、あの背筋の寒くなるような凄艶な笑みを浮かべて、彼を見下ろしていた。白衣の前は閉じられているが、制帽は脱げて、黒髪が乱れて肩を覆っている。

「匠太郎クン、さっき私たちを見てたわね。扉の鍵穴から……。あそこに白いものをずいぶんこぼしたから、ちゃんと分かったのよ」

少年は、これもまた夢だと思おうとした。佳世子の目は異常な光を湛えて鬼火のように輝いている。

その時になって、彼女が小型の注射器を手にしているのが見えた。針の先端は彼の血で濡れている。

（ぼくは、このひとに注射されたんだ……）

だが、なぜ、何を注射したのだろうか。彼女は看護師でもないというのに……。

急激なだるさが襲ってきた。一度覚醒した意識が急激に薄れてゆくようだ。天井が地震で揺れている。ベッドも。

「私はね、あなたのパパと今夜、結婚したのよ。あなたが見たのは私たちの結婚式。これからキミとミュウの結婚式よ……」

三十代の艶麗さを完成させた舞台女優は、何かに憑《つ》かれたもののような言い方をした。匠太郎は彼女の言葉の意味を理解できない。注射された薬液が効果を発揮して、理性が薄れてゆく。

「ほら、立って……。離れに行きましょう。一家そろってお祝いよ」

佳世子は信じられないほど強い力で、少年の肩を抱くようにして部屋の外へ連れだした。

（これも夢だ……）

ぼうっとして、ほとんど思考力の痺れたような状態で、匠太郎は佳世子に抱きかかえられるようにして、暗い廊下を離れへと連れてゆかれた。

「さあ、初夜の床よ。美しい少年と可愛い少女のための」

佳世子は障子を開けて、母娘二人ぶんの床が敷かれた座敷に足を踏み入れた。

「ミュウ……」

匠太郎は美少女の姿を認め、唇を動かした。かろうじて呟くような声が洩れた。

（どうしてパパがここに？　ミュウはどうしてパパに抱かれているんだろう？）

白いシーツを敷いた二組の敷布団のうちの一つに、浴衣を痩軀に纏った鷲田維之が胡座《あぐら》をかいていた。彼の膝の上には佳世子の娘、ミュウがいた。十歳の美少女は白いパンティ一枚だ。匠太郎の父親は、ぼうっとした顔をしている少女の股間を、白い木綿の布きれの上から淫靡に撫でさすっている。

「あ……ン」

ミュウは甘え声にも似た呻きを洩らし、たぶん実の父親と同じほどの年代の男の胸に顔を埋めるようにする。少女の全身は弛緩《しかん》したようだ。目はトロンとして焦点が定まらない。母親と一緒に入ってきた匠太郎を見た。ほんの僅か微笑したようだ。

匠太郎は匠太郎で、こういった状況を見ても特別な感情が湧かなかった。思考力に靄《もや》がかかり、物事の脈絡をつかめない。

「さあ、匠太郎クンも脱ぎましょう……」

少年は年上の女の手でパジャマも下着も脱がされ、真っ裸にされた。隣に敷かれた布団の上に仰臥させられる。

天井を見ているうちにトローッと意識が溶けて眠りこみそうになった。ふいにまた、チクッという痛みを二の腕に感じた。

「あ……」

見ると、また佳世子が注射器の針を彼の血管に打ちこんでいる。

「さあ、これでずっと気分がよくなるわ」

白衣姿の女は、枕元に置いた盆から別な注射器を取りあげ、透明なアンプルから液を吸いあげた。

「さあ、ミュウちゃんも気持よくしてあげる……」

ミュウの腕にも注射した。さらに、別なアンプルの薬液を維之の腕にも打った。

(どうして、みんな注射するんだろう?)

しばらくすると、頭の中の靄が晴れて、思考能力が幾分戻ってきた。ただ、体がフワフワと宙に浮いたような感じはそのままだ。

「さあ、ミュウは任せて、私は匠太郎クンを元気にさせるわ」

佳世子は白衣を脱いだ。下は先刻と同じ赤いガーターベルトに白いストッキング。濡れたように艶々と光る恥叢の逆三角形を見たとたん、再び少年は激しく欲情した。

「あらあら、私の一番魅力的な場所を見たら、こんなになっちゃって……。匠太郎クンは元気ね……」

さも愉快そうに声高く笑うと、美貌の舞台女優は娘の目の前で、全裸の十六歳の少年に添い寝するように横たわった。すると、維之もミュウをそっと横たえ、自分もその隣に横臥した。

裸の佳世子が息を弾ませるようにして匠太郎の体を左に向けるようにした。そうすると彼の下腹はミュウの方を向く。維之もミュウの体を少年の方に向けた。匠太郎とミュウは互いの裸身を眺め合う形になった。

維之の手が、少女の細腰を覆っていた、股の部分が濡れてシミになった白いパンティを取り去った。精神科医がミュウの上の方になった腿を自分の膝で持ちあげるようにする。昼、匠太郎が眺めた亀裂を父親の指がまさぐる。

「あ……」

ミュウが深い吐息をつき、目を閉じた。中年男の指がこじあけた部分の粘膜は蜜のような液体でヌラヌラと濡れ光っていた。

「あらあら、ミュウちゃん、いいわね……。院長先生に可愛がってもらって、そんなに濡らしちゃって……」

自分の娘が性器を維之に玩弄されるのを眺めながら、匠太郎の背後にいる佳世子が、同様に彼の男性器官に手を伸ばした。愛らしい少女が自分の父親に弄ばれて悩ましく呻き、悶えているのを眺めている少年のそれは、ピンク色の亀頭を完全に露出して宙を睨んで屹立している。

「これだけ硬ければ、ミュウの処女膜を突き破れるわ。ああ、逞しい……。素敵……」

呻くように熱っぽい囁きを匠太郎の耳に吹きこみ、からめた指に力をこめ、揉むようにしごくようにすると、尿道口から透明な液が糸をひいて滴り落ち、シーツを濡らした。

少年も少女も、思考能力は麻痺しているのに、性愛器官は大人たちの巧みな刺激に反応してドクドクと充血しだした。

ミュウの秘裂からもトロトロと愛液が溢れ、腿まで濡れた。いたいけな少女がこれほど性的に昂奮するのは、明らかに薬物を注射させられたからだが、その時の匠太郎には、そういう判断力は欠落していた。

（素敵だ……）

呑みつけない酒でも呑んだ時のように、トロンと溶けたような目をして、はあはあと息をしている少女のヌードを見、濡れた生殖溝の有り様を見、匠太郎も激しく昂奮した。

「さあ、始めましょう」

少年の怒張を愛おし気に撫でさすりながら佳世子が維之に言った。

「ああ」

痩軀に浴衣を纏っただけの男は少女を抱きあげ、佳世子と匠太郎の横たわる布団へ近づく。

佳世子がどき、匠太郎の横にミュウを寝かせた。

匠太郎の鼻は、美少女の肌から立ちのぼる甘酸っぱい汗の匂いを嗅いだ。

「あなたたち、お互いに好きなんでしょう？　今日、川で抱き合っていたの、崖の上から見てたわ。そんなに好きなら結婚させてあげる。私と院長先生が結婚したようにね……」

佳世子の言葉は、ふつうならたわ言としか受けとれない内容なのに、そうやって囁かれたミュウはコックリと頷いた。

「ミュウ、お兄ちゃんと結婚したい……」

やや呂律《ろれつ》の回らない声で言った。

「分かったわ。じゃ、匠太郎クン、ミュウをお嫁さんにしてあげてね」

佳世子が助けるまでもなく、匠太郎は半身を起こし、ミュウの上に覆いかぶさる姿勢になった。

「さあ、キスして……」

(夢なんだ。何もかも夢で、醒めたらいつもの生活があるんだ……)

自分にそう言い聞かせながらも、温かく柔らかなミュウの体を抱き、唇を吸った。舌はミュウの方が差し込んできた。甘い唾液を吸って、僅かに残っていた理性も失せた。

「そうよ……。お似合いの夫婦だよ」

佳世子が呟き、匠太郎のペニスを握って揉みたてた。ギーンと快美感が全身を駆けぬける。

「あ、うっ……」

「もう皮は完全に剝けてるのね。一人前だわ」

維之が盆から軟膏をとりあげ、指でミュウの秘裂に塗りつけた。その後で匠太郎が触ると、少女の秘められた唇は分泌液で溶けた軟膏でヌルヌルツルツルしていた。

「さあ、ミュウの上に乗って……。ミュウ、お兄ちゃんの首にしがみついてね」

ミュウがしっかりと抱きついてきた。ひんやりした女の手が匠太郎の怒張を握り、誘導した。

「あ、痛い……。ひっ!」

匠太郎が腰を沈めてゆくと、ミュウが泣き声をあげ、いたいけな裸身が痙攣した。

「がまんするのよ、ミュウ。匠太郎クン、一気に力を入れて……！」

匠太郎の欲望はミュウの哀切な悲鳴でかえって極限まで膨大した。

「くそっ」

全身の力をこめた。彼の攻撃器官を押しかえそうとする肉の関門が突き破られる手応えがあった。

「お兄ちゃん、あっ、あっ！」

彼の下でひとしきり暴れたミュウの体が、ぐったりとなった。

「やったのよ、匠太郎クン。ミュウとあなたは永遠に離れられないわ。生まれる前から、こうなる運命だったのよ……」

感に堪えたような佳世子の声。匠太郎は柔肉の締めつける感触に酔い、

(夢なら醒めてみろ！)

そう思いながら抽送を始めた。

「お兄ちゃん、お兄ちゃん……！」

匠太郎に突きまくられながら、それでもしっかりと首にしがみつき、ミュウが叫んだ。彼女の苦痛を思いやる余裕もなく、少年は激しい快美が弾けるのを覚えた。背骨と腰骨が砕け散るような痛烈な爆発感覚。

「あ、あーっ！　ミュウ！」

叫んで射精した。ドクドクドクッと幼い膣の奥へ若牡のエキスを迸らせ、背をピインと反らせ、ガクガクと下肢を打ちゆすり、最後の一滴までも愛しい少女の中に注ぎこもうとした。

維之がまた別の注射器を取りあげた。全身脂汗にまみれてミュウの上に突っ伏した息子の尻に突き刺す。

「あっ。う……」

匠太郎が最後に見たのは、ミュウと自分の結合部に手を差しこんで引きぬき、指についた血を見て、嬉しそうに笑った佳世子の顔だった——。

「あなた達は天国でも夫婦よ……」

思いがけず優しい声で二人に言う。匠太郎の記憶にあるミュウは、頬を涙で濡らして目を瞑っていた。破瓜《はか》の苦痛で歪んでいた表情は、その時には幸せそうな微笑に変わっていた。

彼の記憶はそこで途切れている——。

＊

ニャアオウ。

膝に抱いたミュウが甘えて啼いた。餌が欲しいのだ。匠太郎はずいぶん長い間、少年時代の記憶を辿っていたのだ。

彼は立ちあがり、北向きの窓から暗い峡谷の底を見下ろした。十七年前の夏、嵐が通りすぎた朝、この真下の河原の岩の上に、頭を砕かれた鷲田維之の死体が見つけられたのだ。佳世子の死体は、少し下流のダムの放水口まで流されていた。維之は全裸、佳世子は赤いガーターベルトにズタズタに裂けた白いストッキングを身につけただけの姿だった。

崖の上に二人の足跡が見つかった。そこから彼らは身を躍らせたのだ。

佳世子の膣には維之の血液型と同じ精液が残っていた。二人の血液からは大量のモルヒネも発見された。性交後、麻薬を注射しあって、二人は幸福な酩酊状態で闇の中を落下していったに違いない。

院長が見つからないので師長と職員たちが離れに行き、一つ布団に横たわって意識不明の全裸の少年と少女を見つけた。二人とも、致死量に近い大量のモルヒネを注射されていた。

白いシーツは鮮血で汚れ、少女の膣は少年の精液を受け入れていた。室内には男ものの浴衣となぜか看護師の制服が残され、枕元の盆には鎮静剤、精神安定剤、それに覚醒剤アンフェタミンやモルヒネのアンプルが散乱していた。少年と少女はモルヒネを打たれる前に、それらの薬液を交互に注射されたらしい。

二人は意識不明のまま集中治療室の整った救急病院へ運びこまれた。先に少女のほうが意識を回復した。

少年が意識を取り戻したとき、少女はすでに親族に引きとられて退院した後だった。

維之の死体を解剖した結果、さらにもう一つの事実が発見された。彼の内臓は摘出不能の悪性腫瘍に冒されていたのだ。自殺せずとも、彼の余命はいくばくもなかっただろう。彼は衰弱した体にモルヒネを打ち、何ごともなかったように診察を続けていたらしい。

絶望した維之が佳世子を道づれにしたのか、狂気の世界に陥ちてゆく佳世子が維之を道づれにしたのか、遺書もなく判然としなかったが、世間は二人の死を一種の情死と受けとめた。

維之の息子と佳世子の娘も道づれにしようとしたが、童貞と処女のまま死んでゆく子どもたちを惜しみ、無理心中の直前、二人を交合させたのではないか、とも推測された。その真実は、意識を取り戻した匠太郎が「何も覚えていない」と繰り返すだけだったので、結局、明らかにされていない。

院長の葬儀もすまぬうちに、鷲田病院の事務長が失踪した。経理を調べると、数年の間に数億円という金が金庫から持ち出されていた。経営不振の原因は、維之が最も信頼していた事務長の横領だったのだ。

たちまち債権者が殺到した。病院は業務を停止し、後始末を引き受けた維之の兄――匠太郎を引き取って育てあげた養父――と債権者の間に長い交渉、調停、裁判が始まった。

事務長が横領した金をどれだけ返却するかで交渉は揉め続けた。結局、事務長の家族が横領額の半分を返済したことによって紛争は解決に向かった。もっとも、それまでに十年の歳月が過ぎ去ったのだが。

閉鎖されていた精神科病院の土地と建物が老人ホームを経営する法人に売却され、その金で負債が支払われた。維之の私邸だけは、伯父の奔走によって相続人である息子の匠太郎に残された。病院だった建物と繋がっていた渡り廊下は取り壊され、庭の境界にはヒマラヤ杉が植えられた。

その頃、匠太郎はすでに二十七歳になっていて、イラストレーターとしての道を歩み始めていた。

「あの家は売って、どこか別なところに家を買ったらどうか」と伯父はすすめたが、匠太郎は自分が生まれ育った家に戻り、アトリエを建て増した。そこはまさしく維之と佳世子が谷底へと飛びこんだ場所だった。

（父とミュウの母は死んだけど、ミュウは生きている……）

匠太郎にこの家を見捨てさせなかったのは、自分が初めてこの腕に抱き、初めて接吻を交わし、初めて肉の交わりを行なった少女の思い出だった。

――事件の直後、モルヒネの急性中毒後遺症から回復した彼は、一度だけこの邸に戻っている。病院も私邸も閉鎖されるというので、家の中の私物を持ち出すためである。

患者の移送を指揮していた師長が、時間を割いて匠太郎の所に来た。彼女はその時、この家に院長の息子が二度と住めるようになるとは思っていなかった。

「思い出になるものは、みんなお持ちになりなさい。お父さまの物も……」

匠太郎が持ち出したのは、ミュウの幼いヌードを描いたスケッチブックと、一枚のパンティだけだった。

パンティは、二人が意識不明で発見された座敷の隅に、あわただしく畳まれていた布団の間に残されていたのを、匠太郎が偶然に見つけたのだ。

あの夜、ミュウが穿いていたものに間違いなかった。股布に淡黄色のシミが残り、少女特有の酸っぱい分泌物の匂いを嗅いだ時、匠太郎は初めて泣いた。彼はそれを、宝物入れとしていた皮製の箱に入れて、成人してからもずっと持ち続けた。

ミュウの行方は、どうしても分からなかった。

ミュウが父親の知れない私生児だということは、当時の芸能週刊誌などを調べていて分かった。私生活を明らかにすることを嫌った佳世子は、娘のことについては、父親が誰であるかを含め、写真はおろか、名前も、通っている学校も徹底的に秘匿《ひとく》し続けてきた。匠太郎が本当の名前だと思っていたミュウというのは、実は愛称にすぎなかったのだ。

ミュウを引き取った人物は、生き残った少女が、狂死した舞台女優の私生児という、二重の恥辱的な烙印を押されるのを恐れ、生母に関係したすべてのものを絶縁してしまったに違いない。

――あれから十七年。十七歳の少年は、三十四歳になった。

（ミュウはどんな女性に成長しただろう……？）

おそらく街角ですれ違ったとしても、どちらも相手のことに気がつかないだろう。両者の住む世界は、十七年という時間を経て、隔絶したものになっていることだけは確かだ。

ニャアオ。

ミュウの思い出から同じ名を付けた猫が、餌を欲しがってまた啼いた。

第九章　Mクラブ◉女王奈津子

　連載イラスト・ルポ〝大都会の闇に蠢く――TOKIO・アダルト夢紀行〟の第一回を掲載した『小説F――』が発売された。

　数日後、「評判は上々です」と、美雪から弾んだ声で電話があった。その号が店頭に並んだ直後から「あの企画はおもしろい」「あの素人ストリップ大会を見たいのだが、どうすればよいのか」とか、女の声で「私も出演したいのだが、連絡先を教えて」などという電話が続々とかかり、編集部でもその反響の大きさに驚いているという。

「そういう問い合わせには、どう対処するんですか」と匠太郎は訊いてみた。

「村中さんの会の私書箱の住所だけ教えます。後のことは彼が処理するでしょう」

　ルポの狙いはあくまで〝闇に蠢く〟人間たちの素顔にあるので、営利的な面で宣伝の片棒を担ぐことはしたくない、というのが美雪の考え方だ。既に書きあげて彼女に送ってある二回目の原稿でも〝シャーロッテ・クラブ〟の店名や所在は伏せてある。

匠太郎の仕事場の、日に一、二回しか鳴らなかった電話が、何回も鳴るようになった。絵描き仲間や知り合いの編集者たちが「良かった」と褒める電話にまじって『小説F――』で拝見しましたが……」と、つきあいのなかった出版社から注文の電話も何本かあり、発行部数数十万部という有名誌の威力を、匠太郎は実感として感じた。

しばらくして、また美雪から連絡があった。

「この前、社で武藤先生と会われた時、『夢茫々』の出版記念パーティに招かれましたね。今度の土曜日、T――ホテルで開かれるんです。どうぞいらして下さい」

匠太郎は困惑した。武藤の招待は、あの場で儀礼的に口にしたことで、彼のような無名に近い人間を本気で招く気があったとは思えなかったからだ。

「はあ、でもぼくは武藤さんとはあの時初めて会っただけだし、顔を出したりしたら、かえって失礼じゃないかな……」

「そんなことありません。武藤先生はああ見えて、一度会った人のことはよく覚えているんですよ。それに、〝大都会の闇に蠢く〟を読まれて、先生のことを褒めてました。『ああいうテーマをなかなかうまくまとめている』って……」

「そうですか……」

悪い気持はしないが、不思議な気がした。有名作家が自分ごとき売れないイラストレーターに、どうして関心を抱くのだろうか。

「でも、パーティって苦手なんだ。それもF——社の関係でしょう? ぼくの知っている人なんて一人もいないだろうし」

電話線の向こうで、美雪が明るい笑い声をあげた。

「先生って人前に出るのが本当にお嫌いなんですね……。ご心配なく。私がいるんですもの。それに、紹介したい人もいるんです。どうぞ気楽にいらして下さい。そういう機会に名前を売っておくのも、フリーランサーには必要なことですよ」

結局、出席すると約束させられた。美雪の誘いを断るのは難しい。彼女の声を聞いているうちに、股間が熱を帯びて膨らむからだ。

当日、着つけない背広にネクタイを締め、都心のT——ホテルに赴いた。武藤周一の出版記念パーティ会場は、数百人は入れそうな大広間だが、出席者は大広間を埋めて、どこに美雪がいるのか見当もつかない。

すべてが豪華で、きらびやかで、こういったパーティに初めて顔を出す匠太郎は気後れして、受付の前で引き返そうと思ったぐらいだ。

「鷲田先生、よくいらして下さいました。嬉しいわ!」

受付の係に連絡していたのだろう。すぐに美雪がやってきて、彼の腕をとった。

その夜の彼女は、キラキラ光る糸を織りこんだ黒い生地で作られたパンツ・スーツを着こんでいた。体に密着した仕立てのせいで、それを着ると女性闘牛士のように見える。胸元も露わなパーティドレスで着飾った、コンパニオンと思われる若い女性があちこちにいたが、美雪の颯爽とした雰囲気の前では、そういった娘たちも影が薄れるようだ。

「まず、武藤先生に挨拶しましょう」

今夜の主役である武藤周一はすでにスピーチを終え、文壇の重鎮とかF――社の幹部と思われる押しだしのいい男たちに囲まれていた。まるで演歌歌手の舞台衣装としか見えないケバケバしいスーツを着、あいかわらずガハハと傍若無人に笑い、吠えるような声で話している。美雪はその輪の中にスウッと滑りこんだ。

「失礼します……。武藤先生、こちらイラストレーターの鷲田先生です」

匠太郎は美雪の無謀さに驚いた。そこにいるのは、自分とはまったく格の違う人間たちだ。どこの馬の骨かという青年が割りこんできたら、武藤も不愉快に思うに違いない。冷汗が出てきた。

まったく予想外なことに、武藤は匠太郎を見て破顔した。

「おお、おお。この前、F――社のロビーで出会った……。いやあ、よく来てくれたね。これは感激だ」

向こうから手をさしのべ握手を求めてきたので、匠太郎の方が呆気にとられてしまう。

「どうもこの度は……、先生のご傑作がベストセラーになって、おめでとうございます」

純文学作家は上機嫌で、傍に積み重ねてあった自分の著書にサインをして献呈してくれた。そればかりではない。

「キミの連載、読ませてもらったよ。うん、面白い。実に面白かった。やはりお嬢が掘り出してきた才能だけある。いやぁ感心したよ。うん、この次のも楽しみにしてるから頑張ってくれたまえ。キミ、小説の挿絵も描くのかい。描く？　それじゃ、ワシの友達のO——が今、挿絵をやってくれる人間を探しているんだ。キミを紹介しておこう。うん、キミならあいつの作品にピタリだ。小説が見栄えすること、間違いなしだ。ワハハ……」

どぎつい模様の入ったハンカチで脂ぎった顔に噴き出る汗を拭い拭い、馬鹿笑いをする。

匠太郎はドギマギしたまま、礼を述べて引っ込んだ。O——といえば国際的にも有名な純文学作家だ。

（なんで、オレみたいな男を厚遇してくれるんだ……？）

狐につままれたような気分だ。

傍でニコニコ笑って見ていた美雪が、また腕をとって、少し離れたところに居る、恰幅《かっぷく》のいい、鬢《びん》のあたりに白いものが目立つ中年紳士のところに連れていった。こちらは渋いスーツといい物腰といい、人品骨柄は武藤と比べものにならない。

「我が社の編集局次長、つまり私の上司である小和田です。次長、イラストレーターの鷲田先生」

「やあ、これはこれは。もっと早い機会にお目にかかるべきだったのですが……」

丁重な態度で「小和田雅史《まさし》」と書かれた名刺をとり出した。

（これが、衣笠の言っていた小和田か。美雪を採用し、『小説F——』編集部の配属に尽力したという……）

競争の激しい世界で長年、辣腕《らつわん》を揮《ふる》ってきたに違いない。小和田の顔には風雪に耐えた者のようにくっきりとした皺が刻みこまれ、風貌は穏やかなように見えて、目は猛禽《もうきん》のように鋭い光を宿している。編集局長昇格と同時に取締役就任が確実視されている切れ者——という評価どおり、他者を圧倒する風格の持主だ。

「先生の〝大都会の闇に蠢く〟の評判が良いので、大いに助かりましたよ。私はね、『女たちのパワーあってこそのポルノだ』というくだりを読んで、思わず膝を叩きましたな。卓見です。読者の反響もいい。これで雑誌の売れ行きも上がるでしょう」

「そんなことはないでしょう。錚々《そうそう》たる作家の皆さんが作品を発表しているのに」

「いや、そこなんです。最近はどこの小説雑誌も目玉商品は似たりよったりで、読者にしてみれば、どれを買っても同じ程度に満足できるし、逆に言えば、同じ程度にどれも不満なわけです。そういった時、小説以外にアピールするものがあると、読者は買います。ですから、色ものページといえど馬鹿にはならんのです」

「そんなものですか……。でも、ぼくはただ、高見沢さんの言うとおりにしただけで、評判が良いとすれば、功績の大部分は彼女のものだと思いますけど」

小和田は、傍に控えている美雪をチラと眺めた。

「彼女は我が社のラッキーガールといわれてますからな。この子の担当したもので失敗したものがない。正直な話、今度の企画が最初の失敗になるだろうと思われていたんです。風俗ネタはどこもやってますからね。ところが、狙いがよかった。それは彼女の功績です。しかし、従来の常識的な観点とは別のところから眺めた文章といい、イラストといい、内容の出来は鷲田先生の功績です。二人のコンビはどうやらうまくいってるようで、私も喜んでいるんですよ」

小和田は愛娘を見るような目で若い女性編集長を見た。美雪が少し頰を紅潮させたようだった。その彼女を、何人かの男たちが取り巻いた。彼女がこれまで担当してきた作家で、いわば美雪のファン的な連中らしい。美雪の関心がそちらに移ったのを見て、小和田が匠太郎に言った。

「ところで鷲田先生、少しおりいってお話ししたいことがあるのですが……、ちょっと隅の方へゆきませんか」

　小和田は周囲の誰彼となく挨拶を交わしながら、人込みを掻きわけて客の比較的少ない、会場の隅の方に移動した。通りがかりのボーイからスコッチの水割を二つとり、一つを匠太郎に手渡す。

「不躾かもしれませんが、鷲田先生は独身ですね。ご結婚の経験は？」

「ありません。チャンスに恵まれなくて」

「こういうことを申しては何ですが、二回目の原稿を見せていただきまして、少女愛に対する思い入れの部分にちょっと驚かされましたよ。『ロリコン男によって少女たちが傷つくだろうか。傷つき血を流すのは、弄んだはずの男たちではないのか』というような文章は、卓見ですが、並みの人間には書けません」

　匠太郎は苦笑した。

「つまり、ぼくがロリコンだから、まともな結婚をしないのではないかと？」

「いやいや、そうではありませんが……。ただ、先生はこうやって見ると、ルイス・キャロルによく似た白皙の美青年ですな。キャロルはご存知のように、三十三歳――先生とほぼ同じ年齢の時に、十四歳の美少女、アリス・リデルに求婚しました。二十歳も年齢が離れているんですから、現代だって無理なプロポーズです。それを断られて彼は一生、独身をとおしました」

「ぼくが、ルイス・キャロルに似ているんですって?」

「外見だけじゃありません。彼は少女たちと親しくなるために童話を書いた。先生は少女たち向けの童話の挿絵から出発している。キャロルの挿絵を描いたアーサー・ラッカムの影響が強いとお見受けしましたが」

「自分では林静一だと思ってますけど……」

「ま、それはともかく、先生にもキャロルのアリス・リデルに相当する少女がおられるのではないかと思いましてね……」

(F──社の幹部が、どうしておれのような人間のプライバシーを気にするんだろう?)

匠太郎は内心、首をひねった。

「少女愛に関心があることは否定しませんが、ぼくは成熟した女性にもおおいに関心がありますよ。独身でいるのは、まあ、山奥に住んで伴侶に巡りあう機会がないだけです」

まさか、成熟した女性の代表として美雪を挙げ、彼女を抱いたと告げるわけにはゆかない。

「そうですか。いや、先生の経歴に興味がありましてね……、気を悪くされたらご勘弁ねがいます」

匠太郎はハッと気がついた。

「経歴とおっしゃいましたね。ひょっとして、ぼくの父のことをご存じなのですか？」

小和田は頷いた。

「ええ。お名前だけですが……。あなたが鷲田院長のご子息と知って、正直驚きました。先生にとっては思い出したくないことでしょうが、お父上と女優の福山佳世子との情死事件は、当時一大センセーションを巻きおこしましたからね……」

「そうですか……。で、小和田さんは福山佳世子はご存知だったのですか」

フッと遠い昔を思い出す目になった。

「そう。彼女はわりとよく知ってました。当時は私もまた一線の記者で、週刊誌の、主として演劇、芸能部門を担当してましたから……。彼女の生前、何度もインタビューしたことがあります。今あそこにいる武藤周一も駆け出しの作家でしたが、私が企画して対談させたこともあります。私も彼も、彼女のファンだったと言っていいでしょう。ですから、あの事件はひどいショックでした」

それで小和田が匠太郎に関心を抱く理由が分かった。

「じゃ、彼女が精神に異常をきたしていたことも、知っていたんですね」

小和田の口調が慎重になったようだ。

「彼女が人格的に分裂したような行動をとるようになったのは知ってましたが、お父上の診察を受けていたのは知りません。あの事件があって初めて知ったのです」

匠太郎は身をのりだした。

「ひょっとして、福山佳世子の一人娘の行方をご存知ではありませんか？　本名は知りませんがミュウと呼ばれていました」

「ミュウ……。いや、知りませんね。彼女は自分のプライバシーに関しては、他人には絶対に洩らしませんでした。娘を生んだことは知ってましたが、その後のことまでは……。きっとどこかに養子として貰われていったのでしょう」

「そうですか……」

事情通らしい小和田が頭を振ったので、匠太郎は少しばかり落胆した。今度は小和田が質問した。

「先生は、お父上と福山佳世子が心中した夜、そのミュウという子と一緒だったのでしょう？　その時のことを覚えていますか？」

それは、事件の後、警察、精神科医、カウンセラー、母親がわりの婦長ら、何人もの人間から受けた質問だった。

「いえ。ぼくは強い鎮静剤や麻薬を注射されましたから、あの夜の記憶は何もないんです」

匠太郎とミュウが交合した事実は、世間には一切発表されなかった。小和田も知らないはずだ。

「そうですか……」

二人が沈黙した時、美雪が近寄ってきた。

「次長、こちらにいらしたんですか。武藤先生が引き上げる前に次長とお話ししたいと……」

「そうか。じゃ、鷲田先生、今夜はどうもすみませんでした。ウチの美雪——高見沢クンを今後ともよろしく……」

その時、二人の男女が小和田の前に現われた。武藤と同じぐらい太った、五十代半ばの男の方が立ちふさがる形で、やや横柄な口調で声をかけた。

「おう、小和田くんじゃないか」

「これはこれは、冬野《ふゆの》先生……。おや、栗原《くりはら》先生も……。ご無沙汰してます」

匠太郎は名前を聞いて、二人とも有名なミステリ作家だと分かった。冬野裕介《ゆうすけ》は鉄道をテーマにした作品が多い。女流作家の栗原麻紗《あさみ》美は四十代半ばといった年齢だが、スラリと均整のとれた体といい、若々しい美貌といい、十は若く見える。きらびやかなチャイナドレスを纏って、スリットから覗く腿も脂肪がよくのってむっちりと白く、濃艶な年増美女の姿だ。

「お二人とも、ウチにはなかなか書いてくれませんなぁ。ぜひお願いしますよ」

如才なく小和田が言うと、冬野裕介はイヤミな、ねちっこい口調で応じた。

「そうですな……。ですが、おたくは編集者が編集者だからなぁ」

「いやぁ、そうおっしゃられると一言もありませんが……」

小和田は頭をかき、腰を低くして謝罪するように頭を下げた。冬野と栗原麻紗美は、チラと美雪のほうを眺めた。二人で顔を見合わせるようにする。

「あなたの秘蔵っ子と言われる、そちらのお嬢さんが担当してくれるなら、まあ、考えないでもないが……」

売れっ子のミステリ作家がそう言うと、豊麗な女流作家も、

「そうね。私も彼女に担当していただいたら、いいモノが書けそうだわ。皆さんからラッキーガールって言われてるんですってね。川端信吾だって、お嬢さんに担当してもらって百万部のベストセラーになったんですもの」

川端信吾というのは、純文学から一転して冒険小説を書いた作家だ。美雪がそう勧めたのだと衣笠が言っていた。

「そんな……。私はただ、原稿の受け取りだけです。何のお役にも立っていませんわ」

美雪が、謙遜というにはもっと強い、硬い調子で否定した。

「まあ、高見沢くんも、今、抱えてる仕事がありまして……。あ、そうそう、今月号の〝大都会の闇に蠢く〟というイラスト・ルポ、お読みになられましたか。こちらが高見沢くんと組んで取材していただいてる鷲田匠太郎先生です。私、ちょっと武藤先生に挨拶しますので、これで……」

チラと美雪に目くばせして、そそくさと小和田は離れていった。栗原麻紗美のほうが匠太郎をマジマジと見るようにして、

「あなたがあの絵描きさん？　まあ、叙情的な絵でなかなか結構でしたね。ふつうの感覚だとイヤらしくなってしまうのに、文章もユーモアがあって、感心しましたわ。そうですか、あなたがこのお嬢さんとね……。どう、冬野さん？」

「ふむ。なかなかハンサムな好青年ではないか……」

二人の作家に頭のてっぺんから爪先までジロジロ見つめられるようで、匠太郎は少々気づまりな思いがした。

（この二人、ヘンな感じだな……）

「一度、私たちのところへ遊びに来てくれたまえ。おもてなしするよ」

そう言って、ようやく二人が去ってゆくと、美雪はホウッと吐息をつくようにした。

「さっき、冬野さんが、編集者がどうこうと言ってたけど、あれは何？」

匠太郎が訊くと美雪は眉をひそめた。

「以前、ウチの雑誌に書いていただいた時、事故がありましてね……。二回ぶん一緒に貰ったのを、担当者が間違えて後の方のぶんを先に掲載しちゃったんです」

「え⁉　そんなバカなことが？」

匠太郎は仰天した。ふつうの小説にしても信じられないミスだが、伏線を縦横に仕掛けてあるミステリ作品が前後を逆にされたら目もあてられない。

「その次の号の原稿を急遽書き直して辻褄《つじつま》は合わせたのですが、冬野先生は烈火のごとく怒っちゃって……。それ以来、F――社には一切、原稿を書かないんです。謝罪はしたんですが」

「それは怒るよ。作品の効果が台無しになっちゃうものね……。栗原さんのほうはどうして書かないの？」

「あの二人、実は夫婦同然のカップルなんですよ。階は違うけど同じマンションに住んでらっしゃるし」

「そうか……。旦那が怒って、女房も同調してるわけだ」

「社としては痛いんです。売れっ子作家二人の原稿がとれないんですから」

「あなたが担当してくれたら書く、って言ってたね。担当して作品を貰ったら？」

美雪は怒ったような顔をして、匠太郎を見上げた。

「先生、私は今、〝大都会の闇に蠢く〟に集中してるんですよ。他のことに目をくれる暇はありません」

そう言ってから、ついムキになったことを恥じるように、語調を柔らかくして訊いた。

「ところで先生、今、スケッチブックはお持ちですか？」

「うん。大きいのは持ってないけど、小型のはいつもここに持ってます」

胸のポケットを叩いてみせた。

「よかった……。実はいま、武藤先生から、あのルポ向きの面白い所があって、ちょうど今夜、特別なプレイをやるんだと教えていただきました。そこのオーナーには武藤先生が電話して了承をとってくれましたので、これから行ってみようと思いまして……」

「ぼくはかまわないよ。早く帰る必要もないし」

それだけ長く美雪と一緒にいられるのなら、そのほうがいい。

「そうですか。じゃ、これからすぐ、タクシーで行きましょう」

ホテルの玄関からタクシーに乗った。美雪が「赤坂」と告げた。

タクシーの中で、美雪が取材の概要を教えた。

「〝アマゾネスの森〟といって、M専門――つまり男性マゾヒストを相手にする会員制のクラブなんです。そういうのは嫌いですか？」

「うーん、どんなものか経験がないから分からないな」

匠太郎としては、そう答えるしかない。

タクシーが坂の多い住宅街を走り抜け、とあるビルの前で止まった。一階に終夜営業のコンビニエンス・ストアがあるところを見ると、事務所と住居が混在している雑居ビルのようだ。エレベーターで三階にあがる。よほど気をつけて見つめないと分からないぐらい小さく〝アマゾネスの森〟と表札に書かれた部屋のドアホンを鳴らすと、ドアが開き、濃い化粧をした若い女が首をのぞかせた。

「どちらさま？」

「武藤先生からお電話してもらった、F——社の高見沢です」

「はい、聞いてます。お靴のままどうぞ」

玄関ホールに続く廊下の片側にズラリとロッカーが並んでいた。突き当たりに小部屋がある。シャーロッテ・クラブのような事務室と応接室を兼ねた部屋だ。

すぐに背の高い女が現われた。年齢は三十二、三。冷たい美貌と均整のとれた見事な肢体の持主で、匠太郎でさえ威圧される堂々とした雰囲気を持っている。彼女がこのクラブのマダムだった。

彼女は、まさしく匠太郎が考えていたような〝女王〟――男たちを完膚なきまでに支配するサディスティン――の典型的衣装を纏っていた。

黒いブラジャーもパンティも、腰を蜂のように引き搾《しぼ》っているコルセットも、布のように見えるが薄い皮製で、豊熟した乳房やヒップにギリギリと食いこんでいる。パンティは脇の金具で締めるバタフライ形だ。

ダンサーのように筋肉が引き締まった脚線を包む黒ストッキングは、コルセットから伸びているサスペンダーで吊られている。さらに、踵の高い、膝の下まで届くロングブーツを履いていた。白い豊満な肉体からは体臭と皮の香りの入り交じった、刺激的な匂い。体を動かしていたのだろう。露わな肌は汗ばんでいる。

「いらっしゃい。私が〝アマゾネスの森〟のママ、京奈津子《きょうなつこ》です。あなたが高見沢さんね？　武藤さんから大体のことは聞いてるわ」

鋭い視線が素早く美雪の体を撫でる。

「いい体してるわ。女王さまタイプよ」

次いで匠太郎を見た。射すくめるような凄艶なまなざし。

「こちらは……？」

「鷲田先生です。イラストレーターの。絵と文章をお願いしてるんです」

唇の端に笑みが浮かんだ。

「絵描きさん？　いい男ね。ふふっ。可愛がってあげたいわ。鞭《むち》とディルドオでね……。その気はない？」

「いえ、その、今のところは……」

匠太郎は怯《ひる》んで、吃ってしまった。

「武藤先生がね、お二人にぜひ見せてあげなさい、っていうのはね、きわめつけのマゾ男が今夜、やってくるから」

時計を見た。

「そろそろ着く頃よ。準備が出来るまで質問にお答えするわ」

「失礼ですが、どういうきっかけでM専門のクラブを始めたのですか？」

美雪が訊いた。

「以前、銀座でホステスをやってたことがあるの。その時のお客さんの一人にこういった趣味の人がいて、最初はその人だけを相手にしてたけど、噂を耳にした別のお客がやってきて、だんだん増えていったものだから、これ一本でやることにしたの。そのために有名なM男性専門のクラブで修業もしたわ」

「ここは会員制なのでしょう？　何人ぐらいいるんですか」

「三百人いるけど、常連というか、毎月欠かさず来るというのは、五十〜六十人ぐらいかな」

「どういう男性が多いですか？」

「千差万別ね。中高年は、人の上に立つ社長さんとかが多いみたいだけど……。有名人もけっこう多いわよ。だから、中に入ったらすぐ全頭マスクを被ってもらうの。こういう商売、秘密が守られないとお客が来ないもの」

美雪が質問した。

「女王役の女性は、何人いらっしゃるんですか？」

「私以外に五人よ。口コミで応募してきたり、私が街でスカウトしたり……。みんな二十代の子」

「気質的にこういう、男性を虐《いじ》めるのが好きな人たちですか」

「それはそうだけど、ただ男を鞭で撲《ぶ》ったりするだけでは、この商売、つとまらないのよ。マゾの男性ってわがままでね、それぞれの好みに応じて辱めてあげないと満足しないの。一見、私たちが君臨しているように見えるでしょ？　でも違うの。ここでは〝豚〟と呼ばれるマゾ男性に私たちが奉仕しているのよ。サービス精神の旺盛な子じゃないとつとまらないわ。あっはっは」

マゾクラブのマダムは、毒っぽいルージュをひいた唇を大きく開けて笑った。

やがて若い娘が告げにきた。

「ママ。豚一の用意が出来ました」

「じゃ、特別ショーをお見せします。こちらに来て」

狭い廊下を通って別室に案内された。手前のドアからはバシバシと何かを打ち叩く音、「わーっ」という男の叫び、女の甲高い罵《のの》り声が洩れてくる。そこもプレイ室らしい。

彼らが入った部屋は、このマンションで一番広い部屋らしかった。床はビニタイルが敷かれ、壁には防音用のコルクボードが貼りつめられている。窓のある壁には一面、黒い幕がかかっていた。天井には鉄材の梁《はり》が格子状に組まれ、そこから滑車のついた鉄の鉤《かぎ》、鎖、ロープなどが垂れ下がっていた。部屋の中央だけが明るく照らし出されている。

トイレかバスルームに通じていると思われるドアが開き、女王の衣装をつけた娘に鞭打たれて、一人の男が引きだされてきた。

全頭マスクを被らされているが、ぶよぶよと肥満した肉体、それに反して細い手足を見ると、年齢は五十代半ば、ほとんど肉体を動かすことのない境遇のようだ。だぶついた肉を締めつけるように、淡いピンク色の、フリルのいっぱいついた少女っぽいビキニパンティを穿いている。

　彼は木製の枷《かせ》で自由を奪われていた。長い板を二枚に割り、真ん中に首、その左右に手首が入るほどの穴を開け、両端を固定する金具を付けた、本格的な枷だ。両足も少し小さい足枷を嵌められている。鞭で打たれ豚のような悲鳴を上げるのだが、足枷を嵌められていてはヨチヨチとしか歩けない。ようやく部屋の真ん中まで来ると、膝をついて、犬がチンチンするような恰好をとらされた。男の首から「豚一」と書かれた札が下がっている。

「ウチの客は、豚郎とか豚作とか、皆、豚のついた名前で呼ばれるの。この豚一はね、ウチでは一番古参。すごい強度のマゾで、フィストファックとか黄金プレイのようなハードなプレイでないとイカないのよ。武藤サンはこいつの姿をあなたたちに見せてやってくれって言ってたわ」

　奈津子の説明を聞いて、匠太郎は尋ねた。

「黄金プレイとは、どんなものですか？」

「黄金プレイというのは女性のウンチを受けることよ。彼は食べるの」

「便を食べるんですか⁉」

　匠太郎は度胆を抜かれた。そこまでやれるというのは、相当なマゾに違いない。

　奈津子の他に二、三人の女王役の女性がやってきた。彼女たちがかわるがわるに鞭を揮い、豚一という最古参の中年男は、臀部に凄まじい鞭打ちを浴びて絶叫した。たちまち赤い蚯蚓《みみず》腫れがぶよぶよした肉丘を縦横に交錯する。その凄まじさに、匠太郎と美雪は息を呑んで言葉もない。

「遅刻して来たくせに、ギャアギャアうるさいわね！　黙らせてやる！」

サディスティンの一人が自分の着けていたスキャンティをスルリと脱ぐと、丸めてマゾ男の口に押しこむ。

「む、ぐく……」

目を白黒させる男の股間が、若い女の分泌物と尿をたっぷり滲みこませた黒いナイロンで猿ぐつわを咬まされると、とたんに少女っぽいピンクのパンティに包まれていた股間が隆起した。

「このブタ！　たちまちチンポコをおっ立てて！　パンツが裂けるまで打ってやる！」

またもや鞭の嵐が襲う。脂汗を噴きだして悶え狂うマゾヒスト。とうとう、薄いナイロンはズタズタにちぎれた。どす黒い色を呈した男根が血管を浮き彫りにして怒張している。黒紫色の亀頭はカウパー腺液をトロトロと垂れ流し、床まで糸を引く。

凄惨な笞刑《ちけい》が終わると、奈津子が新しい恥辱刑の開始を命じた。

「浣腸と排泄は済んでるわね？　じゃ、フィストファックよ」

雑役奴隷がさまざまな道具、薬の類を載せたワゴンを持ってきた。奈津子が軟膏の入った瓶をとりあげた。キシロカインゼリー。匠太郎がミュウと交わる前、維之が十歳の少女の膣に塗りこめたのも同じ軟膏だ。麻酔剤を含有しているので、潤滑と同時に筋肉を弛緩させる効果がある。膣または肛門に器具を挿入する時などに用いられる。

男の頭が首枷ごと床に倒された。そうすると尻が宙に突き出る。介添え役の女たちによって尻朶が割り拡げられると、アヌスが露呈した。色素は濃くて、長年の弄虐のせいか周囲が異様な凹凸を示している。

奈津子が使い捨てのポリエチレン製の手袋を装着した。潤滑用ゼリーを手首の上の方まで塗りたくる。さらにキシロカインゼリーを男の肛門の内側に、指を突っこんでグリグリと塗りつけた。前立腺を刺激されるからだろうか、男根はビンビンと震え、カウパー腺液はさらに溢れる。

「準備オーケイ。いくわよ」

笑いながらしゃがみこんだ倒錯クラブのマダムは、凄味を帯びた笑いを浮かべながら、軟膏でヌラヌラした手袋の指を一本、二本……と、豚一の、まるで女の膣のようにひくひく蠢く菊襞の中心に突きたてた。

四本の指が挿入された。親指を掌にぴったりつけるようにしてビニールの手袋につつまれた拳を押しこんでゆくと、

「うわ、おお」

豚一が悶え、悲鳴を上げたが、さしたる抵抗もなくスポッとナックルパートが通過した。

「信じられないわ、拳が入るなんて……」

美雪が感嘆した。匠太郎が横目で見ると、彼女の目は好奇心以上のものでキラキラ輝いて、表情には嫌悪とか忌避の感情は感じられない。

「これからが難しいのよ。腸が曲がっているから……。間違うと結腸のところで裂けてしまうの。そうなったら、よくて一生人工肛門、悪ければ一巻の終わり……」

艶麗なマダムは、真剣な表情でなおも拳をマゾ男の腸奥へと押しこめてゆく。

「わ、ぐ……」

切なく呻く全頭マスクの奥の目は、苦痛の極限でマゾの悦楽に陶酔しきっている。

匠太郎の目が、枷に嵌められた男の、わななく左手首に光るものを認めたのは、その時だった。

ライオンの顔を彫った金の指輪。

(あれは……⁉)

どこかで見た記憶がある。数秒の間、その場所と相手を思いだせなかった。

(そうか……！)

思い出した途端、手首もずいぶん肘の方までマゾ男の体内に埋めた奈津子が、ぐいぐいとこじり回すようにしてやると、

「わおお、ぐわ……！」

醜悪に太った中年男は、獣のように吠え、凝然《ぎょうぜん》として眺めている匠太郎と美雪のほうに視線を向けたまま、ジュクジュクと射精した。

ひとしきり女たちの哄笑が浴びせられる。

「いよいよ、黄金の晩餐ね」

奈津子が命じて、豚一は仰向けにされた。セリナと呼ばれる、一番若い女王が、着ているものをすべて脱ぎ捨て、一糸纏わぬ全裸になってステージに上がった。

「はあはあ」

女の拳で腸奥を抉られて射精したばかりのマゾ男は、尿でびしょ濡れの全頭マスクの下で荒い息をつきながら、それでも目をギラつかせている。彼の頭の下にビニールの布が敷かれた。

男の顔の上にセリナが後ろ向きに跨《また》がり、白く輝く豊臀を割る。マゾ男の口がいっぱいに開かれた。奈津子が囁く。

「今夜のために、あの子、お薬で三日間、ウンチをストップしてたのよ」

倒錯の極限ともいうべき饗宴の最中、さすがに美雪は顔を背けていた……。

排泄物を咀嚼《そしゃく》し呑みこんだ豚一は、その年齢にしては驚くべきことに、再び激しく勃起した。よほど激しい昂奮を覚えたのだろう。

舌でセリナの肛門を舐めて綺麗にする。

「じゃ、口なおしに聖水をあげようか」

奈津子が命じると、もう一人のサディスティンが、皮のパンティを脱いでマゾ男の上に跨がった。

ジャー。

勢いよく噴出音がして、若い娘の膀胱から透明な液体が、餌をねだる雛鳥のように口を開けている男の顔に浴びせられた。「あうあう」と喘ぎながら、マゾ男は尿を呑みこんだ。

「ねえ、お嬢さん。この豚男、さっきからあなたを見つめてるわ。きっとあなたの聖水を呑みたいのよ。どう、ひっかけてやったら」

「え、私が？　まあ、どうしようかしら？」

美雪は匠太郎の方を見た。びっくりしているが、拒否する態度ではない。

「やってやったら？　ぼくも見てみたい。君のおしっこをあいつが呑むのを」

「まあ」

睨むようにしてから、

「じゃ、ちょっと恥ずかしいけど」

びっくりするほど簡単に要請を受け入れた。黒いラメ入りのパンツをツイと脱いで匠太郎に手渡す。その下は黒いガーターベルトで吊った黒ストッキングだ。パンティは黒いレースのハイレッグカット。

「素敵だわ。その恰好」

奈津子に褒められて、スラリとした脚線とパンティに包まれた形よいヒップを見せつける恰好でマゾ男の顔に跨がった。奈津子が怒張している肉茎を摑んだ。

「豚一さん、どうぞ」

仰臥させられたハードマゾ男の顔の上に跨がり、美雪は他の女王たちと同じように放尿した。彼女の体内から迸った液は勢いよく豚一の顔を襲った。

「お、おぐ、おぐ……」

ゴクゴクと喉を鳴らし、恍惚の表情で飲尿する男は、奈津子にペニスを握られて、また新たな精液をドロドロと溢れさせた。

——奈津子に礼を言って外に出た匠太郎と美雪は、思わず新鮮な夜気を深呼吸した。

「凄かったわ。あんなことする人がいるなんて……。雰囲気に呑まれて、私、ツイ調子に乗ってしまいました」

美雪が弁解する口調だ。彼女はまだ、豚一という男が武藤周一がしていたのと同じ金の指輪をしていたのに気づかないのだろうか？

「魅力的だったよ。キミのおしっこ姿は」

「いやぁ」

彼の腕をとって胸に顔を埋める恥ずかしげな仕草をした。

H——ホテルにこの前の部屋を確保しているというので、二人はタクシーを拾った。

途中、匠太郎はそれとなく尋ねてみた。

「あのMクラブ、武藤さんが紹介してくれたと言ったね？　彼はどうしてあんな場所を知っているのかな？」

「さあ……。武藤先生はいろんな人とお知り合いですから。例えばあのマダムが、かつて銀座のホステスだった時、お客だったとか」

「まさか、彼自身があの店の常連じゃないだろうね」

冗談めかして探りを入れてみた。美雪は即座に否定してみせた。

「考えられません。武藤先生って男尊女卑でこりかたまった人ですもの。たとえ遊びでも女の人に辱められるなんて、耐えられる人ではありません」

そう言われると、あの豚一と呼ばれた男が武藤だと思ったのは錯覚のような気もしてくる。ライオンの顔を彫った指輪も、彼だけがしているというものでもないだろう。

(違うのか……?)

匠太郎は首をひねった。

(武藤周一は、グルメの中のグルメを自称しているような男だ。その男が、女たちの尿を呑み、あまつさえ女の糞便を食うだろうか?)

それにしても、辱めを受けている最中、彼と美雪を交互に見つめていたような視線が気になる……。

第十章　◉奴隷セリ市の女たち

〝大都会の闇に蠢く〟の二回目、少女愛クラブのルポも好評だった。

美雪と匠太郎の関係は、あいかわらずある距離を保って続いていた。

仕事中の美雪は、キビキビとした有能な編集者そのものだが、取材が終わると、途端に娼婦そこのけの淫乱な女性になる。最初の時からその落差が信じられないほど激しい。この前、赤坂のMクラブでの取材を終え、H——ホテルまで彼を送ってくれた美雪は、当然のように彼の部屋に泊まり、彼の激情を三度も受けとめてくれた。それでいて、また次の機会に会うと、そのことが夢のように思われるほどビジネスライクだ。

匠太郎は匠太郎で、まだ美雪と自分を隔てる壁にこだわっていた。

(文壇の雄、武藤周一をはじめ、有名作家を軒並み傾倒させる魅力を持った彼女と、おれごときマイナーで、優柔不断、非社交的な男が釣り合うわけがない……)

美雪の魅力の虜になっているのに、彼は一方では彼女にのめりこむのを恐れた。もちろんプロポーズなど問題外だ。

(この連載が終われば、あの子は去ってゆくに違いない)

そんな悲観的な考えを抱いているから、積極的になれないのだ。これまでのセックスも美雪のほうから誘うばかりで、彼が誘ったことは一度としてない。

武藤周一は約束を守った。F――社とは別の社の雑誌であったが、O――という作家の挿絵を描くことが彼の推薦で決まったのだ。

(衣笠はアゲマンと言い、小和田はラッキーガールと言ったが、今までのところ、ぴったり当たっている……)

匠太郎は改めてそう思ったことだ。

ある日、小出版社で小説担当の編集者をしている衣笠から電話がかかってきた。用件は挿絵の依頼で、それが終わると雑談になった。

「あんたのイラスト・ルポ、評判いいぜ。やっぱりお嬢のアゲマンのおかげかな。あはは。『小説F――』も一時の落ちこみが止まって、売れ行きが上昇してきた。小和田がお嬢を投入した効果が出てきたってことだな」

「どういうことですか?」

「あの雑誌は、小和田が次長に昇格して、新編集長が来たとたん、売れ行きが落ちはじめて、どんな手を打っても効き目がなかった。その時に冬野の原稿を順序を間違えて掲載する事件が起きて、それ以来、ガタガタになっていたんだ」

「担当編集者のミス一つがそんなに影響するものですかね」

「あのね。連載小説の順序を間違えて掲載するなんて大椿事《ちんじ》は、担当者のミスだけでは起こり得ないんだ。小説班のデスク、副編集長、整理の担当者、整理のデスク、整理の副編……。ゲラ刷りが出ると編集長が最終的にチェック……。担当者以外に何人もの人間が目をとおす。それなのに書店に並べられて、作者や読者に指摘されるまで誰も気がつかなかったというのは、編集部全体の士気が、そこまで堕落してたってことさ。冬野が激怒し、女房同然の栗原麻紗美ともどもF——社に書くのを拒否したのも当然さ。出版界に恥をさらしたわけだから小和田の危機感も相当なもんだったろう。今から考えると、お嬢というのは、ショック療法として送りこまれたんだろうな。最初はバカにしてた男の編集者も、彼女がめざましい働きをするもんだから慌てて仕事に精を出すようになって、雑誌全体にヤル気が反映してきたんだろう。返品の山を築いていたF——社も、武藤の『夢茫々』のヒットで何とかひと息つけたのだから、小和田とお嬢の功績は大きいということだ」

「その、冬野裕介のことですが……」

匠太郎は、武藤のパーティの時に見た、冬野裕介と栗原麻紗美のカップルが異常に美雪に固執して、美雪が辛辣《しんらつ》な口調だったことを告げた。

「どういうことですかね、これは……」

「ははあ、あの夫婦、いよいよお嬢に目をつけたか。そいつは小和田も頭が痛い」

衣笠は皮肉っぽく笑った。

「目をつけた？」

「ああ。冬野と栗原麻紗美は長いこと夫婦同然の生活をしてるんだが、彼らには変わった趣味があってね、自分たち以外の人間を加えてセックスしたがるんだな。３Ｐとか４Ｐというやつさ。夫婦も倦怠期になると刺激を求めてスワッピングとかＳＭに走るけど、彼らもそのクチだろう。冬野に比べて栗原麻紗美は脂ののった年増美女だから、若くてイキのいい編集者が狙われるという話だ」

「でも、高見沢美雪は女ですよ」

「なに、女だろうが男だろうが、どっちでもいいんだ。二人ともバイセクシャル——男と女、両方できるタイプらしいから。彼らに弄ばれて一時的におかしくなった男の編集者がいるらしい。何でも婚約者を連れて行ったら、二人を縛りつけて、夫婦で交互に二人を嬲ったというんだ。そんなことされりゃ頭もおかしくなる。まあ、二人そろって売れっ子の作家だから、その出版社とはナアナアで話がついたようだが……。最近はどこも、勃起しそうもない古参編集者か、どうしようもない醜男《ぶおとこ》を担当にしているようだぜ。お嬢が敬遠するわけさ。わはは」

それで、二人から発散していた異様な雰囲気が分かった。案外、彼らは匠太郎のような青年をも自分たちの性戯にとりこみたいのかもしれない。あの時の舌なめずりするような目つきでは……。

＊

美雪から、第四回の取材について電話が入った。自分の企画した連載が当たっているので、声も元気がよい。

「ＳＭで、Ｍ女性をセリで売買するという集まりがあるんです。それを取材してみましょう」

「セリ？　奴隷市場というわけ？」

「そうです。売ると言っても、完全な売買から短期間の譲渡までさまざまだそうですが、そうやってセリにかけることで、売るほうも買われるほうもスリルと昂奮を味わってるみたいですね」

「うーん、想像を絶するな……。そんなことをやっている連中を、どうやって探し出したんだい？」

「私たちのルポを見た読者からです。いわゆる売り込みですね」

「大丈夫なの？　その相手は？」

「大丈夫だと思いますよ。シッカリした人物で、営利が目的でもないようですから」

マゾ奴隷オークションは週末に、渋谷の松濤《しょうとう》にある会長の自邸で行なわれるという。

──当日の午後、高円寺の駅前で落ち合った二人は、タクシーで目的地へ向かった。

会場となる宏壮な洋風邸宅は、忍び返しのついた高い塀の中には鬱蒼と樹々が繁り、外からは建物の姿も見えにくい。

(こんな家でやるのなら、相当リッチな連中が集まるのだろうな……)

匠太郎は圧倒されてしまった。門のベルを押してふと見ると、軒下にテレビ監視装置が設置されている。インタホンで美雪が来意を告げると、鉄の門扉がガチャリと自動的に解錠された。

玄関のドアは、西洋のメイドの衣装をつけた若い、セクシィな娘が開けてくれた。黒いシルクサテンのミニのワンピース。襟ぐりは大きく、フリルのついたエプロンとヘアバンド。むっちりした太腿は黒いパンストで包まれている。

彼らは豪華な内装の応接間に通された。会長にしては意外と若い、匠太郎と同じぐらいの年齢の男性が現われた。日に灼けた肌、がっしりした体格。髪も口髭もよく手入れされている。仕立てのよいダークスーツを着た姿は、青年実業家という外見だ。

「やあ。いらっしゃいましたね」

にこやかに言い、名乗った。

「宇賀《うが》神光司《じんこうじ》と言います」

名前に聞き覚えがあった。レストラン、カフェバー、ディスコ……。時代の最先端を行く店舗を造ることで知られた若手経営者だ。彼が手がけた店で話題にならない店、客で満員にならない店は一つもないという話だ。これほど豪壮な邸宅を所有しているのも頷ける。それでいて人あたりはソフトで如才がない。さっそく取材に入る。

「どういう理由から奴隷のセリ市を始めたんですか？」

「ぼくたちの仲間は、どういうものかSMが好きな連中が多くてね、ガールフレンドとか愛人とかを調教してマゾ奴隷に仕立てては自慢したり見せびらかしたりすることが多かったんですよ。そのうちだんだん仲間が増えてきて、秘密パーティなんかを開いては楽しむようになったわけです。あ、ぼくの顔を描きますか？　ちょっと素顔じゃまずいんで、じゃ、サングラスをかけますから待ってください。……はい、いいですよ」

――宇賀神らがマゾ奴隷オークションをやる気になったキッカケは、一年前、葉山に係留している彼の大型ヨットで秘密パーティをやった時のハプニングだ。

仲間の一人が長期間日本を離れるので、調教した自分のマゾ奴隷を「誰か面倒みてくれないか」と冗談半分に提言したのだ。

そのマゾ女性も同伴していて、見るとなかなか魅力的な娘だったので、光司はじめ何人かが名乗りをあげた。

結局、話し合いがつかず、誰かが『じゃ、セリで決めよう』と提案した。全員が受け入れた。

セリにかけるのなら、その品物を希望者全員が見る権利がある。その女性は皆の前で全裸にされ、乳房はもちろん、膣、肛門まで男たちに点検された。

（まるで『O嬢の物語』に描かれた世界ではないか……）

匠太郎は、宇賀神の話を聞きながら激しく昂奮した。

「その子は泣きわめいて抵抗したけど、泣きながらもすごく昂奮して、ぼくらも昂奮して、パンティを引きむしるとあそこはビショビショでしたよ。全裸でマストに縛りつけておいて、その前でセリにかけたんです。結局、三百万円でぼくがセリ落としました。その女ですか？　一年間好きにしていいという条件でしたが、三カ月で厭《あ》きまして、またセリにかけて売りとばしましたよ。結局、その昂奮が忘れられない連中が定期的に集まってセリ市を開いてるわけです。会場は持ち回りで、今回はたまたまぼくの家でやるわけです」

「そういう会に参加される仲間の人は、何人ぐらいおられるのですか？」

「うん、口コミで増えましてね、今はＳ男性が百人近くになったかな……。最初は会の名前も無かったのですが、それじゃ不便だというので、一応ＳＡＭ——スレイブ・オークション・マーケットと呼んでいます」

「会員の資格は何ですか？」

「別に審査とかそういうものはありませんが、ＳＭを職業としている方は遠慮願ってます。後はそれなりに財産があって、社会的知名度や信用のある人ですね。たとえば最近の地上げ屋みたいに、財産だけはある、という人は入れません。それとやっぱり病気ですよ。奴隷は、血液検査をパスしないと出品できません。セリ落とした方も血液検査の証明書と引き換えでないと奴隷を受けとれません」

「私たちの雑誌に連絡してきた理由は？」

「まあ、もう少しセリの参加者を増やしたいからです。でないと、中古奴隷の売買ばかりで、それこそリサイクル運動になってしまう……。あはは。実はさっきのメイドたちも、私がセリで買い入れたものばかりです」

「だけど、自分が気に入って調教したマゾ奴隷を、よくセリ市に出す人がいますね……」

「まあ、飽きたから売り飛ばしてしまう例もありますが、そういった完全売却というケースは多くありません。たいていは短期譲渡ですよ。期限つきで貸し出すのと同じで、いわば奴隷のスワッピングですね。短期譲渡の期限は最低で一週間です」

「女奴隷の価格は幾らぐらいですか？」

「奴隷の品質と、売却か短期譲渡かで違いますね。所有権を放棄する売却なら、平均五百万ぐらい。短期譲渡なら、二十代の愛人奴隷で一週間五十万円ぐらいからですかね。下はともかく上のほうはキリがありません」

「セリに出されるマゾ女性は、所有者の愛人なんですか」

「そうとも限りませんね。調教した妻を短期譲渡でかける場合もあります」

「……一人で参加する奴隷もいるとか」

「ええ。どこでこの話を耳にするのか、マゾっ気のある女性が申し込んでくるんです。調教経験があって主人がいない女性もいれば、まったく未経験だけど興味がある者。中には急に大金が必要になったから、という娘もいます。まあ、事前に面接して、セリに出せるかどうか審査して、パスした女性だけ志願奴隷として出品します」

「その他、変わった商品——奴隷というのはいますか？」

「夫婦や恋人がカップルでセリにかけて欲しい、という場合があります。これは、両方ともマゾの場合です。双方サドという夫婦もいるわけで、よく売買されてます。まあ、どっちも倦怠期の夫婦が多いので、セリの面白味はいま一つですね」

「凄い話ですね……。私、聞いていて何だかボーッとしちゃった……」

　美雪が感にたえない声で溜め息を洩らした。宇賀神光司は笑って、

「そうでしょう。一人前の女性が物として扱われるわけですから、マゾの極致です。セリにかけられる女性は途中でたいてい恍惚となり、セリ落とされた時は失禁する者もいますよ。あんまり本気でやると、フェミニズムの勢力に『女を商品として扱うのは許せない』とねじこまれそうですが……」

「そうでしょうね」

「でもね、大きな声で言えませんが、キャリアウーマンとして有名な女性も、何人か、マゾ奴隷でセリにかかっているんですよ。ほら、ニュースキャスターのT——とか、社会評論家のR——とか……。それまでのパトロンが売却して、今では新しいパトロンの下で調教されてます」

「えーっ、本当ですか？」

　二人とも美貌と才気が売りもので、テレビでよく見る顔である。そういった男まさりの女たちにしても、性的にはマゾヒストなのだとは……。匠太郎と美雪は顔を見合わせて吐息を

ついた。

二人が気を呑まれているのを見ていた宇賀神は、ふいに冗談めかした声と表情で美雪に提案した。

「どうですか、せっかく取材に来たのなら、そういったマゾ奴隷の心理を味わってみたら？」

「え、私が？　まさか、そんな……⁉」

美雪が悲鳴を上げるのを制して、成功した青年実業家は笑って説明した。

「いえ、本当にセリにかけられなさい、というわけじゃないですよ。こういうことです。私が会長で、私の邸でやるんですから、私が出品物の選定から受け渡しまで、全部の進行をまかされている。幾つものセリの中に、八百長のセリを一つぐらい紛れこませるのは簡単なんです。たとえば、高見沢さんがセリにかけられるとしますね。で、ギリギリの最高値がついたところで、私がそれ以上の値をつけます。値がどんなに上がっても心配ありません。私なら一億でも二億でも出せると誰でも知ってますから、皆セリからおります。結局、高見沢さんは私がセリ落とす。もちろん、セリが終わればあなたは解放。私も、得はしないが損もしない」

「なるほど、八百長ですか……」

「そういうこと。まあ、会員にバレたら怒る奴がいるかもしれないけど、外部の人にＳＭの真髄を知ってもらうためですから、これぐらいの冗談は許されるでしょう」

美雪が、上気したような顔で匠太郎を振り向いた。

「ね、先生……、今の話をお聞きしたら、私、セリで売られる気分を体験してみたくなりました。そうしたら記事の材料も増えるでしょう？」

「本気かい？」

匠太郎が驚いた。まさか宇賀神の勧めにのるとは思わなかったからだ。冗談で提案した宇賀神も、スンナリ美雪がのってきたので目をパチクリさせた。

「本気ですか、高見沢さん。こりゃ驚いたな……。一応説明したように、セリ市にかけられると肉体検査を受けるんですよ。全裸にされて落札希望者に乳房や性器、肛門を調べられます」

「でも、肉体的に凌辱されるわけじゃないでしょう？」

「そりゃそうです。公開の場なんですから」

「だったら構わないわ。私は売られる女奴隷のスリルと昂奮を味わえばいいんだから……。ね、先生。いいでしょう？」

（彼女、これまでの話を聞いていて、マゾ的な欲望を刺激されたな……）

匠太郎はそう思った。この前の素人ストリップ大会の時も、出演者の露出願望に自分の願望を重ねあわせて昂奮してしまった。彼女にはそういう衝動に身を任せたがる冒険心がある。

「きみさえ良ければぼくは反対しないよ」

そう答えたのは、偽装だということもあるが、彼自身、奴隷のセリ市にかけられる美雪の姿を見てみたいという、説明できない欲望が強烈に沸騰したからだ。

「でも、幾ら取材とはいえ、こんなことを会社に知られたら困るぜ」

「それは大丈夫。名前を変えて、私が適当に書類を作りますから。何、本当に売買するわけじゃないから、一応もっともらしいのがあればいいわけで……」

宇賀神が提案した。彼も、この魅力的な女編集者を、たとえ偽装であってもセリにかけるという考えに昂奮している。

彼はさっそく奴隷オークションのための書類を取り出し、記入しはじめた。

「ええっと……、それじゃどんな名前にしましょうかね」

「そうですね……。福山ではどうでしょうか。福山美雪」

「結構ですよ。で、希望は一時譲渡にします？」

「どうせマネなんですから、元の主人に売りに出された女奴隷の役をやってみたいわ」

「大胆ですなあ」

宇賀神も舌を巻いている。

——すぐに、所有者が売却希望である旨の出品申し込み書が出来た。別人の古い証明書を書き直して、一応もっともらしい書類が整う。

「じゃ、これを介添人の方に回しておきます。セリが始まってあなたの番が近づいたら、係の女の子に呼びに行かせますので、それまでご一緒にセリの様子を見ていて下さい。今日は暖かいですから園遊会を気どって庭でやることにしました」

——二人は応接間のテラスからそのまま、青々としてよく手入れのされた芝生へと出た。ひろびろとしているが、周囲の高い樹々が目隠しになり、見下ろされるような高い建物もないので、野外の秘密パーティをやるには絶好の場所だ。

(驚いたな。ここからすぐ渋谷の盛り場だ。こんな所でリッチな男女が性的奴隷の売り買いをやっているなど、誰も夢にも思わないだろう……)

宇賀神の性奴隷だというメイドの制服を着た娘たちが、テーブルやら椅子を芝生の上に並べている。ガーデンパーティ用の小さい電球が会場をとり巻くように、木や塀にとり付けられて灯された。

芝生の一角に、セリの介添人たちの机や椅子が並べられ、その傍に太い角材で造られた柱が土の中からニョッキリ立っていた。高さは三メートルぐらい。上端から横木が突きだしていて、逆L字形をしている。横木の下には鉄の鉤、柱の真ん中あたりの側面にも鉤が取りつけられている。

「あれは、何かしら……?」

その柱に禍々しい雰囲気を感じたのか、美雪は眉をひそめるようにした。

「出品された女奴隷を検査するための磔台《はりつけだい》だろうね。たぶん、あの上から両手吊りにして、横の鉤で片足を持ちあげるんだろう。そうすると、奴隷の性器も肛門もよく見える」

「まあ……」

一時的な昂奮のおさまった匠太郎としては、そうやって直截《ちょくせつ》的な表現で美雪の恐怖心を煽り、セリに出ようという彼女を翻意させようという狙いもあったのだが、その言葉はよけいに彼女の被虐願望を刺激したようだ。ジッとその柱を見る彼女の瞳に、はや陶酔の色が濃い。

匠太郎の胸に不安がよぎった。

(間違いが起きねばいいが……)

仮に、美雪をセリ落とした宇賀神が、そのまま彼女を解放しない、ということも考えられる。しかし、会のPRのために美雪や自分を招いた男が、大手出版社F――社の社員を辱めるという、そんな無謀なことをやるとは思えなかった。それに、彼は陰謀を企むタイプの人間にも見えない。

ただ、この家に入った時から、匠太郎は彼らにつきまとうような視線を感じていた。敵意というか、猟場で肉食動物に狙いをつけられた小動物が直観的に感じる不安。周りを見回しても、その不安の原因が分からない。

(ま、何かあったら、その時はおれが助けてやればいい)

そう覚悟を決めた。美雪にしても、傍に匠太郎がいるからこういった冒険が出来るのだろう。あるいは、自分がセリにかけられ、大勢の男たちの視線に辱められたがるのは、その自分の姿を、同時に匠太郎に見てもらいたいからなのかもしれない。

(セックスの欲望というのは何重にも屈折すればするほど、悦びも倍加するものなのだろうか……?)

この前の、女たちに鞭打たれ、拳で肛門を抉り抜かれ、尿を浴び、最後には糞便まで食べさせられてなお激しく昂奮していた豚一というマゾ男のことが思い出された。

「あの、このマスクをお着け下さい」

メイドが、盆の上に載せた仮装舞踏会の時に使うような動物の面をさし出した。

「プライバシー保護のためか。じゃ、ぼくはトラだ」

「私は……、ネコ」

二人はトラとネコの仮面をつけた。顔の上半分が隠れるので人相はほぼ分からなくなる。

「わぁ、ベネチアの仮面祝祭みたい」

美雪がはしゃいだ。参加者がそれぞれ仮面をつけ、芝生に設けられた席に坐りだした。カップルもいれば、男、女単独というのも多い。定刻までにおよそ百人の男女が集まり、マゾ奴隷オークションが始まった。

「皆さん、ようこそ。それではSAM恒例の奴隷セリ市を開会します」

介添人用の演壇で、ライオンの仮面をつけた男が、ドレスアップしてやってきた男女に向かって挨拶した。村中の素人ストリップ大会の時には見られなかった上流階級の優雅な雰囲気だ。

介添人の周囲には何人かの男たちがいるが、仮面と、次第に濃くなってきた夕闇で、宇賀神がどこにいるのか定かではない。後ろのほうのテーブルに美雪と並んで坐った匠太郎は、スケッチブックにペンを走らせ、会場の雰囲気をとらえてゆく。

最初にセリのルール、金銭授受、〝商品〟の受け渡しについての説明がなされた。

「最後に、最低のルールは守って下さい。短期譲渡の場合は、肉体に永久的に残る傷をつけないこと。そうでない場合も、本人の同意なく身体を損傷しないように……。では最初の品物です」

芝生の上をメイドの一人に引きたてられながら、最初のセリにかかる女が姿を現わした。

出品される奴隷たちは、邸の中の控え室で準備を整えられ、待機しているらしい。

女奴隷は黒いスリップ一枚、素足にハイヒールという姿だった。豊満な肉体の持主だ。黒い布で目隠しされているので足どりはおぼつかなく、両手首は体の前で手錠をかけられている。

(私も、ああいう姿で皆の前に引き出されるのね……)

おそらくそう思ったに違いない。匠太郎の隣で美雪が「はあっ」という熱い溜め息を洩らし、いつもの癖で、スカートの下で組んだ脚を擦り合わせるようにした。

女は肉体検査用の磔柱の前に立たされた。高い木の枝に取りつけられたスポットライトが灯され、白い光が女奴隷の姿を闇の中にクッキリと浮かびあがらせる。

メイドが黒い目隠しをとった。年齢は三十代後半に入っているだろう。とびきりの美人ではないが、どこか品の良さを感じさせる年増美女だ。

介添人が書類を読み上げた。

「一番。永田優子。三十五歳。人妻。子供なし。所有者は夫……。所有者の外国出張につき、三カ月期限で短期譲渡希望です。各種調教ずみ。ヴァギナと乳首にはピアス貫通ずみ。輪姦、獣姦、野外露出等のハードプレイもこなす残酷な主人を希望……。これより陳列しますので、競売参加希望の方は充分に肉体検査を行なって下さい」

多くのテーブルからゾロゾロと男女が立ち上がり、磔柱の周りを取り囲んだ。

「あそこにピアスなんて……。ほんとかしら？」

「奴隷という身分を確認するためだろうね。『O嬢の物語』のように烙印を押されるのがマゾ奴隷の最高の夢じゃないかな」

「いやだわ……」

かすれた声で嫌悪するように言いながら、美雪の頬は上気し、瞳の輝きは潤み溶けているのを匠太郎は見逃さない。体からは、あの懐かしいような、親密な体臭が立ち昇る。

夫の希望で、これから三カ月、他人の慰みものとして売りに出された人妻は、早くも被虐の昂りを押さえかねるのか、黒いナイロンスリップの下の、豊満な胸を大きく上下させている。濃い目のアイシャドウを施した目の焦点が、トロンとして定まらない。

彼女の手首につけられた鎖が、柱の横木に打ちつけられた鉄の鉤にわたされ、グイと引かれた。

「あっ……」

両手首が頭上いっぱいに差しのべられ、ハイヒールの爪先がかろうじて着くほどに背伸びする姿勢になる。

もう一人のメイドが人妻の膝に手早くロープを巻きつけ、その端を柱の横の鉤に通して引く。

「いや……」

哀切な悲鳴が濃くルージュをひいた唇から洩れた。ナイフの刃がきらめき、スリップの肩紐や脇のところが切断され、レースで飾られた黒いナイロンの布は足元にすべり落ちた。

「おう……」

とり囲んだ検査希望の客たちの間からどよめきが湧いた。

「いや……！」

人垣の後ろから覗きこんでいた美雪が、思わず口元を押さえた。

白い、ほどよく脂ののった肉づきのよい人妻の裸身がさらされた。やや垂れ気味なほどに盛りあがった乳房の先端、深緋色《こきひいろ》のボッテリ尖った乳首には両方とも指輪大の金色のリングがぶら下がっている。乳首を横に貫く細孔を穿《うが》って金環が留められていた。

それは彼女の秘唇も同じだ。犬の放尿のように、片足を上方へ持ち上げる姿勢を強要されているので、縮れの濃い、栗色がかった秘毛の丘の下、紊乱に綻《ほころ》びた感じの部分が完全に露出させられているのだが、薄蘇枋の花弁の、一番分厚い部分を穿って、そこにも乳首よりはひと回り大きい金環が留められている。

乳首と小陰唇の細孔にとりつけられた四個の金環には、それぞれ、二十センチほどのごく細い金属の鎖が垂れ下がっている。

「どうぞ、鎖を引っ張って下さい。広げると中の様子がよく分かります」

メイドが勧めると、すぐに手が伸びて四本の鎖を引っ張った。

「あー……っ！」

乳首と秘唇を強く伸長され、豊熟した年齢の人妻は、顔を反らせて悲鳴に似た声を張りあげた。

「ほう。すごい濡れようだ……」

また感嘆する声があがる。強い牝香の匂いがむせかえるように、前列の男たちの鼻を刺激する。桃花色、紅鮭色の粘膜は花弁をバックリ割り裂かれたので、尿道口からバルトリン腺孔まで完全にさらけだし、ひくひくと震えおののくような膣口からは、薄白い液体がトロトロと吐き出されている様子がまる見えだ。愛液は内腿を伝って膝まで濡らすほどの溢れようである。

萌芽する植物のように、勢いよく包皮をはねのけ膨張するさまを見せる大きめの秘核。

「後ろのほうはどんな具合かな」

「お試しになりますか」

メイドが用意した使い捨て用の透明なポリエチレン製手袋を手渡し、潤滑用ゼリーを指の先端に塗布した。男の一人が背後に立ち、錆朱色《さびしゆいろ》の沈着した菊襞のつぼまりに指を挿入する。

「あ、うっ。はあーっ」

礫台に吊られた女がガクリと顔を前に倒して、屈辱に啜り泣く。

「ふむ。締まり具合はいい」

「前はどうかな。この様子だとフィストファックもOKじゃないかな。やったことはあるか？」

初老の、ダブルのスーツを着込んだ恰幅のいい紳士が女に訊いた。彼はクマの仮面をつけている。

「はい……」

消え入りそうな声で答える人妻。

「そうか。じゃ試してみよう」

彼もまた使い捨ての手袋を嵌めた。充分にゼリーを塗りつけてから、一糸纏わぬ裸女の前に脆く。

「…………」

誰もが息を呑んだ。

「あ、あーっ。おおお……！」

この晒し刑のためにセットしたと思われる黒髪を振り乱し、人妻は涕泣《ていきゅう》し、喘ぎ、悩乱する声を張りあげた。脂汗が噴き出し、彼女の体重を吊り支える頭上の横木が軋んだ。

「ほう……」

また視姦する男女がどよめいた。彼女の熟しきったような性愛器官は、初老の紳士の手首までをすっぽりと受けいれたのだ。

「あー」

さすがに内側からの圧迫感は相当なものなのだろう。尿道口から断続的に透明な液体がしぶいた。

「よし……。分かった」

紳士はぐっしょりと濡れた手袋を引き抜いた。

「うーっ」

その瞬間、軽いオルガスムスを感じたようで、女は陶酔するような声を洩らす。堰《せ》き止められていた肉洞内の愛液がダラダラと溢れ出た。

「検査の方が終わりましたら、セリに入りたいと思います。皆さん、席にお着き下さい」

介添人に促されて、全裸の人妻を残して客たちはそれぞれの席に戻った。

セリは所有者の希望最低指し値、五十万円から始まった。百万、百五十万は一気で、百六十万から十万刻みになり、百七十万からは一万刻みにセリ上げられる。

「百七十五万、百七十五万。上はありませんか？……では、百七十五万で浜谷さまに落札。よろしいですね」

パンと演壇を叩く。浜谷というのは、人妻の膣に手首を埋めこんで試した初老の紳士だ。夫が海外出張に出たあと、彼が三カ月間、好きなように玩弄する権利を手に入れたわけだ。

落札された瞬間、人妻はガクッと全身の力が抜けたようになり、吊るしているロープがピンと伸びた。白い裸身が痙攣している。オルガスムスが彼女を打ち砕いたのだ。

「あー、すごい……」

真っ裸のまま邸のほうへ連れ戻される人妻を眺めながら、美雪は放心したような声だ。

「きみも、ああやって皆に晒しものにされるんだよ。やめるなら今のうちだけど」

匠太郎がもう一度意思を確認すると、美雪は何かがキラキラと燃えるように輝いている瞳で、ヒタと彼を見つめた。

「先生……。美雪がああやって大勢の人たちの前で、私の一番恥ずかしいところを奥まで見られるのはイヤ？」

「…………」

匠太郎は美雪の凄艶さに息を呑んだ。しばらく考えて言った。

「イヤではない。そういうきみの姿を想像しただけで、ほら……」

美雪の手を自分の熱く昂る股間に導いた。

「すごい。こんなになって……。美雪、うれしいわ」

嬉しそうに言い、「出ます」とキッパリ言った。

——次に引き出されたのは、二人連れの女だった。年上の方が赤いスリップ、年下の方が白いスリップを纏って、やはり目隠し、前手錠で磔柱の下に立たせられる。

「二番はペアの出品です。麻田美紀、由紀の姉妹。姉が二十四、妹は十九です。美紀の所有者は愛人。事業資金難のため売却希望です。姉は完全調教ずみ。妹は、姉に同情しての奴隷志願ですので未調教。処女です」

「ほんとか」

殺気めいた昂奮が客席を駆け抜ける。

「二人ペアで、レズ調教の出来る新所有者を希望しています。由紀は短大在学につき、卒業が条件です」

まず姉が晒しものにされた。赤いスリップの下は全裸だ。やや肥満体、容貌、肢体ともに魅力的とはいえない。

「姉の愛人は、とにかく金が欲しいんだろう？　彼女一人じゃ高く売れないので、妹を説得して、ペアで高く売ろうと思ったのだろうな……」

「そんな、ひどいわ。処女だというのに」

さんざんに恥部をなぶられた姉が下ろされると、続いて白いスリップを剝ぎとられた妹が吊るされた。男たちの血走った目が、まだ牡の器官に貫かれていない粘膜の奥に突き刺さる。

メイドが懐中電灯と拡大鏡を希望者に手渡した。

「ほんとだ。処女膜がしっかりあるぜ」

またどよめきが沸く。

「あー、あーん……」

羞恥の源泉とも言うべき部分を、野外で何十人という人間に視姦される屈辱に、十九歳の娘は大声で泣きだした。駆けよろうとする姉を、メイドが押さえつける。

「ちょっとレズをやらしてみよう」

「そうだ」

男たちの獣欲が熱く滾る。姉は妹の足の下に跪かされた。唇を、まだ汚れを知らぬ粘膜に押しあてると、

「ひーっ、お姉ちゃん……、あー」

妹は泣き、呻き、喘ぎ、やがて裸身をくねらせながら姉の顔に夥《おびただ》しい蜜を吐きかけて自失

した。

中年の夫婦が、二人を三百五十万円でセリ落とした。これから毎晩、この夫婦の寝室でなぶり尽くされるであろう姉妹の姿を想像すると、匠太郎の血も滾るようだ。

「三番目は矢野克子。ＯＬ、二十一歳。志願で永続支配の主人を希望してます……」

ごく平凡な娘がひき立てられた時、メイドの一人が匠太郎と美雪のテーブルに近づいた。

「福山美雪さまですね？　そろそろセリの番が参りますので」

「分かりました……」

操り人形のようにぎごちない動きで立ちあがり、

「じゃ、見ててね」

匠太郎に微笑みかけておぼつかない足どりでメイドの後を邸の方に連れてゆかれた。

二十一歳のＯＬは、肛門自慰の耽溺者と分かり、おぞましい張り型を用いて排泄孔を抉り抜かれ、絶叫して芝生におびただしい尿をしぶかせた。

彼女は大学教授めいた外見の痩軀の紳士が三百万でセリ落とした。

＊

——メイドに連れていかれた美雪の身に起きたことは、彼女自身の告白では、こんなふうに進行したという。

邸の洋間の一つが出品奴隷の控え室で、彼女が入っていった時は、もう三人の女性がスリップ姿で、目隠しに前手錠という恰好で椅子に坐らされていた。

テーブルの上に色とりどりのスリップが並べられていて、付き添いらしい年増の女性が「好きなスリップを選んで」と言った。

美雪は出来るだけ透けて見える素材の、ピンクのミニスリップを選んだ。

全裸になるように言われたのでブラウスとスカートを脱ぐと、女は、

「あら。ガーターベルトとストッキングなのね。チャーミングだからそれは着けてていいわ」

そう言って、ブラとパンティだけを脱がした。ガーターベルトは赤、ストッキングは黒だ。

スリップを素肌につけ、前手錠を嵌められ目隠しをされる。

手錠の冷たい金属の感触、同性の、値踏みするような目で秘部までを見られているという意識、それらが昂奮を高める作用を強め、膣口から溢れた愛液が太腿まで濡らした。女がティッシュペーパーで拭ってくれた。

二人ばかり後で、

「はい、あなたの番よ」

付き添いのメイドに房鞭で軽く尻を叩かれ、追われるようにして芝生の上を歩かされた。目隠しされていると不安で、どうしてもヨチヨチ歩きになってしまう。

「七番、福山美雪。ＯＬ、二十六歳。所有者は愛人。都合により所有権を放棄するので新しい主人を希望しています」

介添人の言葉の合間に、「ほう」とか「はあ」という唸り声が聞こえ、ギラギラする視線が柔肌に突き刺さる感覚があった。

「奴隷となって間もないため、ほとんど調教されていません。本人の希望は、鞭打ちなどハードな各種の責め、肛門拡大調教、浣腸、野外露出等の羞恥責めです」

勝手に宇賀神が書いた書類の項目が読み上げられると、目隠しが取られた。ひしひしと取り巻く男たち、女たちの仮面の奥からギラギラと血走ったような目が見つめている。とっさに匠太郎を探したが、トラの仮面をつけた男は何人もいて、しかもスポットライトを浴びているため周囲は暗く見え、とても判別できない。

両手を上に吊られ、スリップの肩紐が切られた。

「あら、ガーターベルトにストッキング。セクシィだわ」

褒める声が聞こえた。

「きれいなおまんこじゃないか」

「ほんとうに二十六かい。むすめむすめしているぜ」

何人もが彼女の秘部を覗きこむ。

「それにしても凄いね。この濡れようは。おしっこ洩らしたみたいだ。露出狂じゃないのか」

男の手、女の手がかわるがわる彼女の花弁を広げ、花芯を嬲る。

「あ、いや……。許して」

美雪は完全に錯乱していた。視界がぼやけ秘核を誰かに刺激されるとたちまち上りつめた。

「敏感だな」

「締まりを見たい」

「クスコをお使いになりますか」

自分の傍で交わされる会話の意味が、もう理解できなくなっていた。

冷たい感触があり、ぐぐっと膣口が拡張された。

「見てみろよ。こんなに溢れてる。ストローを入れて呑めるぜ。うまそうな蜜だ」

「すみません、私にも見せて下さい」

「ねえ、かわいいおっぱいだと思わない?」

柔らかい、女のらしい掌に乳房を揉まれた。肛門に誰かが指を挿入してきた。

「いや、いや、いや……。許して……」

美雪は泣いていた。悲しいわけではなく、体全体は玩弄されることの快美な悦楽を味わっているのに、なぜかとめどもなく涙が溢れるのだ。

「皆さん、どうぞ離れて下さい。セリが出来ませんので」

介添人が叫んだ。

セリが始まった。宇賀神が決めた最低指し値は四百万。たちまち百万単位でセリ上げられ、八百万から五十万単位になった。九百万を超えたところで「新記録だ」と誰かが叫んだ。美雪の目は涙で溢れていて、視界はぼやけ、一人一人の明確な姿は見えない。「一千万」と介添人が怒鳴ったところで、さすがに脱落者が続出し、一千百万円で彼女はセリ落とされた。

「一千百万で、冬村さまご夫妻に落札」

介添人の声を聴いた途端、軽いオルガスムスを味わった美雪だ。

しかし、ぼうっとなった頭の隅で、何かがおかしいとぼんやり思った。最終的には宇賀神が落とすはずだったのに。

しかし、会場には匠太郎がいる。自分は心配する必要はないのだと言いきかせ、陶然とした気持のまま、ストッキングとガーターベルトだけの姿でまた控え室に連れ戻された。

「へえ、これが一千百万円の体だって……。私なんか四百万だったのに」

邪険な口調でメイドの一人が言い、手錠を外してくれた。それで解放されるのだと思ったが、いきなり腕をねじられ、今度は後ろ手に手錠を嵌められてしまった。

「何をするんです？」

美雪もさすがに恍惚状態から醒め、鋭い口調で訊くと、

「何を言ってるの？　あなたは新しいご主人さまに買われたのよ。いま支払いが行なわれているわ。それが終わったらご夫婦が一緒にお住まいに連れて行ってくれるわ。せいぜい可愛がってもらうのね。びしょ濡れのここを」

房鞭で下腹を打った。

「待って。間違いよ。これは……」

叫ぼうとした途端、口に幅広のガムテープが貼られ、発声が禁じられた。

暴れるのをメイド二人に押さえつけられ、廊下に引き出された。彼女はパニックに襲われた。

（先生！　何か手違いが起きたのよ！　私、マゾ奴隷として誰かに買われてしまったわ……！　助けて！）

叫び声はガムテープで遮られ、ただ訳の分からない唸り声になって洩れるだけだ。

廊下の突き当たりの部屋から、小切手帳を胸ポケットにしまいこみながら、男が出てきた。

その後に女。美雪を買ったという冬村夫妻だ。彼らの仮面を外した顔を見た時、彼女は心臓が止まるかという驚きに打ちのめされた。

「やあ、魅力的な姿だな、高見沢美雪くん。F——社の秘蔵っ子と言われる敏腕女性編集者も、そういうあられもない姿でいると、そそられるねぇ」

でっぷり太った男は冬野裕介、その横でニンマリ笑っている女は栗原麻紗美だった。

二人のメイドは必死になって暴れる美雪を彼らに預けると、控え室に戻っていった。

「馬鹿娘、大人しくしろ」

冬野裕介は短気だ。その上、何か格闘技の心得があるらしい。美雪の鳩尾《みぞおち》を力いっぱい殴りつけて抵抗力を奪った。

裏口に着けられていたバンの、後部荷物室に無理やり連れこまれた。床には先客が横たわっていた。その姿を見て、

「あっ……！」

美雪は驚愕した。意識を失い、両手両足を縛られてゴロリと転がされていたのは、まだ会場でセリを見ているはずの匠太郎だった。美雪は絶望した……。

第十一章　女流作家◉麻紗美

さっきから地面が揺れている。主に上下動で時々、左右に揺れる。体が転がって壁のようなものにぶつかったり、温かくて柔らかいものにぶつかったりする。手と肩の関節がひどく痛い。

匂いがする。甘酸っぱい匂い。女の肌から発散する匂い。

（美雪の匂いだ……）

意識がはっきりする前に、匠太郎は恋人の体臭を嗅ぎわけていた。

その他に、もう一つの匂い。香水。〝毒《プワゾン》〟という名の……。美雪はこんな官能的な香水はつけない。

（どうして、こんな匂いが……？）

声が耳に飛びこんできた。

「あなた。この男、そろそろ目を覚ましそうよ」

「そうか。もう少しで着くから、ロープの結び目をよく確かめてくれ。女もな」

太い男の声とハスキーな女の声。どちらも中年だ。

（なんだ、いったいどうしたっていうんだ？　おれはどこにいるんだ……？）

体が動かない。頭をなんとか持ちあげようとすると、ガンガンと割れるように痛む。ぼんやりと視野がさだかになってきた。

まず目に飛びこんできたのは、美雪の目だった。彼をジッと見つめている黒い瞳。口はガムテープがペタリと貼られていて、体には汚い毛布が巻きつけられているが、どうやら下は裸のようだ。自分たちは自動車に乗せられて、どこかに連れてゆかれようとしている。

（くそ……！　あのビールか！）

その時になって記憶が甦ってきた。

セリの会場で、彼は女奴隷たちの肉体検査を見るために、四度、自分のテーブルを立った。置きっぱなしにしてあったビールのグラスに睡眠薬を入れるチャンスは充分にあったわけだ。テーブルに戻るたび、昂りを鎮めるためにゴクゴクと泡立つ液体を喉に流しこんだ。何だかやたら苦いビールだと思ったが……。

（おかしい……）

そう思った時はテーブルに突っ伏していた。誰もがこの夜一番魅力的な女奴隷、美雪が登場したことに熱狂して、ぐったりした匠太郎がでっぷり太った男に引きずられるようにして運ばれてゆくのを気にも留めなかった。

意識を失っているうちに、縛られ、口にガムテープを貼られ、バンらしい自動車に運びこまれたのだろう。美雪は美雪で、裸のところを見ると、セリの後で攫《さら》われたに違いない。

(しかし、こいつらは何ものだ？ おれと美雪を攫おうとするなんて……。宇賀神はいったいどうしたんだ？ セリの会場で何があったんだ？)

彼が起き上がろうともがくのを、女の顔が覗きこんだ。

「鷲田匠太郎くん。動いてもムダだよ。しっかり縛ってあるから。もう少しで私たちの別荘に着くから、それまでおとなしくしているのね……」

声に聞き覚えがあった。頭の痛むのを覚悟で見上げてみると、化粧は濃いが目鼻だちのくっきりした、艶麗な年増美女の顔が飛びこんできた。

「栗原麻紗美……！」

叫んでも「むがぐぐが」という呻き声しか洩れない。

(だとすると、さっきの男の声は、亭主の冬野裕介に違いない。おれと美雪は倒錯した性欲遊戯に耽っている中年カップルに攫われたんだ！)

だが、どうして二人とも、こんな状態で拉致されることになったのだろうか。彼が理解に苦しんでいる表情を見てとった麻紗美が、自慢気に説明しだした。

「私たち、宇賀神がやっているSAMのことを聞いて三カ月前のオークションから参加してたのよ。冬村という偽名でね……。これまで二回のセリじゃ、私たちにぴったりの奴隷は見つからなかったわ。あそこはホントに、中古の奴隷をぐるぐる回しているだけなんだから……。

私たちが欲しいのは、愛しあっている若々しいカップルなの。そういう二人を私たちが弄んで奴隷化するのが、最高に昂奮するのよ。そう、武藤のパーティの時にあんたたち二人を見て、愛しあってる二人だって、すぐ分かったわ。前からこのお嬢さんを狙って何とか担当にして、モノにしてやろうと思っていたけど、小和田が邪魔して実現のチャンスがなかった。あのパーティ以来、何とかして美雪と鷲田くんをカップルで私たちの性奴隷にしてしまおうと、二人で固く心に決めたのよ。

ところで、今日のセリ市のほうは、成果はあんまり期待しないで、宇賀神の邸に行ってみたの。早めに着いたので庭をぶらぶら歩いていたら、応接間の窓から、なんと高見沢美雪、私たちがずっと狙いをつけてた、あんたの声が聞こえてきたじゃない。『私、セリに出てみたいわ』という……。宇賀神があんたのために八百長のセリを仕組むという話を聞いて、私たち『しめた！』と思ったわ。だってこのお嬢さんを合法的――といってもこの世界の中だけでの話だけど――に手に入れるチャンスが降ってきたんだから。

問題は宇賀神だったわ。彼が、私たちの手が届かない値をつけてセリ落とすのを何とか妨害しなきゃいけない。幸い、誰もが仮面をつけるというルールがあったから、ウチの人が彼をずっとつけ狙って、セリの始まる少し前、トイレに入った時、ちょっと強く頭を殴ってやったの。ウチの人、ああ見えても若い頃にケンカ空手をやって強いのよ。宇賀神の奴、今でも邸のトイレの奥に転がっているんじゃないかしら？

これで、セリが始まっても妨害される恐れはなくなった。美雪を手に入れるなら千五百万出してもいい、と思っていたから、だいぶ安かったわね。

もちろん私たちは、鷲田くんも欲しかった。それにセリの進行が予想外の方向に運んだら、あんたが騒ぎだして妨害するだろうから、あんたも片づけておく必要があった。そこでいつも持ち歩いている睡眠薬を粉にして、セリの時に隙を見てあんたのビールに入れておいたわけよ。作家って、いつでも睡眠薬を持ち歩いているから、こういう時、便利よ。

あんたが眠ってしまったら、ウチの亭主が抱きかかえて車まで連れていって、縛って転がしておいたというわけ。

後は、予定どおりにセリで美雪を落とすだけ。彼女はぼーっとなってて、何が起きたか気づいた時はもう、金を出して頼んでおいたメイドに自由を奪われてしまっていたわ。

セリの書類などは、たとえ宇賀神がデタラメのことを記入したにしても、ちゃんと揃っていたから、係は私たちの血液検査証明書と一千百万円の小切手を受けとっておまえの体をすんなり渡してくれたわ。それは鷲田くんの手に入る金だから、あとで取り返せないこともないわ。

宇賀神が、私たちがおまえたちを連れていったと気がついても、手も足も出ないわね。金は入ってるし、『あれは八百長だった』なんて口が裂けても自分で言うわけにはゆかないしね……。彼としては何が何だか分からないけど、黙ってるしかないのよ……。これから私たちの別荘に二人を連れていって、セックスの奴隷に仕立ててやる。私たちが、奴隷の真の快楽というのをジックリ教えてあげる。そうして美雪が私たちの奴隷になれば、F——社も私の原稿がとれる編集者ができる。誰も損しないでしょう？　さすが推理作家夫婦の考えることは違うと思わない？」

(冗談じゃないぞ。このババアめ。手前勝手なことばかり抜かしやがって……！)

頭がハッキリするに従って、匠太郎はふつふつと煮えたぎるような怒りを覚えた。とはいうものの、こうやってしっかり縛られていては、文字どおり手も足も出ない。

麻紗美は欲情にギラギラ輝く目で、美雪と匠太郎を交互に眺める。美雪は悄然《しょうぜん》として、ただ俯いたままだ。

――実質的な夫婦である冬野裕介と栗原麻紗美の別荘は、伊豆への入り口、真鶴《まなづる》半島にあった。冬野の運転で松濤から一時間半ほどで別荘に着いた。駿河《するが》湾を見下ろす斜面に立つ瀟洒な山荘だ。

「この山荘は、この前、奴隷調教用に秘密に買い入れたものだ。ここにおれたちがいることは誰も知らん。だから邪魔されずに楽しめるというわけだ」

冬野裕介は嘯《うそぶ》いた。二人の囚人は、ツインベッドの広い寝室に連れこまれた。窓は二重になっていて、隣の別荘は雑木林をはさんで五十メートルも離れている。

(奴隷調教にはもってこいのところだ)

状況はますます自分たちに悪い。匠太郎は歯がみした。今夜は金曜だ。平日なら美雪が出社しなければ小和田が心配して探索するだろうが、この推理作家カップルは今晩から二日二晩、自分たちを好きに料理できる。

「さあ、いよいよパーティの始まり始まり。おまえたちに天国を見させてあげる」

夫婦は二人がかりで匠太郎の服を脱がし、彼の両手を頭の上で縛り直した。常にどちらかが刃物を突きつけているので、それでなくても膂力《りょりょく》に欠ける匠太郎が抵抗するチャンスはない。

ツインベッドルームに置かれたベッドは、病院で用いられるような、鉄パイプのものである。おそらく性奴隷を固縛するのに都合がよいからだろう。彼の両手を縛りあげた縄尻は枕の上の鉄パイプにゆわえられた。

「そのテープじゃ色気も何もないわね。宇賀神の邸で脱いだ、恋人の服はちゃんと私が持ってきてあげたわ。バッグも……。えーと、あったあった。さあ、キミの愛しい人の穿いていたパンティを、猿ぐつわにしてあげる……」

冬野が匠太郎の頭と体を押さえ、麻紗美がガムテープを剝がし、美雪がセリの直前まで穿いていた、透きとおるような淡いブルーのスキャンティを丸めて口の中に押しこむ。

美雪はセリの途中で激しく昂奮し、失禁したように愛液を洩らしていた。酸っぱい香りのする布きれはまだじっとり湿っていた。

「お嬢さまはこちらのベッドよ」

もう一方のベッドに美雪も仰臥させられた。

「この赤いガーターベルトと黒いストッキング、セクシィだからそのままにしておこう。ちょっと伝線しているところがまた、色っぽいじゃないか。猿ぐつわは、新しいのをしてやろう。おまえの恋人の匂いが滲みたのをな……」

冬野は冬野で、匠太郎から脱がしたばかりのブリーフを引き裂き、手頃な大きさの布きれにして、美雪の口に押しこむ。彼女の口いっぱいに男の匂いが噎《む》せかえった。匠太郎もセリを見ているうちカウパー腺液を洩らしたので、やはりその部分は濡れている。

「さあ、お互いに愛しい人の匂いを噛み締めてるわけね……。どう、嬉しいでしょう？」

ベッドに括りつけて逃げられないようにした罠にかけた二人を欲情にギラつく目で見つめながら、売れっ子の推理作家カップルは服を脱いだ。

武藤周一とひけをとらない、ぶよぶよした醜悪な中年男の青白い肉体が、引き締まった美雪の裸身に覆いかぶさった。

「おお、いい匂いだ……。うーん、こんなピチピチした体の女性編集者がいるとは思わなかった。女の編集者なんてギスギスしてガーガー男っぽい声でしゃべる色気のない女ばかりだというのに……」

冬野は美雪の髪、耳、項、喉……と唇を這わせ、成熟した娘の肌の匂いを胸いっぱいに嗅いでゆく。シャーロッテ・クラブの眠り姫プレイに熱狂した中年男のように。彼女の瑞々しい肌になめくじの這った跡のようなのは唾液だ。

栗原麻紗美も、亭主に負けじとばかり素っ裸になると、匠太郎のムダな肉のない裸身にしがみつく。

「うーん、やはり男の匂いはいいわ……。ふふふ。可愛がってあげるわよ」

洗いもしない男の腋窩に舌を這わせ、乳首を噛み、臍を舐め、爛熟した女体は頭を股間へと埋める。

「む……」

口の中に押しこめられている美雪のスキャンティを噛みしめ、思わず快美の呻きを殺す匠太郎。

（そういうことか……！）

隣のベッドでは、片方の乳首を舐めしゃぶられ、もう一方の乳房を揉みしだかれている美雪が、やはり嵌口具《かんこうぐ》とされている匠太郎の下着の切れ端を噛みしめている。

ようやく彼も分かってきた。愛しあう二人の男女を並べ、男を麻紗美が、女を冬野が思うぞんぶん弄虐するのが、この夫婦の何よりの快楽なのだ。囚われたカップルにしてみればまさに地獄の責め苦だ。愛する者が辱められる姿を見ながら、自分もまた邪淫に溺れる姿を愛する人に見られる。

（こいつら、悪魔だ……）

歯噛みしながらも、麻紗美に睾丸を柔らかく揉まれ、本人の意思に反して充血し始めた器官を咥えられ、チロチロと舌で鈴口あたりを刺激されると、ズーンと快美感に打ちのめされ、思わず腰をくねらせてしまう匠太郎だ。美雪の方も今や艶やかな恥毛の森に中年男の脂ぎった顔を埋めこまれ、鼻から熱く荒い息をふいごのように噴きだしている。執拗な舌の攻撃を敏感な部分に受け続け、彼女の子宮も燃えさかり始めたに違いない。

（くそ。どうしたらいいんだ……）

悩乱する二人の胸中をよそに、麻紗美がはしゃいだ声を張りあげた。

「あらあら、ちょっとナメナメしてあげただけで、もうこんなにガチガチになって……。大好きな人の前でこんなになっていいの？　節操のないペニスねえ」

――ほどなく、匠太郎は最初の射精に導かれた。

「う、むむっ……！」

切迫した呻きと、ブワッと男根の尖端がふくらむ感触で、その瞬間を察知した性の技巧にたけた女は、すばやく口を放し、豊かな乳房の谷にドビュッと放射された白濁液を受けとめた。

「おやおや、ずいぶん出してくれたわね、私のおっぱいの上に。濃いわぁ、さすがに……」

美雪も熟達した舌技で秘核を攻撃され、下腹と腿の筋肉を痙攣させながら呆気なく昇天した。

「む、うう、ぐ……ふ！」

「まあ、お嬢さまもイッたの。じゃあ、お互いに可愛がられた部分を見せあいましょう」

二人は互いに向き合う横臥の姿勢をとらされた。片足を持ちあげられた美雪は、さんざん舌で嬲られた場所が充血しきって、膣口からは泉のように愛液が溢れたさまを、恋人ばかりではなく、絶対的な支配者である淫乱な中年夫婦にも晒され、全身を真っ赤に染め、泣きじゃくる。その屈辱は、豊満な乳房の谷に精を噴きあげてしまった匠太郎も同じだ。

「さて、もう少し、美女の回春剤を呑ませてもらうか……」

冬野はまた、濃密な牝香を発する肉体の割れ目の部分に舌をさしのべた。ビクビクと震え、のけ反る美雪。伝線した黒ストッキングの脚がシーツの上で悶えくねる。

「さあ、きみももう一度元気になるのよ」

麻紗美もまた股間に顔を伏せてきた。指をたくみに動かして肛門の周辺から、中にまで大胆に挿入してきた。前立腺を刺激されて重苦しいズーンという快感が湧きおこる。再び充血を開始する牡の器官。

（こいつら、おれたちが理性をなくし、完全に色情狂になるまで責める気だ……）

睾丸をすっぽりと咥えられ、やわやわと噛まれる匠太郎。反撃するチャンスもない。

その時、匠太郎は気づいた。

（冬野のやつ、勃起していない）

若い女体から溢れ出す甘い蜜液を舐め啜っている中年男の股間は、半萎えよりもまだ力が感じられない。

（そうか。こいつ、完全に勃起するまで時間がかかるのだ……）

あるいは勃起不全で性交が不能なのかもしれない。いずれにしろ美雪が凌辱されるまで時間がかかる。

（それまでに何とかして逆襲だ……）

彼の股間を舌で攻撃している麻紗美の体はベッドの足のほうへずれている。匠太郎の爪先が彼女の股間にあたった。

（よし。まずこの女を狂わせてやる）

剛毛が繁茂している地帯に足の親指をすすめると、ボッテリと充血している、ひときわコリコリした肉芽の存在が感じられた。そこを親指の腹でこすりたてると、

「ひっ、あっ……！」

麻紗美が咥えていた肉柱から口を離し、トロリとした目で匠太郎を見る。夫と違ってこの女の子宮は男の体の匂い、精液の匂いに反応して煮えたぎっている。

「おまえ、私を喜ばしてくれるというの？　うふふっ。じゃ、とにかくムズムズしていることを鎮めてもらおうか」

凄艶な目で睨むようにしながら、どってりと女そのものの量感美を湛えたヒップを持ち上げ、跨がってきた。再び力を漲らせた肉柱の尖端に濃い茂みの底をあてがう。指で秘唇を広

げ、体重をかけてきた。

「む、ぐ……」

まるで海底の腔腸動物に咥えられたように無数の襞がざわめきながら締めつけてくる。

(名器だ、この女……)

一度射精していなければ応戦する余裕などなかったところだ。

「いかが、私のおまんこ？　素晴らしいでしょう？　お嬢さまのお淑やかなおまんこと比べてどう？　ほら……」

ニンマリと淫靡な笑みを浮かべ、自由と発声を奪った牡奴隷の上でうわずった声を張り上げる年増女だ。

(クソ……！)

匠太郎は腰を突き上げた。

「お、あわ……」

麻紗美の体が弾んだ。頭がのけぞる。

「おーっ！」

豚が絞め殺されるような声。匠太郎の尖端が、どうやらツボに的中したらしい。

(ここか)

歯を食い縛り、ゴンゴンと腰を突きあげ、ドウンと押し潰してくる女体を左右に揺すぶりたてる。

「あうっ。わわ……。ひっ、ひーい」

ますますあられもない声を吐きちらし、黒髪を左右に打ち振る麻紗美。溶け崩れそうな乳房もブルンブルンと上下左右に揺れ動くさまは壮観だ。

（それにしても凄い感度だ。こんな女を相手にしていたんじゃ、冬野の精力も吸い取られてしまうわけだ……）

感心しているうちに、

「おうおうおおおお」

吠えるような声をあげ、四十代半ばの爛熟した肉体を持つ女流作家は、すさまじいオルガスムスの爆発を受け、匠太郎の腰に跨がった姿勢でがくんと後ろにのけぞり、

「うー……んッ！」

彼の下腹に熱い液体を迸らせて後ろへ倒れこんだ。その時、グググッと締めつける粘膜の快美に抗しかねて、二度目の射精を遂げた匠太郎だ。

「あーっ、よかったわ。私をこんなに喜ばせるなんて……。おまえは最高のセックス奴隷になれるわよ」

しばらく自失したようにグッタリしていた麻紗美だが、身を起こすと、トロリと溶けたような目で彼を見つめ、顔を近づけてきた。

「ふふ。喉が渇いただろう……」

匠太郎の口の中に押しこんでいた美雪のスキャンティを引っ張り出すと、いきなりヌメヌメした赤い唇を押しつけてきた。舌をからませ、彼の舌はおろか内臓まで引きずり出さずにはおかない、という熱烈なディープキスだ。それから熱い唾液を流しこんでくる。ふだんなら辟易《へきえき》するところだが、猿ぐつわに唾液を吸いとられて喉がカラカラの匠太郎にとって、それだけの液体も有り難かった。

「ふーっ……」

匠太郎の口に唾液を流しこんでやると、満足して立ち上がった麻紗美は、いまは冬野の二本の指で膣奥を掻きまわされ、脂汗を噴き流して悩乱している美雪を小気味よさそうに眺め、ツカツカと近寄った。

「ほら、あんたの大好きな男が私の中にこれだけ出したんだよ。私の襞々で締めつけられて、気持よくなってさ……」

自分の指でめくれあがったような秘唇をさらに割り拡げ、匠太郎が迸らせた白いエキスを見せつける。それればかりではない、いきなり美雪の上に跨がると、彼女の口にも詰めこまれていた布きれを引き抜き、精液にまみれた性愛器官を年下の女の顔に押しつけこすりつけたのだ。

「さあ、舐めるのよ、私のおまんこを！　おまえの恋人の出したものを舐めな」

麻紗美は若い娘に対すると、より残酷になるようだ。窒息させてしまうのではないかと匠太郎が恐れるほど、股で挟みこむようにして秘毛で覆われた部分で圧迫する。

（いまのうちに……）

夫と妻は二人がかりで美雪を責めたてるのに夢中だ。匠太郎はベッドの上で上体をずりあげた。手首を縛ってベッドの枕の上の鉄パイプに巻きつけられている縄にたるみが出来た。伸びた腕を曲げ、手首を口のところまで持ってくる。結び目に歯を当てて緩めようと必死に嚙みつき、引っ張る。歯がグラグラして抜けるのではないか、と思うほどの力をこめて。

最初はダメかと思ったほど固く締まっていた結び目が、次第に緩んできた。

（しめた……！）

横目で隣のベッドを窺う。美雪の顔に逆向きに跨がり、秘唇を舐めさせている女流推理作家は、彼女の下腹に手を伸ばし、指でクリストスを責めたてている。冬野はまだ半萎えのペニスを片手でしごきながら、三本の指を年下の娘の膣口へ突き立てている。

「そうよ、あんた。もっともっと抉ってやって。この山荘にいる間、前と後ろでフィストフアックが可能になるまで拡張してやるわ」

自分より若く、美しく、魅力的な女を責めたてる麻紗美の声はヒステリックに響きわたる。彼らの注意は完全に匠太郎から逸れた。

ついに縄が解けた。血流が停滞していたので指は痺れきっていた。痺れが治るまで、縛られたままの姿勢を装いながらチャンスを窺う。冬野はケンカ空手の心得があるというし、麻紗美のパワーもいざとなると破壊力に満ちているだろう。よほどうまくやらないと、せっかくのチャンスが水の泡だ。

（とにかく冬野を倒さねば……）

麻紗美は美雪の舌で、再び桃源郷をさまよいだし、あられもない声を吐きちらした。匠太郎が手探りでベッドの鉄パイプの結び目も解いた。彼の手には長さ一メートルほどの縄が得られた。武器はこれしかない。

「アア、あああ！」

麻紗美がひときわ高くよがり声を発した時、匠太郎は跳ね起きた。冬野の背後に駆けより、首にロープを掛けてぐいと引き絞った。

「おお、ぐ、く……っ！」

美雪のV責めに熱中していた冬野は完全に隙を突かれ、度を失った。匠太郎は全身の力をこめてロープを首に絡めて引きしぼり、ベッドから引き剝がす。

「げー！　ぐぐぐあ！」

気管を完全に圧迫されて呼吸が出来ない。彼の目と舌は飛びだし、顔面は真っ赤だ。

「あんた……！」

ハッと我に返った麻紗美が、美雪の顔の上から腰を浮かした。その瞬間、何が起きたかを察した美雪が、力いっぱい年上の女の秘部に嚙みついた。

「ギャーッ！」

断末魔の獣の咆哮《ほうこう》。恥毛の半分以上を嚙み切られた年増女は、飛び上がった。美雪のしなやかな足が不安定になった彼女の体を思いきり蹴飛ばす。豊満な肉体が宙を舞い、ずでんと地響きをたてて床に転がり「ウーン」と唸ったきり目を回して動けない。

その間に匠太郎はさらに力をこめて冬野の首に食いこんだ縄を締めつけた。

「ぐ、く……」

遂に冬野の全身から力が抜け、ガクリと首が前に倒れた。

「ありがとう。ババアをやっつけてくれて」

匠太郎は美雪に駆け寄り、手首の縄をほどいてやる。彼女の目はギラギラ燃えるようだ。

「あいつ、死んだ……⁉」

「分からない。あれくらいで死ぬかな。頸動脈の圧迫で気絶してるんだと思う」

「とにかくこの女を縛ってやるわ」

美雪は自分の自由を奪っていたロープで、今度は麻紗美を後ろ手に縛りあげた。匠太郎も用心のために冬野を同様に縛ってから、浴室から洗面器に汲んできた水をぶっかけた。

「ウーン」

首を締められて失神した男が息を吹きかえした。麻紗美にぶっかけると、こちらも意識を取り戻す。二人を見上げてわめいた。

「何よ、あんたたち！　こんな真似をして。ただじゃおかないわよ。さあ、縄をほどいて！」

高飛車に怒鳴るのを、美雪が頬を張り飛ばした。

「黙りなさい！　人をさんざん玩具にしておいて、その言い草は何⁉」

髪をひっ摑んで立たせると膝で鳩尾を蹴りあげた。いつもの美雪とは思えない形相だ。

「ギャッ！」

麻紗美が真っ二つに体を折る。顔面に猛烈な膝蹴り。グシャと年増美女の鼻が潰れ、折れた歯が血と共に飛び散った。

「死にたいか。このメス豚」

ぶっ倒れた年増女の上に立ちはだかった美雪が怒鳴ると、怯えきった麻紗美は叫んだ。

「殺さないで！」

潰れた喉にゼイゼイと空気を送りこんでいる全裸の冬野の腹にも、怒りを秘めた黒ストッキングの脚が蹴りこまれた。

「ぎえーっ！」

胃の中のものを吐き出して苦悶する好色中年男。美雪の激怒に匠太郎も呆気にとられた。

「この腐れブタ。私と先生をこんな目にあわせるなんて、許せないわ！」

髪をひっ摑んで立たせると、強烈な回し蹴りを顔面に叩きこんだ。彼の鼻も折れ、血しぶきが壁紙に飛ぶ。拳で顎を殴る。バキバキと歯が叩き折られ、溢れた血がゴボゴボと顎から胸を汚す。

「殺さんでくれ、許してくれ！　ゲボッ」

泣いて許しを乞う男の首に、

「人間のクズ」

水平に手刀を叩きこんだ。冬野はまた気絶して女房の裸身の上にぶっ倒れた。巨体に押し潰された麻紗美が、それこそ豚のような悲鳴を上げ、失禁した。

山荘の電話で美雪から連絡を受けた小和田が、自分の車を飛ばして真鶴まで駆けつけてきたのは、真夜中近くだった。

＊

それまでの間に匠太郎と美雪はシャワーを浴び、浴室の中で抱擁し、交合した。服を着てから、匠太郎が薬箱を持ちだし、とりあえず冬野と麻紗美の傷を消毒してやった。淑やかな女だったはずの美雪が凄まじい怒りを爆発させたことで、二人は打ちひしがれ、怯えきってガタガタ震え続けている。

美雪は家の中をあちこち見て歩いていた。その結果、隠し戸棚の中に夥しい数のビデオテープ、写真の類を発見した。居間のビデオデッキで何本かを再生した二人は息を呑んだ。

到着した小和田は山荘に入るなり、縛られて顔をフットボールのように腫らしている人気推理作家夫婦を見て、仰天した。それから匠太郎と美雪の話を聞いてさらに驚き、ビデオを見てまた驚いた。

ビデオには、これまで何年もの間、夫婦が匠太郎や美雪にやったのと同じような行状が克明に記録されていた。中には明らかに中学、高校生と分かるカップル、自殺を図った編集者とその婚約者を映したものもあった。縛りあげた美少年を、冬野と股間に巨大な張り型を装着した麻紗美が犯しているものもあれば、男の尻を麻紗美が鞭打ち、男根を冬野が咥えているものも。

「いやあ、お二人は優秀なポルノ俳優だ。このビデオに映っている一部分でも公開されたら、どういうことになりますかな……」

寝室のベッドに縛りつけられている売れっ子推理作家二人に、小和田は穏やかな口調で語りかけた。

「…………」

二人は赤くなったり青くなったりした。

「とりあえず、これらのビデオは私がお預かりします。うちの高見沢くんがお二人の顔をひどい状態にしてしまったようだが、鷲田先生と彼女に対する仕打ちを考えると、それぐらいの目に会うのは当然ですな。もしご不満があったら、どうぞ訴え出て下さい。その時はこのビデオを関係各方面に公表します」

「…………」

夫婦はガタガタ震えるばかりで何も言えない。ただ大きく頷くだけだ。

「よろしい。では我々は帰ります。当分はおとなしくされたほうがいいでしょう」

三人はビデオと写真の山を小和田の車に積み、山荘を後にした——。

◉エピローグ

　数日後、日ましに緑の濃くなる雑木林をぼうっと眺めながら、匠太郎がアトリエでコーヒーを呑んでいると、一台のタクシーが前庭に入ってきて、女の客を下ろした。

「やあ、ここまではるばる来るなんて、どういう風の吹きまわし？」

　魅力的な女編集者を抱き寄せ、接吻してから匠太郎は訊いた。美雪は小さなトランクを一つ抱えている。

「ええ。会社で仕事していたら、急に何もかもほうり出したくなって……。ただ先生に会いたくなって、それで届けも出さずに飛んできちゃった」

「ということは、今日は雑誌の仕事じゃないんだ」

「もちろん」

「じゃ、〝先生〟なんて呼ばないでほしい」

「そうね。何て呼べばいいの？」

匠太郎はジッと美雪の顔を見つめてから、そっと言った。

「お兄ちゃん、さ……」

しばらく沈黙していた魅力的な女は、年上の男に囁くような声で訊いた。

「お兄ちゃんは私のことを何て呼ぶの？」

「ミュウ」

二人はまた抱きあった。離れると美雪が尋ねた。黒い瞳が潤んでいる。

「どうして分かったの？」

「前から薄々そうじゃないかと思っていた。確信を持ったのは、この前、宇賀神の邸で偽名を作る時。きみは福山という姓をとっさに使ったね。福山美雪というのがもともとのきみの名前なんだ。ぼくは福山ミュウと思っていたけど……」

——しばらくして、匠太郎の寝室のベッドの上で、十歳の時に初めて彼女の処女を奪った男の腕の中で、美雪は満足そうに溜め息をついた。彼女の膣は、あの夜と同じように勢いよく注ぎこまれた精液で満ちている。

「私、あの事件の後、急性モルヒネ中毒の後遺症で逆行性健忘症になっていたの。だから新しい養父母のもとで、昔のことはほとんど思い出せずに育ったのよ……」

養父も養母もそれを幸いのこととして、狂死した実母、福山佳世子のことは何も教えなかった。しかし、彼女が女子高生になって、ある日、ボーイフレンドに無理やりセックスをせがまれ、彼のペニスを受けいれた瞬間、あの嵐の夜のこと、忘れていた自分の母のことをすべて思い出した。

「その後で、一度だけここにやってきたわ。そうしたら、病院もこの家も閉鎖されて、荒れ果てて人っ子一人居なかった。私、あのアトリエの立っている崖のところで、下に見える大きな岩を見て泣いたわ。お兄ちゃんのことを思い出して……」

「その時はまだゴタゴタが解決してなくて、ここは債権者たちにさし押さえられていたんだ」

「私はお兄ちゃんとはもう会えない、って諦めたのに」

——N——女子大三年の時、学園祭で武藤周一の講演があった。美雪は彼に付き添ってキャンパスにやってきた小和田と偶然に知り合う。その後、彼は聡明な女子大生に、ぜひF——社の就職試験を受けろと勧めた。縁故採用でないとダメだと聞いていたから断ったのだが、小和田は武藤周一とかけあい、彼の推薦状をとってくれた。武藤はドル箱作家だったから、たぶんその影響力で美雪は採用され、『小説F——』に配属された。

「どうして武藤周一が見ず知らずのきみの就職を斡旋してくれたのだと思う？」

「分からないわ。その後、彼の担当になった時も訊いてみたけど、ハッキリしたことは言わなくて……。あの人は私に、すごく意地悪く当たって、私もほとほと参って次長に相談したの。そうしたら『最後の最後になったらひっぱたけ』と言われたわ。びっくりしたわよ。そんなことしたら次長もクビになると思って。でも、ある日とうとう堪忍袋の緒が切れて、思いきりひっぱたいてやったら、怒るよりかえって喜んで……」

「その時、彼がマゾヒストだと分かったんだね？」

美雪は眉をひそめた。

「知ってたの？」

「〝アマゾネスの森〟に行った時、あの豚一という男が武藤周一のと同じ指輪を嵌めていた。それで彼だと分かった。彼は美しい娘に辱められると昂奮するんだ。きみは積極的にそれを利用した。たぶん、ぼくをもっと売り出すために……」

「そうなの。彼がマゾヒストだということを次長は長いつきあいだから知っていたのね。それを、彼をうまく操縦する切札として使っていたんだわ。私にぶたれた時、彼は射精したのよ。マゾだと知られてからは、彼は原稿を受け取るたびに私の尿を呑みたがった。締切を守ったら呑ませてあげる約束をすると、キチンと守ったわ……。彼は自分の辱めを受ける姿を、特に私に見られたがった。その要求を、お兄ちゃんの応援をするという条件で受け入れたの。〝アマゾネスの森〟を取材したのは、そういう理由から。ごめんなさいね……」

——編集者として活躍しだした彼女は、ある日、鷺田匠太郎というイラストレーターがマイナーな出版社、雑誌社を舞台にして活動しているのを知った。姓が気になったので本人に知られないよう調べてみると、紛れもなく彼は、鷺田病院院長、鷺田維之の息子だった。ミユウと呼ばれていた十歳の少女、美雪が初めて恋心を覚え、抱かれた少年だったのだ。

「それから、お兄ちゃんと再び会える機会を探してた。ちょうど新規の連載企画が必要になったので、次長を動かして強引に〝大都会の闇に蠢く〟を実現させたの。成果は二の次、ともかくお兄ちゃんに会いたい一心で造った企画だったの。こんなに評判になるとは、夢にも思わなかったけど」

「最初、ぼくに会いに来た時、気づくべきだったんだ。隣は老人ホームになっていたのに、きみは精神病院と言った。懐かしそうに景色を見回していた。猫の名前がミュウだと知って喜んだ。少女愛の取材をやらせた。ぼくを積極的に誘惑した。とりわけ、ぼくと会う時はガーターベルトにストッキングというスタイルを守った。あの夜のきみの母さんの恰好だったから……。でも、どうして単刀直入に言わなかったの？」

匠太郎の手は美雪の裸の腰を撫でている。他の下着は脱いだが、ウエストにはガーターベルトを着けていて黒いストッキングを吊っている。

「それは……、やはり恐かったから。お兄ちゃんは私のことをすっかり忘れてしまったのじゃないか、あの時のことを思い出したくないのじゃないか、今は別の女の人のことを思っているのではないか、って……。ミュウという名の猫がいたので少し安心したけど、やはり十七年という歳月が何もかも変えてしまったのじゃないかと、不安だったわ」

「ここにやってきたきみを見た時、ハッとしたのはそのせいだったんだな。でも昔のミュウはもっと顔が丸かったし、歯が前に飛び出していた」

「養母が矯正してくれたの」

「なんだ、そうか。それにしてもぼくは鈍かったな……。あんなに探していたミュウがすぐ傍にいたのに気がつかないなんて」

美雪は目を輝かせた。

「ほんと？　ずっと思っていてくれたというのは……」

「本当だよ。証拠を見せてあげる」

匠太郎は起きていって、書斎から皮の小箱を持ってきた。二枚のパンティのうち、木綿のほうをとりだして見せた。

「ほら、ミュウが穿いていたこれを、十七年も宝物にしていたんだ」

「懐かしい……！　これ、私のお気に入りだったパンティよ。ちょっと緊《きつ》いサイズで、これを穿くとクリトリスが刺激されて気持よかったの。その時からオナニーが好きだったのね、私って……」

「そう言えば、オナニーしてる途中で眠ってしまうから、ずいぶんヘンな恰好してたの覚えてるよ」

二人はまた抱きあい、匠太郎は勃起したペニスを再び温かい肉の奥へ埋めた。甘い呻きと喘ぎが交錯した後、精液がまた注がれた。性愛の器官を繋いだままで匠太郎は言った。

「ミュウ、結婚してくれる？」

「嬉しい……。もちろんイエスよ！」

微笑して彼の首にしがみつき、接吻する美雪。やがて微笑したまま彼の胸の中で眠りに落ちた。

甘い匂いのする髪を撫でながら、彼女が熟睡したのを確かめると、匠太郎はそっとベッドを出た。アトリエに戻り、小和田の名刺を確かめてダイヤルした。遅い時間だったが、編集局次長は社に残っていた。

「鷲田です」

「やあ、きみか」

「冬野たちのほうはどうなりました？」

「謝罪の電話をかけてきたよ。とにかく、少しでもいいからビデオを返してくれとさ。ウチに小説を一本書くたびに一本ずつ返してやる、と言ったら、ウンと言いやがった。あいつら、これからよその雑誌を削ってでもウチに書くことになった」

「担当はミュウ……美雪じゃないでしょうね？」

「まさか。あいつら、美雪の顔を見ただけで卒倒するよ。二人とも顔の整形手術が必要だったそうだ」

「美雪に格闘技を教えたのは、小和田さんなのでしょう？」

「美雪が言ったのか？　ああ、私だよ。男たちの中にいて仕事すると、とかくセックスの対象としか見ない奴がいるからな。冬野みたいに……。そういう奴から身を守る術を知っていれば不安がない。ムダではなかったようだ。ところで、今ごろ何の用かね」

「実は報告したいことがあるんです。ぼくは今日、美雪にプロポーズしました。ルイス・キャロルのように、独身で死ななくてすみそうです」

電話線の向こうでフッと吐息が洩れた。

「やっぱりね……。でも、どうして私に報告を？」

「あなたは美雪の親がわりですから……。いえ、実際に父親なのでしょう？」

しばらく沈黙があった。

「きみは鋭いな。こないだのパーティの時の質問で気づくとは……。ま、そう思うのも無理はない。彼女は知らないことだが、あの子が養子に貰われていった時から、私は彼女のことをずっと見守ってきたし、武藤周一に圧力をかけて、無理やり彼を推薦人としてF——社に採用させたりした。きみには嘘をついて申し訳なかった……。それというのも、彼女が会社に入るまでは、自分でも父親だと思いこんでいたからね」

「じゃ、違うんですか？」

匠太郎の推理は覆された。

「そうだ。確かに私が演劇記者だった昭和三十五、六年の頃、福山佳世子に誘われて寝床を共にしたことがあった。彼女は非常に気紛れな女性で、当時から二重人格が表われていたのかもしれないが、つきあう男とかたっぱしから寝たりしたのだ。私が彼女と寝た時とミュウの生まれた時期を考えると、合わないことはない。だが、入社の時の健康診断で彼女の血液型がAB型だと分かった。私はOだ。福山佳世子もAB型だったから、O型の私が彼女の父親である確率は限りなくゼロに近い。だからといって、彼女の父親的存在でいることをやめたわけではないが……。ともかくきみたちにはおめでとうを言うよ」

小和田との電話を終えてから、しばらく考えこんでいた匠太郎は、またダイヤルを回した。相手の女性と何分か話し、電話をきるとまたベッドに戻った。眠っていた美雪はうっすらと目を開けた。

「どこに行ってたの？」

「別に……」

彼女の手が匠太郎の股間を触ってきた。

「欲しいわ、これ」

「いいよ」

二人は抱き合った。精液が今度は優しく美雪の体内に注がれた。彼女はまた眠った。その寝顔を見ながら、

「ミュウ……」

匠太郎はソッと呟いた。

——さっきの電話は、母親がわりに彼の面倒を見てくれた、鷲田病院の師長を長く務めた女性にかけたのだ。彼女は病院の創設以来から勤務していた。

匠太郎は彼女に質問した。

「女優の福山佳世子は、パパと情死する以前にも、鷲田病院で治療を受けていたと聞いたことがあるけど、それはいつ頃のことだったか覚えています？」

「ええ、確かにあの人は、事件の十年ぐらい前にも院長先生の治療を受けていました……。でも、今ごろになって、どうしてそんなことを……？」

佳世子が私生児を生んで話題になる前、早くも人格分裂の兆しに悩んでいた彼女は、鷲田病院を何度も訪ねていたのだ。

師長は詳しく語るのを避けたが、その口ぶりからして鷲田維之と関係があったのは明白だった。匠太郎の父は患者と関係を持つことに何の心理的抵抗もなかった男だ。それも一種の治療だとさえ嘯いていたのだ。

(だとすれば……)

父親の血液型はB型だった。匠太郎はAB型である。誰もが、唐突な二人の情死を理解できなかったが、彼らには子供までなした、十年という愛の歴史があったのだ。

スヤスヤと幼い時のあどけなさそのままに眠る美雪の頬に唇を押しあて、匠太郎は考える。

(ミュウはぼくの妹だ。ぼくとミュウは異母兄妹なんだ。そしてぼくは彼女を妻にする)

眠っている美雪が夢でも見たのか、匠太郎にしがみつきながらそっと呟いた。

「お兄ちゃん……」

この作品は一九八八年四月フランス書院文庫に所収された『美雪・魔性の遍歴』を改題したものです。

幻冬舎アウトロー文庫

●好評既刊
二十二歳の穢《けが》れ
館　淳一

ある日、仮面をつけた男たちに拉致された、OLの美貴子。以来、彼らから呼び出されるたびに、大勢の仮面の男たちの前で裸になり、セリにかけられる。その後、調教室で次の催しが始まるのだ。

●好評既刊
皮を剝く女
館　淳一

小学校教師淑恵の元には、夜の校舎裏で凌辱されて以来、脅迫状が。今日の命令はテスト中のオナニー。「触るふりをするだけ」のつもりが、指でイッてしまう淑恵。命令はエスカレートする。

●好評既刊
赤い舌の先のうぶ毛
館　淳一

処女の体液を飲むと絶倫になるという健康法のために、鍼灸師の浮田は美少女のいずみを監禁、金持ち老人の相手をさせる。まだ男を知らない可憐な体が、愛撫と折檻で、大量の愛蜜を滴らせる。

●好評既刊
地下室の姉の七日間
館　淳一

謎の男〝マル鬼〟のもと、大学生の秀人は〝愛奴製造工場〟でM女を調教する。ある日、秀人の姉・亮子が獲物に。潔癖症で、性を嫌悪していた姉が、わずか一週間で淫らなマゾ奴隷に変貌する。

●好評既刊
蜜と罰
館　淳一

少女の頃に預けられた伯父の家で、留守番の度に行われたお仕置き。浴室で緊縛・放置・凌辱される中で、歪んだ快楽を知ってしまった少女は、普通の行為では興奮しない大人の女性に成長した。

幻冬舎アウトロー文庫

●最新刊
写真館
吉沢　華

美大三年生の繭子は就職活動中。証明写真を撮りにいくが、そこで出会ったカメラマンの東條によって妖しい淫らさを写真に焼き付けられてしまう。性の愉悦に目覚めていく女を描いた傑作官能。

●好評既刊
エム女の手帖
泉美木蘭

「じゃ、ここで浣腸して」。純白のランボルギーニに乗った客は、助手席のすみれに言った。借金返済のため、SMクラブで働く彼女に襲いかかる変態男たちとの日々を赤裸裸に綴った実録コメディ。

●好評既刊
私の秘密、後ろから……
扇　千里

「ああ、いい、いいわ、肛門気持ちいい」。なんてあさましい姿なの。なんて淫らな私。クールビューティと呼ばれ、Fカップと美しく淫乱すぎる尻の人妻・翔子が語るアナル千夜一夜。

●好評既刊
夜の婚活
草凪　優

夜の公園に連れ出された22歳の郁美の恥部を、木陰から襲うペンライトの群れ。「いまごろ気づいたのかい?」。恥辱はやがて恍惚に変わり、無垢な女の悶え泣きが夜闇に響き渡る。

●好評既刊
恋人
松崎詩織

部長職にある神崎太一が、隣部署のOL美奈と二人で会った二度目の夜。気がつくと激しく唇を貪り、舌を絡めあっていた。妻子ある男と恋人がいる若い女の淫猥な純愛を描く、傑作官能小説。

幻冬舎文庫

●最新刊
瀕死のライオン(上)(下)
麻生　幾

日本は何ができる国なのか？　国家機密とされる自衛隊〝特殊作戦部隊〟の真実や日本唯一の情報機関である内閣情報調査室の実態など様々な極秘情報を込めて綴る軍事・スパイ小説の最高峰！

●最新刊
阪急電車
有川　浩

隣に座った女性は、よく行く図書館で見かけるちょっと気になるあの人だった……。電車に乗った人数分の人生が少しずつ交差し、希望へと変わるほっこり胸キュンの傑作長篇小説。

●最新刊
悪魔の種子
内田康夫

秋田県西馬音内と茨城県霞ヶ浦で、二人の男が謎の死を遂げた。お手伝いの須美子の依頼で調べ始めた浅見光彦は、巨大な利益を生む「花粉症緩和米」が鍵を握ると直感する。傑作社会派ミステリ。

●最新刊
ビター・ブラッド
雫井脩介

新人刑事の夏輝が初の現場でコンビを組んだのは、少年時代に別離した実の父親の明村だった。夏輝は反発しながらも、刑事としてのあるべき姿を明村から学んでいく……。傑作長編ミステリー。

●最新刊
有頂天家族
森見登美彦

面白主義の狸・矢三郎の毎日は、頼りない兄弟たち、底意地悪いライバル狸、人間の美女にうつつをぬかす落ちぶれ天狗とその美女によって、四六時中、波乱万丈！　京都の街に、毛深き愛が降る。

GENTOSHA OUTLAW BUNKO

夜《よる》の写生会《しゃせいかい》

館淳一《たてじゅんいち》

平成22年8月5日　初版発行

発行人――石原正康
編集人――永島賞二
発行所――株式会社幻冬舎
〒151-0051東京都渋谷区千駄ヶ谷4-9-7
電話　03(5411)6222(営業)
03(5411)6211(編集)
振替00120-8-767643
印刷・製本―図書印刷株式会社
装丁者――高橋雅之

幻冬舎アウトロー文庫

ISBN978-4-344-41533-1　C0193　O-44-13